edition suhrkamp 2117

Werner Fritsch wurde 1960 in Waldsassen geboren. 1987 erschien sein Buch *Cherubim*, das u. a. mit dem Robert-Walser-Preis ausgezeichnet wurde, 1989 *Steinbruch* sowie 1992 das Stück *Fleischwolf* und der Theatermonolog *Sense*, für dessen Radiofassung der Autor den Hörspielpreis der Kriegsblinden erhielt. *Sense* wurde 1993 am Schauspiel Bonn uraufgeführt unter Regie des Autors, der auch die Filme *Das sind die Gewitter in der Natur*, *Disteln für die Droste* und *Labyrinth* realisiert hat. Für sein Lustspiel *Es gibt keine Sünde im Süden des Herzens* wurde Fritsch 1997 der Else-Lasker-Schüler-Preis verliehen. Die Uraufführung ist für Dezember 1998 unter der Regie von Thomas Krupa am Staatstheater Darmstadt geplant. Dort wurde bereits im Januar 1998, ebenfalls mit Krupa als Regisseur, das Traumspiel *Wondreber Totentanz* uraufgeführt. Peter Iden, Doyen der deutschen Theaterkritik, bezeichnet *Wondreber Totentanz* im Jahrbuch 1998 der Zeitschrift Theater heute als Stück der Saison. Auf dem Spielplan des Nationaltheaters Mannheim steht im Dezember 1998 die Uraufführung des auf dem Roman *Cherubim* basierenden gleichnamigen Monologs. Regie führt Christoph Biermeier. *Joseph Süß* ist der Titel einer Oper von Detlev Glanert, für die Werner Fritsch zusammen mit Uta Ackermann das Libretto verfaßt hat. Die Uraufführug des Werks findet im Herbst 1999 an der Bremer Oper statt.
Werner Fritsch: *Für meine Arbeit ist die variantenreiche Struktur der gesprochenen Sprache, die durch den Terror der Television immer mehr ausstirbt, ein noch immer nicht ausgeschöpftes Reservoir der Spracherneuerung. Eine durch diese »Metrik« gewachsene Kunstsprache ist nicht nur sehr gestisch, rhythmisch originell und von phantastischer Lautlichkeit und unerschöpflicher Bildfülle, sondern zugleich durch die ihr inhärenten Sedimente an Erlebtem und Erlittenem der ideale Auslöser für Anteilnahme und Phantasie.*

Foto: Thilo Beu

Werner Fritsch

Es gibt keine Sünde im Süden des Herzens

Stücke

Suhrkamp

edition suhrkamp 2117
Erste Auflage 1999

Erstausgabe

Satz: MZ-Verlagsdruckerei GmbH, Memmingen
Druck: Nomos Verlagsgesellschaft, Baden-Baden
Umschlag gestaltet nach einem Konzept
von Willy Fleckhaus: Rolf Staudt
Printed in Germany

1 2 3 4 5 6 – 04 03 02 01 00 99

Inhalt

Es gibt keine Sünde im Süden des Herzens

Höllensturz

Figuren:

Wenzel, *alter Mann, weißhaarig, hinkt*
Häcksler, *alter Mann im Rollstuhl, scheinbar an einem Bein amputiert, glatzköpfig, Brillenträger*
Turtel, *alte Frau, mit Dauerwellen*
Wurmweib / Eva-Affe / Fernsehfrau, *ältere Frau*
Geistlicher Rat / Adam-Affe / Fernsehforscher, *älterer Mann*
Blutjunge Schwester, *Thailänderin*
Jemand aus dem Publikum

Orte: Heiliggeistspital, ein Altersheim / ein nahe gelegener Kinderspielplatz

Zeit: Gegenwart

Vorspiel

Vor dem geschlossenen Vorhang: Wenzel sitzt auf der Bühne im Ohrensessel und schaut ins Publikum. Er trinkt aus einem Fläschchen Melissengeist.

WENZEL Ich in den Fernseh hineingeschaut.
Am Kachelofen irgendmal abends.
Im Ohrensessel irgendmal.
Die Ansagerin den Häcksler Gottfried eher angelacht wie mich.
Das hab ich nicht gelitten.
Mir einen gekauft, einen ganzen.
An meinem Fernseh schon eine Mordsfreud gehabt.
Wenn ich ein wenig eine Musik bereits gehört hab.
Ja! Und wies eines schönen Abends das Bild noch gesendet haben dazu.
Da war vornhin blankes Geheul lediglich im Fernsehen.
Von einer Stimm nur hirnloses Sinnzeug vernommen und kein richtiges Wort nicht.
Dann wars schwarz auf einmal wie im Anfang auch.
Und ein Rauschen ist jetzt eingetreten.
Und durch das Rauschen hat sich das erste Schattengeschwerl gezeigt.
Bergzeug gewesen wie Baumzeug dagegen.
Im ewigen elektrischen Schneien.
Wenn der Winter so gesendet worden ist.
So Zeug war im Anfang.
Er trinkt Melissengeist.
Recht groß war mein Fernseher ja nicht.
Daß sie halt grad haben herausschauen können auf mich.
Ein einfacher war es mit einem einzigen Programm.
Den hab ich allemal ein wenig andrehen müssen mit Gewalt.
Drehen müssen allweil,

daß er gescheit gelaufen ist.
Auf einmal ist das Ding da abgebrochen gewesen.
Der Dreher.
Dann hab ich nichts mehr gehabt.
Ein Pfeil, aus dem Zuschauerraum geschossen, bohrt sich in den Vorhang.
Keine Nachrichten mehr vom Wilden Westen.
Wo die Indianer wild geheult haben in Wolfspelzen.
Sinds getanzt um Totengerippzeug in Bäumen
ganze Stämme.
Allüberall Sheriffen und Cowboyzeug gegen die Wilden.
Einmal haben die Weißen gewonnen.
Und irgendmal auch die Roten.
Und das ist durch den Wasserstrom gekommen.
Wenn sie den Fernseh durch Wasserstrom betrieben haben,
ist das Ding für Indianer gut gewesen.
Aber im Feuerstrom ist es dahingegangen.
Und mir ist Wasserstrom allerding lieber gewesen.
Weil Pfitscherpfeil waren nicht so gefährlich.
Wie Gewehre.
Er zieht den Pfeil aus dem Vorhang.
Weil durch Gewehre haben sie ihn
ganz zusammengeschossen gehabt,
meinen ersten Fernseh.
Da hab ich es oft an Ostern kaum ausgehalten
auf dem Kanapee.
Wenn sie so einen Haufen Western gebracht haben.
Hab allweil auf dem Kanapee
Mordssprüng machen müssen.
Daß mich keine Kugel und kein Pfeil hat treffen können.
Die waren am Anfang am narrischten gefährlich.
Die Wildwest.
Ich hab dann Melissengeister getrunken dagegen.
Wie sich die Indianer mit dem Sheriffzeug
ums Feuerwasser gestritten haben.

Was zuerst war und so weiter.
Und wenns allesamt besoffen waren,
hat sich keiner mehr ausgekannt.
Plötzlich bereits!
Und ich auch nicht mehr.
Ein zweiter Pfeil, diesmal ein brennender, bohrt sich in den Vorhang.
Er zieht den Pfeil aus dem Vorhang. Löscht das Feuer. Nimmt ein Kindergewehr in Anschlag. Schaut sichernd ins Publikum.
Dann hab ich mir halt wieder einen gekauft.
Einen neuen.
Mit zwei Programmen.
Zum Umschalten sogar.
Wenn es zu gefährlich geworden wär.
Für den Fernseh oder gar für mich.
Jetzt hab ich auf dem Kanapee nicht mehr so narrisch
um Deckung hupfen müssen.
Jetzt hab ich zum Umschaltknopf langen,
gelangen müssen.
Und das hat mir auch nicht mehr gefallen.
So hab ich mir einmal auf der Kirchweih gedacht:
Geht nur her,
ich kauf mir jetzt ein Stopselgewehr!
Und hab mir ein Stopselgewehr auch gekauft.
Jetzt ist das Ding halt krawottisch anders geworden!
Haben sich die Cowboy und das Verbrecherzeug
nicht mehr so recht getraut gegen mich.
Ich kann Stücker fünf Fernseh gehabt haben.
Weil im Anfang hab ich nicht gewußt,
daß man die richten lassen kann auch wieder.
Ich hab mir gleich allweil einen neuen gekauft.
Kann auch ein übertragener gewesen sein.
Er trinkt Melissengeist.
Liebesfilmzeug ist zu allem Glück gekommen wie oft.

Da hab ich i-h-r oft geschwind einen Kuß gegeben.
Aber arg schnell hat es gehen müssen, das Küssen.
Wenn e-r grad einen Augenblick weggeschaut hat,
bin ich geiling vorgehechtet
und hab ihr ein Busserl hinaufgepreßt.
Dem Liebchen.
Der Vorhang geht auf.
Im Hintergrund der Bühne ist, als Bühne der Bühne, ein großer Fernseher. Im Vordergrund die drei Zimmer von Wenzel, Turtel, Häcksler. Außerdem, vielleicht in der Mitte zwischen dem Zimmer Wenzels und dem Turtels, ein größeres Zimmer, das als Spitalkapelle, Sprechzimmer, Bad, Zahnarztstudio, Dampfbad und Kinderspielplatz fungieren könnte.
Dunkel.

Vertreibung aus dem Paradies

Im Wenzelzimmer: Alles ist dunkel, außer dem großen Fernseher.
Im Fernseher: Das Paradies. Wenzel als Adam und Turtel als Eva ergehen sich. Turtel nimmt vom Paradiesbaum eine rote Frucht. Die Frucht hat einen Wurm. In Turtels Hand wächst die Frucht (ein roter Luftballon) auf Kürbisgröße. Der Wurm ist zur Schlange geworden: Diese züngelt in Richtung von Turtels Ohr. Wenzel nimmt die Schlange und wirft sie in hohem Bogen aus dem Paradies in sein Zimmer. Er nimmt Turtel an den Händen. Sie fixieren sich. In diesem Augenblick kommt Häcksler als Gorilla und wirft Wenzel aus dem Paradies. Dunkel.
Im Wenzelzimmer: Man hört Wenzels Schreien. Wenzel im Bett fährt hoch. Er schaltet seine Nachttischlampe an.

WENZEL Schwester, Schwester!
Die Blutjunge Schwester stürzt ins Zimmer.
Da! Da!
Die Schlange kriecht im Lichtkegel über die Bretter.
Die Blutjunge Schwester ergreift die wirkliche Schlange, die sich in ihrer Hand windet, hebt sie empor und wirft sie (in Wirklichkeit eine künstliche) ins Publikum.
BLUTJUNGE SCHWESTER Du trläumen! Du trläumen! Du meine Trläum!
JEMAND AUS DEM PUBLIKUM *hebt die Schlange hoch:* Nur eine Gummischlange!
Die Blutjunge Schwester verläßt das Zimmer.
Dunkel.

Lungengruß

Im Wenzelzimmer: Tageslicht.
Wenzel sitzt im Ohrensessel.

WENZEL Gut geht es mir schon.
Warum sollt es mir auch schlechtgehen.
Zum Essen krieg ich alles, was ich will.
Bis auf Wurscht.
Bloß vertragen tu ich alles nicht!
Irgendmal wird mir schlecht,
unter dem Essen schon.
Und muß irgendmal aus dem Rachen Bröcklein lachen.
Er macht die Geste des Sich-Übergebens.
Das gesamte Heiliggeistspital –
gestopft voll ist es.
Das Hummerweib oder Kummerweib wär ums
Arschlecken gestorben.
Und hat es überlebt.
Die hat sich einen Fuß gebrochen.
Und geht auf die Sechsundneunzig zu.
So einen Zentimeter unter dem Knie.
Und die war nur acht Tag herinnen.
Dann ist sie gestorben.
Kaum sprechen und kaum gehen können.
Jetzt, wie sie gekommen ist,
haben sie sie gefragt, warum sie nicht gehen tut?
Jetzt hat die wieder nicht sagen können,
daß sie es nicht sagen kann.
Da haben sie sie im Stuhl heroben geschoben.
Die kann ihre Füß nur direkt so ziehen.
Der Häcksler posaunt aus: Eine mit Leiden in den Beinen
fällt mir leichter zum Opfer. *Pause.*
Der Häcksler!
Der Häcksler lumpert alle durch,

bevor sie ins Loch kommen.
Der Häckslermetzger aus Wiesau.
Zuletzt hats das Wurmweib derwischt.
Eines geht heim.
Ein andres kommt prompt herein.
Es klopft. Ins Zimmer kommt unaufgefordert Turtel.
TURTEL Ich bin die Turtel: Frau Eva Adam aus Dobrigau.
WENZEL Aus Dobrigau?
Vom Adam, wo Totengräber waren allesamt?
TURTEL Ich bin die letzte.
Die Adam sterben aus.
Als Namen.
WENZEL Ja, was treiben wir jetzt da?
TURTEL Berg und Tal kommen nicht zusammen,
aber die Leut.
Ich will mich bei Ihnen um Zigaretten zuallererst befragen.
Wenzel will ihr eine ganze Zigarette geben.
Nein, nein.
Wo denken Sie hin?
Ich will grad von Ihnen einen Lungengruß.
WENZEL Einen Lungenkuß?
Von Herzen, von Flügeln gern. *Für sich:*
Was wirst auch Du für ein Turtelleben geführt haben allzeit?
Du und deine Dauerwellen.
Er gibt ihr seine glimmende, halb abgerauchte Zigarette.
TURTEL Als Kind hab ich gedacht,
ich wär lungensüchtig.
Da sind in der Schul immer welche dran gestorben
in Franken.
Die hab ich besucht.
Und halt auch Angst gehabt arg,
daß ich mich anstecken tu.
Und dann die Einbildung …
WENZEL Die meisten Weiber krieg ich hier herinnen erst als Tote zu Gesicht.

Sterben ihrer ja allen Augenblick welche.
Da ist das Wurmweib gestorben. *Für sich:*
In der hab ich allweil eine Augenliebe gehabt
bei Kirchenfesten.
Die hat, wie der Wurm tot war,
mit mir gegen den Häcksler geliebt.
Aber der Häcksler, der Häcksler...

TURTEL Mir kann fein Zeug keimen,
augenglücklich im Handteller.
Sogar Sonnenblumen. *Für sich:*
Ohne meinen Ambrosius blüht mir nur
durch Zigaretten die Brust auf.
In ihren Händen wächst die Zigarette auf Zigarrenlänge heran. Sie gibt ihm die Zigarette zurück: größer als zuvor. Wenzel staunt.

WENZEL Kannst du zaubern in den Händen?

TURTEL Ja, wenn ich glücklich bin,
gedeihen alle Dinge,
die ich anlange.
Sie nimmt einige Sonnenblumenkerne in den Handteller, schließt die Hand: Und es keimen Sonnenblumen auf. Auf ihre Blüten fällt Licht.
Dunkel.

Rock-Rollstuhl

Im Wenzelzimmer: Angekündigt durch den Radetzkymarsch aus dem Rollstuhlradio hört man Motorensurren. Plötzliche Stille. Fluchen. Ein Schuß fällt, dann noch einer. Das Motorengesurre hebt aufs neue an. Und Häcksler kommt, ohne anzuklopfen, mit seinem elektrischen Rollstuhl buchstäblich ins Zimmer geschossen.

HÄCKSLER Früher ohne Führerschein mit der NSU,
das Liebchen im Sozius,
durch Auschowitz gerauscht!
Und wie der Blitz durch Marienbad!
Im Alter dann zwei Stecken gebraucht zum Gehen.
Aber neuerdings mir einen elektrischen Stuhl gerichtet
zum Herumsurren in der Stadt.
Brauch ich nicht einmal mehr meinen Ruderstuhl,
wo ich nehm zum Ausfliegen am Sonntag.
Und gleich geflogen nach dem Anker über den
Zebrastreifen.
Die König Maria im roten Rock noch flugs gegrüßt
und mir nichts dir nichts gegen die Murschrottkapelle
geprellt.
Die Heiligen können ein wenig gewackelt haben.
Aber ich gestanden wie ein Fels im Verkehr dagegen.
WENZEL Du Windbeutel, du windiger.
HÄCKSLER Die Wahrheit wird man ja noch sagen dürfen!
WENZEL Gewiß kein Augenzeuge!
HÄCKSLER Gewiß! Gewiß!
Bloß blind geworden vor Schreck!
WENZEL Dein Ding geht nie im Leben schnell genug,
daß es zu so einem Fall kommen kann.
Zu so einem Unfall.
HÄCKSLER Brauch bloß einen Rock sehen, einen roten!
Schon kommt mein Rollstuhl mords in Fahrt.
WENZEL Ich kann von so einem Ding gehört haben.
Von so einem Rock-Rollstuhl.
HÄCKSLER Weiber! Weiber! Weiber!
Zieht an seiner Zigarette, zeigt auf seine Brille.
Und jetzt mir noch von der Quelle
eine Busenhalterbrille schicken lassen!
Kann ich durch die Stadt rasen
mit Lederhaube und Busenhalterbrille
und durch alle Blusen sehen!

WENZEL So?! Was sieht man durch die Brille scharf?
HÄCKSLER Weiber! Weiber! Weiber!
Solang es Hügel gibt über Herzen,
kann uns Tod und Herrgottzeug kreuzweis!
Zieht an seiner Zigarette.
Und gibt es eine Neue bereits?
Wenzel zuckt zusammen.
Durchschaut. Durchschaut.
Es gibt eine neue Braut!
Hat sie mich bereits gesehen?
Zieht an seiner Zigarette.
Gewiß nicht, sonst tät sie längst in Flammen stehen!
Hätt dir längst vorgeschwärmt von:
Häcksler gibt mit dem Mund Gas und fährt eine rasante Runde in seinem Rollstuhl.
Gottfried Häcksler!
Wo auch von Zeit zu Zeit mit Weibern Doktor spielt und,
im Sternzeichen des Krebses geboren,
neu im Heiliggeistspital aufkreuzenden Weibern
entgegentritt als Herzspezialist
und Professor für die Brüst!
Zieht an seiner Zigarette:
Als Doktor verhex ich sie allesamt von Anfang an.
Und bin nur Unteroffizier aus Auschowitz im Grunde.
Wo auch eines Tages nicht
in den Himmel zu fliegen braucht:
Da nehm ich meinen Fahrstuhl dazu!
Brauch ich bloß ein wenig Gas geben. *Tut es.*
Muß ihn bloß ein wenig umpolen dagegen, daß er,
statt in die Weite,
in die Höhe gehen wird.
Gegen den Himmel hoffentlich.
Häcksler kehrt um, dreht eine Runde in Wenzels Zimmer und will das Zimmer verlassen. Plötzlich bleibt sein Gefährt stehen. Häcksler zieht einen Revolver aus seiner

Hose. Schießt zweimal in den Motor seines Rollstuhls. Daraufhin springt dieser wieder an. Und Häcksler, der befriedigt nickt, verschwindet abrupt.

WENZEL Da tät ich direkt eine Sperre einbauen,
daß der Fahrstuhl nicht in die Tiefe gehen kann.
Allweil nur hinauf.
Hinauf.
Hinauf.
Dunkel.

Totenrosenkranz I

In der Spitalkapelle: Geistlicher Rat, Turtel, Häcksler, Wenzel, Blutjunge Schwester. Im offenen Sarg ist das Wurmweib aufgebahrt.

GEISTLICHER RAT
Versammelt um den Sarg unserer Schwester Zita Wurm,
gehe ich davon aus, daß ein jeder sich im Herzen fragt:
Wie wird mein Leben gesehen,
Aug in Aug dem Schöpfer gegenüber.
Wurde früher von einem Buch gesprochen,
in dem unsere guten,
in dem unsere schlechten Taten verzeichnet sind,
so kann man heutigentags getrost sagen:
Gott sieht alles, was in der Welt vorfällt –
Geschöpfe in ihren lichten,
aber auch in ihren dunklen Augenblicken.
Er sieht uns alle! Immerdar!
Er sieht jeden noch bei der schändlichsten Handlung.
Es gibt keinen Ort, keinen einzigen, wo wir ungesehen …
Und alles ist aufgezeichnet für alle Zeiten!
Große Unruhe. Gemurmel.

HÄCKSLER So eine Scheiße!

TURTEL Und was können wir jetzt noch tun,
wenn alles aufgezeichnet ist?
WENZEL Alles ausgezeichnet?
GEISTLICHER RAT Was uns nach dem Tode bevorsteht,
weiß kein Mensch.
Ich jedoch wage zu behaupten:
Der Geistliche Rat geht um den Altar, Richtung Gemeinde.
Daß unter allen Tugenden Warmherzigkeit die größte ist.
Durch Barmherzigkeit allein sind wir ein lebendiges Glied
am Leib Christi.
Amen.
Der Geistliche Rat geht hinter den Altar zurück.
Dunkel.

Himmelsschüssel

Im Wenzelzimmer: Häcksler, Wenzel, Turtel.

TURTEL Warmherzigkeit ist das wichtigste,
hat der Geistliche Rat gesagt.
WENZEL Barmherzigkeit!
TURTEL Warmherzigkeit,
hat er gesagt.
WENZEL Barmherzigkeit.
TURTEL Herr Häcksler, wer hat recht?
HÄCKSLER Ich hab nicht aufgemerkt.
Ich hab bloß: Ein lebendiges Glied, vernommen.
WENZEL Durch die Barmherzigkeit kommen wir in den Himmel.
TURTEL Durch die Warmherzigkeit!
HÄCKSLER Jaja: Weiber wieder.
Wollen in den Himmel!
Haha: Wer halt uns vom Himmel fern?
Wer lenkt uns ab,

dirigiert uns direkt ins Grab?
Niemand anders als sie!
Raucht: Loch um Loch wird der Schacht ins Grab tiefer,
der Schacht in die Hölle,
wenn es hochkommt!
Raucht: Sie sagen: Warmherzigkeit!
Und meinen in Wirklichkeit: Brustfett!

TURTEL Tatatata!

HÄCKSLER Tatatata: Im Krieg Flieger am MG.
Himmelfahrtskommandant!

TURTEL Wenn das Wurmweib nicht in den Himmel kommt.
Da ist nur einer schuld!

WENZEL Ich bin nur allweil im Aufzug gefahren
mit dem Wurmweib,
zum Totenrosenkranz!

TURTEL Ich mein nicht Ihnen allein …

HÄCKSLER *tut, als ob er nicht gemeint wäre:*
Warmherzigkeit! Himmel!
Ich scheiß auf den Himmel.
Und zwar aus beträchtlicher Höhe.
Der Himmel ist für Flieger die Hölle!
Der Himmel ist der Absturz für Bomberpiloten!
Raucht: Immer alles getan,
daß ich dahinkomm,
wo es schön warm ist.
Nur ein Gutes nicht abstellen können:
Zeitlebens die Reinheit groß geschrieben.
Noch bei der Kavallerie mit dem eignen Stahlhelm
Pferdeäpfel aufgefangen!
Daß ja jeder Russe sieht, jeder Pole:
Bei uns Deutschen herrscht Ordnung.
Bis ins letzte,
ja bis ins verletzte Glied!
Bis auf den heutigen Tag werden von mir
in der Abortschüssel die braunen Fleck

vom gesamten Heiliggeistspital weggespritzt.
Durch die Macht meines lebendigen Strahls!
Daß sie wieder rein ist,
die Schüssel.

TURTEL Durch die Schüssel, hab ich gehört,
sehen wieder welche alle Programme.
Die kommen vom Himmel herab.

HÄCKSLER B-armherzigkeit hat er gesagt,
der Geistliche Rat.

TURTEL Wir werden sehen!
Dunkel.

Totenrosenkranz I –
Wiederholung

Im Fernseher: Spitalkapelle. Geistlicher Rat, Turtel, Häcksler, Wenzel, Blutjunge Schwester. Der Sarg des Wurmweibs.

GEISTLICHER RAT Versammelt um den Sarg
unserer Schwester Zita Wurm,
gehe ich davon aus,
daß ein jeder sich im Herzen fragt:
Wie wird mein Leben gesehen,
Aug in Aug dem Schöpfer gegenüber.

HÄCKSLER/STIMME Weiter! Weiter!
Es wird stufenweise dunkel.

GEISTLICHER RAT/STIMME *spricht in allergrößter Geschwindigkeit:*
WurdefrühervoneinemBuchgesprochen,indemunseregu-
ten,indemunsereschlechtenTatenverzeichnetsind,sokann
manheutigentagsgetrostsagen:
Gottsiehtalles,wasinderWeltvorfällt–Geschöpfeinihren
lichten,aberauchinihrendunklenAugenblicken.
Ersiehtunsalle!Immerdar!Ersiehtjedennochbeiderschänd-

lichstenHandlung.EsgibtkeinenOrt,keineneinzigen,wo-wirungesehen…

UndallesistaufgezeichnetfürallleZeiten!

Während man im Off obige Stimme hört, sieht man nun im »Bild« in großer Geschwindigkeit: Ein Rollstuhl dreht leer seine Runden.

Auf dem Boden, inmitten von Zeitungen, wälzen sich Häcksler und das Wurmweib. Das Wurmweib entwindet sich Häckslers Umarmung. Sie steht auf, nimmt vom Tisch ein Glas Honig, wirft es Richtung Häcksler und trifft Christus am Kreuz. Das Glas zersplittert. Der Honig läuft an Christus herab. Sie nimmt das Kruzifix von der Wand und schleckt es ab. Häcksler will aufstehen und sie abhalten. Er wird von seinem eigenen rotierenden Rollstuhl über den Haufen gefahren. Er stöhnt. Auf dem Höhepunkt des Stöhnens bricht das Wurmweib zusammen.

HÄCKSLER/STIMME Bildstörung! Bildstörung!

Dunkel.

Die Spitalkapelle kommt wieder ins Bild.

GEISTLICHER RAT Was uns nach dem Tode bevorsteht, weiß kein Mensch.

Ich jedoch wage zu behaupten:

Der Geistliche Rat geht um den Altar, Richtung Gemeinde.

Daß unter allen Tugenden…

Der Geistliche Rat spricht weiter, ist jedoch nicht mehr zu hören. Mit den Lippen formt er folgende Worte: (…Warmherzigkeit die größte ist. Durch Barmherzigkeit allein sind wir ein lebendiges Glied am Leib Christi. Amen.)

Der Geistliche Rat geht hinter den Altar zurück.

TURTEL/STIMME Ausgerechnet jetzt ist wieder der Ton weg.

HÄCKSLER/STIMME Zurück. Zurück!

Der Geistliche Rat schießt, mit dem Rücken voran, hinter dem Altar hervor. Er ist nun wieder zu hören.

GEISTLICHER RAT *sehr schnell gesprochen:*

Nema.

Itsirch Beil ma Deilg segidnebel nie riw dnis neilla Tiekgizrehmrab Hcrud. Tsi etßörg eid Tiekgizrehmraw Nednegut nella retnu ßad.

HÄCKSLER/STIMME Jetzt!
Noch einmal von vorne.
Der Geistliche Rat geht um den Altar herum, Richtung Gemeinde.

DER GEISTLICHE RAT Daß unter allen Tugenden
Barmherzigkeit die größte ist.
Durch Warmherzigkeit allein sind wir ein lebendiges Glied am Leib Christi.
Amen.

HÄCKSLER/STIMME Lebendiges Glied.
Das ist doch meine Rede gewesen!
Von Jugend auf.
Dunkel.

Sprechstunde im Fernseher

Im Sprechzimmer: Turtel, Professor für die Brüst. Immer wieder hört man Krähen.

TURTEL *für sich:*
Die Lilien blühen lila übers Jahr.
Es wird jemand sterben im Juli.
Häcksler in weißer Doktormontur, mit Nikolausbart und einer Augenklappe tritt auf als:

PROFESSOR FÜR DIE BRÜST Machen Sie sich oben frei, mein Vöglein!
Man hört die Krähen lauter.

TURTEL Der König der Krähen hackt mir die Augen aus.
Der König der Krähen ist mein Liebster.

PROFESSOR FÜR DIE BRÜST Das ist reine Nervensache!

Turtel macht sich frei.

PROFESSOR FÜR DIE BRÜST Ich glaub, ich spinne!

TURTEL Eine Spinne?

PROFESSOR FÜR DIE BRÜST Mir haut …

TURTEL Meine Haut?

PROFESSOR FÜR DIE BRÜST … haut es den Vogel heraus!

TURTEL Ich bin immer gut gewesen zu Vögeln.

Professor für die Brüst zwitschert. Aus dem rechten Ärmel seines Doktorkittels kommt, von Turtel unbemerkt, eine Vogelspinne hervor. Er schiebt sie flugs wieder in seinen Ärmel zurück.

Wie meinen?

PROFESSOR FÜR DIE BRÜST *nimmt etwas aus seinem Mund:*

Sie meinen, Sie wollen meinen?

TURTEL *singt:*

Amsel, Drossel, Fink und Star
und die gsamte Vögelschar …

Sie spricht, ganz außer Atem:

Durch das lebenslängliche Singen ist meine Brust jung geblieben!

PROFESSOR FÜR DIE BRÜST Ich kann es nur mit dem Vögelgummi.

TURTEL Mit dem Vögelgummi?

PROFESSOR FÜR DIE BRÜST Wollen Sie auch einen?

TURTEL Einen Vögelgummi?

PROFESSOR FÜR DIE BRÜST Drossel oder Kreuzschnabel?

TURTEL Kreuzschnabel!

HÄCKSLER Ach, nehmen Sie getrost Drossel!

Er gibt ihr ein Gummiplättchen, mit dem im Mund man Vogelstimmen imitieren kann.

Nun zwitschern sich beide zu.

Den Inhalt ihrer »Sprechstunde« nimmt man durch eine eingesprochene Übersetzung wahr oder, sofern möglich, durch Untertitel.

TURTEL *zwitschert drosselartig:*

»Meine Herzgeschichte ist ein Kapitel für sich.
Werden mir rings ums Herz wie so Dräht gespannt,
daß ich nicht doch krieg einen Bruch in meinem Herz
noch auf die letzte Zeit,
die letzte Zeit überhaupt in dem Leben!
Je älter man wird, je vergessener.«

PROFESSOR FÜR DIE BRÜST *zwitschert kreuzschnabelartig:*
»Bei Ihnen taugts Herz nimmer viel!
Ich muß Sie leider untersuchen auf Krebs!«
Er tut es: Aus seinem Ärmel krabbelt die Vogelspinne. Sie krabbelt, von Turtel noch immer unbemerkt, auf ihrer Herzbrust herum.
Professor für die Brüst versucht, sie zu fangen.

PROFESSOR FÜR DIE BRÜST »Ich hab ihn!
Ich hab ihn!«

TURTEL »Was haben Sie?«

PROFESSOR FÜR DIE BRÜST »Ihren Krebs!«

TURTEL »Wenn Sie meinen...«

PROFESSOR FÜR DIE BRÜST »Ich mein es nicht nur,
ich hab ihn!«

TURTEL »Wenn S-i-e m-e-i-n-e-n Krebs haben,
dann haben ja S-i-e den Krebs!«

PROFESSOR FÜR DIE BRÜST »Ich hab ihn ja!
Hier, Ihr Krebs!
Er hebt die Vogelspinne in die Höhe.
Ich hab Sie eigenhändig geheilt!«

TURTEL *schreit angesichts des Tiers in den höchsten Tönen vor Angst und Schreck, beginnt jedoch ganz plötzlich zu lachen und zwitschert fröhlich:*
»Das ist doch nie im Leben Krebs!
Das ist doch eine,
eine Vogelspinne aus dem Urwald.«

PROFESSOR FÜR DIE BRÜST »Sie haben ja einen Vogel!«

TURTEL »Und Sie spinnen!
Ich jedenfalls hab keinen Krebs!«

PROFESSOR FÜR DIE BRÜST »Dann in Gottes Namen eben ...
Au! Au!«
Er wirft die Vogelspinne, die ihn augenscheinlich gebissen hat, weg und langt sich ans Herz.
TURTEL »Ja, genau: Herzbruch fürcht ich –
sonst nicht Tod und Gericht!«
PROFESSOR FÜR DIE BRÜST »Herzbruch
ist eine verhexte Geschichte!
Gegen Herzbruch hilft nur die Liebe!«
TURTEL »Aber mein Ambrosius ist tot!«
PROFESSOR FÜR DIE BRÜST »Die können Sie gleich vergessen,
die alten Geschichten von Ihrem Seligen!
Gegen Herzbruch hilft nur das jetzige Liebesverlangen!
Aber zum Richtigen muß es sein!
Im Falle eines Falschen...«
TURTEL »Aber wer ist der Richtige?«
PROFESSOR FÜR DIE BRÜST »Für Ihnen kommt
nur ein einziger in Frage:
ein gewisser Gottfried Häcksler.
»Gottfried Häcksler« versteht man auch im Vogelgezwitscher! Mit Hall:
Gottfried Häcksler!
Gottfried Häcksler!
Gottfried Häcksler!«
Der Professor für die Brüst ist verschwunden, im Raum bleibt Rauch zurück.
TURTEL *spricht wieder selber:*
Herrgott noch mal!
Gehen wir es an!
Und schwuppdiwupp an einen Mann heran,
der uns führen kann ...
Derweil wir ihm auf der Nase herumtanzen.
Tanzt aus dem Sprechzimmer.
Hin und Her! Hin und her!
Rundherum, das ist nicht schwer!
Dunkel.

Wie das Wünschen irgendmal geholfen hat

Im Häckslerzimmer: Auf dem Boden Zeitungen mit Bloßbrüstigen unter Schlagzeilen.

WENZEL Einen Wunsch hätt ich noch im Leben:
eine Wurscht!
Zuckt mit den Schultern.
Kriegen wir keine.
Wegen der Gesundheit.
HÄCKSLER Mir ist die ganze Welt wurscht.
Mein Leben.
Alles hat ein Ende, nur die Wurscht...
Zündet sich eine Zigarette an, zieht, zündet dann zerstreut das andre Ende an und verbrennt sich den Mund.
Das Heiliggeistspital ist die Hölle.
WENZEL Eine Wurscht.
Und einen Schnaps.
HÄCKSLER Ja, einen Kümmel.
Und einen Preßsack mit Musik.
Wie ich ihn früher gezaubert hab.
WENZEL Und ein wenig eine Liebe gegen den Tod.
HÄCKSLER Ich liebe nichts.
Nie eine Frau geliebt.
Nur ihr Loch,
und ein Loch ist ja nichts.
Nur ihr Loch geliebt,
der Rest wurscht.
WENZEL Da war ein Wirtshaus wo in Wiesau,
wunder wie schön unter Kirschbäumen,
auf so einer Wies unter Blüten. Im Steinwald.
Ich ein Bier getrunken.
Und ich noch ein Bier getrunken.
Und noch ein Bier.
Aber immer von der Bedienung nur einen

Ausschnitt gesehen.
Jetzt hab ich gegessen.
Das Essen zwar nicht gezwungen gar.
Und immer noch nur einen Ausschnitt gesehen.
In Wiesau.

HÄCKSLER Wieso Wiesau?!
Wiesau?!
Es gibt kein Wiesau mehr!
Seit mir der Löwenstein die Metzgerei abgeluchst hat.
Und stammen die Häcksler allesamt aus einem Wiesauer Urmetzgergeschlecht.
In diesem Augenblick kommt die Blutjunge Schwester mit einem Geschenkkarton ins Zimmer.

BLUTJUNGE SCHWESTER Fürl den Herrlen Häackslerl.
Sie geht. Häcksler reißt den Karton gierig auf. Er findet einen Preßsack vor und eine Flasche Kümmelschnaps.

HÄCKSLER Alles, was wir uns gewünscht haben,
ist in Erfüllung gegangen:
Preßsack und Kümmelschnaps.

WENZEL Wir reden noch davon:
Und schwupps ist es da!

HÄCKSLER Das ist kein Zufall!

WENZEL Allerding nicht.
Das ist ein Himmelsgeschenk.

HÄCKSLER Sicher. Sicher.
Alles ist ja irgendwie eine Gabe Gottes.
Aber Preßsack und Schnaps hat der Teufel gemacht.
So was Feines bringt der ander gar nicht zusammen.

WENZEL Und das schöne Schwarzerl?

HÄCKSLER *winkt ab:*
Preßsack mit Musik ist die Krönung gewesen,
auf den Häckslermetzger seinen Aufschnitt hinauf.
Wo der Löwenstein, der Lump,
mir die Metzgerei eiskalt abgeluchst hat.
Samt dem Preßsackrezept.

Von der Musik zu schweigen. *Kostet vom Preßsack.*
Naja, der Preßsack da ist schon fast so gut wie der meinige.
WENZEL Wenn nicht besser.
HÄCKSLER Nein, nein, besser gewiß nicht.
WENZEL Nur deine Erinnerung ist schlechter.
HÄCKSLER Ist mir doch wurscht.
D-e-r Preßsack ist ein Gedicht,
der Schnaps ersetzt die Musik.
Sie essen und trinken. Häcksler mit vollem Mund:
Und wie heut geschlachtet wird. Unter Löwenstein.
Man muß sich direkt wundern,
daß noch irgendwer auf der Welt so einen guten Preßsack zustande bringt!
Wo der nur herkommt?
WENZEL Himmlisch?
HÄCKSLER Da macht sich kein Mensch eine Vorstellung,
was heutzutag für Schweinereien geschehen
in Metzgereien.
Ein Schinken, keine Stunde alt, kriegt,
damit er nicht grau wird,
eine Salpeternitritspritze hinein in den Arsch.
Daß er schön rot bleibt
und wird eingefroren.
Und das alte Wurstzeug, das alte Fleischzeug,
was zurückkommt aus Löwensteinfilialen,
wird durch den Blitz gejagt auf Streichwurstformat
und eingefroren.
Wird wieder verwurstet.
Wird wieder verkauft.
So ist die Wirklichkeit. Unter Löwenstein.
Wie sich die Leut nur alles gefallen lassen.
Die Löwensteinsippschaft gehört sich abgeschossen.
Da sind die Säu, wo er schlachtet,
noch heilig gegen den Löwenstein!
Ißt, trinkt. Wenzel wühlt in dem Geschenkkarton. Findet eine Karte.

WENZEL Da ist noch eine Glückwunschkarte. *Liest:*
Sehr geehrter Herr Häcksler!
Zum zwanzigjährigen Bestehen der Metzgerei Löwenstein
zu Wiesau wollte ich Ihnen,
allen Unstimmigkeiten in früherer Zeit zum Trotz,
ein kleines Zeichen meiner Gewogenheit zukommen
lassen: Drei Pfund Löwensteinpressack!
Ich habe ihn im Rucksack mitgenommen nach Rom
und den Preßsack eigenhändig segnen lassen vom Papst.
Lassen Sie ihn sich recht herzlich schmecken.
Ihr
Ludwig Löwenstein.
Häcksler würgt. Übergibt sich ins Taschentuch. Würgt wieder.
HÄCKSLER Ich könnt die Luft zerreißen vor Wut.
Wie sich die Leut nur elektrisch
so zum Narren halten lassen können.
Weihnachten, wenn der Papstsegen gesendet wird,
fressen die Hellseher zum Sauerkraut Löwensteinwürst!
Kein Wunder, daß die Welt ist,
wie sie ist.
Der Ehrliche ist der Dumme wieder.
WENZEL In der heutigen Zeit kein Wunder.
Sogar die Windmühlen gehen mit dem Strom.
Gegen den Wind.
Dunkel.

Kriegsgott ineinander

Im Wenzelzimmer: Wenzel und Häcksler.

HÄCKSLER Alles Leben auf Erden ist Kampf!
WENZEL Krampf?
HÄCKSLER Kampf!
WENZEL Krampf!
Wo ist denn jetzt ein Kampf!
Alles in seelenruhigster Butter!
HÄCKSLER Ja, ha!
In meinem Magen!
Ich gleichzeitig gegessen Brombeertorte
und Brathering!
Und jetzt kämpft es in meinem Schlund,
wer der Herr ist über meinen Geschmack!
Ich bin immer auf Kampf aus!
WENZEL Wie der Hiltler!
Der hat es auch im Magen gehabt,
so gelb wie der war im Gesicht.
Hat dann über sein Buch sogar drübergeschrieben:
Kein Mampf!
So einen hat er fort im Magen gehabt.
Vor Zorn über seine Wut!
In meinem Leben noch nie gekämpft!
Ich war immer ausgelegt auf:
gut!
HÄCKSLER Nicht gekämpft!
Gekämmt hast dich nicht!
Schau deine weiße Mähne an.
WENZEL Jedes Haar ist gezählt auf deinem Schädel.
Hätt der Herrgott ein leichtes Spiel.
Da ist nicht viel.
Kurz gesagt: Nichts.
HÄCKSLER Nichts ist besser als nichts im Hirn.

Die vergessene Losung meines Lebens.
WENZEL Ich hab mich in dem Sinn grad gewundert,
warum so ein Kaliber wie du auf
Gottfried getauft worden ist.
HÄCKSLER Glaubst, zwischen uns zwei herrscht kein Kampf!
WENZEL Nicht, daß ich wüßt!
HÄCKSLER Glaubst, so eine Turteltaube fliegt einem in den Schoß?
WENZEL Von einer Tauben noch nie was gehört!
Bis anjetzt!
Es sei, sie fliegert auf mich!
Turtel kommt hinzu.
TURTEL Mich tät es auf ein Zichterl gelüsten.
Wer der Herren will mich zum Rauchen verführen?
HÄCKSLER Der Führer hat nicht geraucht!
TURTEL Aber Europa!
HÄCKSLER Der Führer hat kein Fleisch gegessen!
TURTEL Aber der Kriegsgott!
HÄCKSLER Ich hab ja mit mir gerungen,
den gesamten Krieg hindurch:
Schick ich dem Führer jetzt einen original
Häcksler-Preßsack
in die Reichskanzlei vorbei.
Oder lieber nicht.
Schließlich ewig Angst gehabt,
daß der Führer einmal im Leben schwach würd.
Durch meinen Preßsack.
WENZEL Wird gewiß auf den Magen geschlagen haben!
HÄCKSLER Da ist viel Maggi im Spiel gewesen.
TURTEL Da können wir Gift drauf nehmen!
HÄCKSLER Wo war ich stehengeblieben?
TURTEL Sie wollten mich in Versuchung führen.
WENZEL *für sich:*
Die raucht wie ein Kamin!
HÄCKSLER In drei Gottes Namen!

Nimm dir eine!
Pupperl!
Du hättest auch meinem Preßsack
nicht widerstehen können!
TURTEL Ach, Ihrem Preßsack gegenüber
wär ich unter Garantie standhaft geblieben!
HÄCKSLER Kein Schwein hätt sich so in der Gewalt!
Ja, den Führer nicht einmal in Versuchung führen wollen,
dann erst unseresgleichen.
So meinen Preßsack seelenruhig ins KZ geliefert.
Die Herren auf meinen Preßsack mords gestanden,
ganz anders in ihren Uniformen.
WENZEL Der Kriegsgott hätt heut Mars gegessen.
TURTEL Ja, nach dem Krieg, o Gott, wie auf dem Mars!
HÄCKSLER Warum in Gottes Namen jetzt Mars?
WENZEL Wegen der Mobilmachung.
HÄCKSLER Das hab ich gerne,
einen Krieg gegen die Sterne!
TURTEL Ach Gott, du bist der einzige,
wo noch das Ruder herumreißen kann.
Schau uns arme Würmlein an!
Im Apfel von deinem Paradies.
WENZEL Wegen dem Krieg.
Paradiesseits?
TURTEL Ist doch Krieg bereits?
Gegen das Jenseits?
HÄCKSLER Der Krieg von der Vergangenheit
gegen die Erinnerung
an die Zukunft.
WENZEL Ach, der!
Ist der jetzt auch?
HÄCKSLER Der herrscht über alles heutzutag.
TURTEL *für sich:*
Der Tod ist wie wieder Geburt.
Die Zeit ist gewesen in meinem Bauch.

Ich hab sie ausgetragen.
Ich hab mich hingesetzt in trüben Tagen.
Und durchgeschnauft.
Das Wachstum und das Leben in meinem Bauch.
Verstehen müssen, daß alles seine Zeit hat.
Und in der Gegenwart ist alles gegen das Warten.
Ich aber kann warten bis auf den heutigen Tag im Garten.
Bis die Kirschen zeitig sind im Juli
und die Johannisbeeren,
schwarz wie die Sonne,
und die Birn im Oktober
und alles.

WENZEL Fürsich essen noch einmal im Leben.
Und sein wie in der Mutter wieder.
In der Erde sind die Gedanken frei.
Auf ewig.

TURTEL Mein Ambrosius ist auch unter uns.
In der Erde.

HÄCKSLER Meine Hertha ist auch unter der Erde.
Aber Gott sei Dank nicht unter uns.

TURTEL Und warum ist sie nachher nicht unter uns?

HÄCKSLER Weil sie jetzt und für alle Zeit auf dem oberen Friedhof liegt.
Sie wollt ja unbedingt dem Himmel ein Stücklein näher sein.

TURTEL Mein Ambrosius!
Beim ersten schaut man auf die Liebe ...
Beim zweiten spielt das ...
Sie macht das Geldzeichen.
... eine Rolle!
Dunkel.

Finanzielles Geld

Im Turtelzimmer: Wenzel und Häcksler kommen im Sonntagsstaat hereingestürzt. Wenzel hat eine Flasche Zwetschgengeist in der Hand.

WENZEL UND HÄCKSLER IM CHOR: Turtel! Turtel!
Wir uns ein finanzielles Geld gekauft.
HÄCKSLER Scheckbrieflich gesucht bin ich jetzt.
WENZEL Der Herrgott sind wir auch nicht.
HÄCKSLER Brauchen auch ein Schnapperl.
WENZEL Ein Schnapserl.
Ein Sterbenskarussell ist das Spital allzumal.
Prost!
Sie stoßen an.
Durch das finanzielle Geld kann ich heut Geld kaufen.
HÄCKSLER Alles Geld und morgen die ganze Welt.
TURTEL Da schaut euch nur im Fernseher
die Welt haargenau an.
WENZEL *erschrickt:*
Nicht, daß sie uns morgen ausschmieren!
Wir zahlen alles Geld.
Und sie geben uns ein paar Trümmlein zu wenig
Grund von der Welt.
TURTEL Ach, die Welt ist groß!
HÄCKSLER Das ist es ja:
Jetzt, wo wir die Welt kaufen können,
zeigen sie uns nur noch Krieg und Elend.
Ich kauf doch nicht für finanzielles Geld Krieg und Elend.
Vorher zeigen sie nur Kokospalmen,
Sandstrand an Sandstrand und wunder wieviel Wasser
und Meer und Bikini,
prall vor Brüst ... *Raucht.*
Jetzt, wo wir alles kaufen könnten,
zeigen sie nur Eisfußball!

Eisfußball ununterbrochen auf allen Kanälen.
WENZEL Weil alle Kanäle wieder zugefroren sind.
Ausgerechnet jetzt.
HÄCKSLER
Und w-e-n-n die Kanäle allesamt zugefroren sind –
früher – ohne finanzielles Geld –
Weiber auf Eis,
in arschkurzen Röcken.
WENZEL Sie zeigen uns die Welt nicht mehr ganz.
Nur Ausschnitt.
HÄCKSLER Früher waren es wenigstens tiefe Ausschnitt,
kriminell im Grund.
WENZEL Mordstiefe Ausschnitt.
HÄCKSLER Jetzt, wos um die Wurscht ging.
Wo wir einen Grund kriegerten,
daß wir alles kaufen könnten...
WENZEL Früher das Paradies gezeigt,
wo wir es nicht haben kaufen können.
Jetzt, wo wir es kaufen könnten,
zeigen sie die Hölle.
HÄCKSLER Kann unsereins vor Zorn Gendarm werden.
Dann hast über alle ein Recht,
aber noch lang keinen Grund.
WENZEL Oder vor Wut Totengräber.
Dann hast einen Grund, einen heiligen,
aber noch lang kein Recht.
TURTEL Kein Totengräber!
Mein Vater war der Totengräber Adam.
Hätt mich im Leib meiner Mutter lieber begraben
als gezeugt.
Weil ich nur ein Mädl war,
zeitlebens gefürchtet,
daß die Totengräber aussterben.
Und kann ihn keiner mehr fachkundig eingraben.
Mit tiefer Stimme:
– Dann hab ich umsonst gelebt!

WENZEL Ich hab schon einmal einen Kanal auftauen wollen
im Fernseher,
so einen zugefrorenen.
Mit dem Schweißbrenner ewig dagegengehalten.
Ist lauter Schmelzwasser auf einmal im Zimmer.
Das ist doch kein Zustand nimmer!
HÄCKSLER Eisfußball, Eisfußball, Eisfußball allüberall!
Früher haben sie wenigstens noch echten Fußball gebracht:
Wie Dynamo Dobrigau noch in der A-Liga war!
WENZEL Dynamit Dobrigau gegen Lokomotive Lohnsitz!
HÄCKSLER Dynamo Dobrigau
zeitlebens meine Mannschaft gewesen.
Dynamo Dobrigau!
WENZEL Dynamit!
HÄCKSLER Und jetzt abgestiegen.
Tiefer gehts gar nicht.
Da reicht das Alphabet nicht mehr aus für die.
Nagen am Hungertuch neuerdings wie die Sau allesamt.
Zaundürr wie KZler mördern die sich ab für die Katz.
Aus im Aus.
O Dynamo Dobrigau!
WENZEL Gestern haben sie noch Dynamit geheißen.
HÄCKSLER In Gottes Namen Dynamo Dobrigau
oder Dynamit.
So hundssakrisch geschliffen früher.
Um jeden Ball gefetzt,
granatenhart übers Ziel sogar hinausgeschossen
und Lokomotive Lohnsitz in Blut und Boden gespielt.
Alle allweil im Sturm früher.
Stopper wie Vorstopper.
TURTEL Mein Ambrosius wie Vereinsvorstand
geworden ist.
Der narrische Uhu im Vollrausch ausposaunt:
Er läßt sich nach dem Tod ausstopfen oder vorstopfen.
In der Telefonzell aufstellen,

und jeden Tag muß ihm der ausgerückte Kriegerverein
ein Ständerl spielen.
Pause.
Ausgerechnet der ausgerückte Kriegerverein.
HÄCKSLER Alle allweil im Sturm von Dynamo Dobrigau
oder Dynamit in Gottes Namen.
Und durch das,
daß die Fußballer immer besser geworden sind
in Dobrigau,
sind die Weibsbilder immer schlechter,
schlechter nur und schlechter nur geworden in Dobrigau.
TURTEL Was wagen Sie da zu sagen?
HÄCKSLER Ich es schwarz auf weiß gehört:
In der Wiesauer Metzgerzeitung sogar war es gestanden!
TURTEL Die Wiesauer Metzgerzeitung!
Das Käsblatt!
HÄCKSLER Ja! Ha!
Alle Welt die Wiesauer Metzgerzeitung verschlungen.
Das war eine regelrechte Wissenschaft in Wiesau,
wer die erste Metzgerzeitung derrafft
in aller Herrgottsfrüh.
Da war in großen Buchstaben unter jeder Schlagzeile
gedruckt:
Wer diese Zeitung auf niederen Orten entweiht,
hat eine Anzeige zu gewärtigen
und die Kosten für die Druckerschwärze.
TURTEL Die Zeitung war doch nicht etwa braun angehaucht?
HÄCKSLER Gewiß nicht! Gewiß nicht!
Wo ich in die Zeitung seit dem dreiunddreißiger Jahr
hineinphotographiert worden bin Jahr für Jahr
als d-e-r Preßsackspezialist
und Pfundskerl schlechthin!
Und die Metzgerzeitung war gegen Ende total begehrt,
weit über Wiesau hinaus!
In Dobrigau noch war sie ein Begriff,

in Lohnsitz sogar ist sie gelesen worden!
Am Arsch der Welt noch!
TURTEL Möcht wissen,
wer am Arsch der Welt überhaupt hätt lesen können?
HÄCKSLER Am Arsch der Welt war sie ewig begehrt,
wie der Arsch der Welt noch in deutscher Hand war!
TURTEL Paperlapapp!
HÄCKSLER Rekordauflage auch nach dem Krieg:
Wie eine Fernsehfrau in ihr eine Spalte eröffnet hat.
Gegen Abtreibung und so weiter
in den Stürmen des Lebens
und so weit fort.
Und eines schönen Tages, Anfang April,
in ihrer Spalte auch noch
aus Geldnot Wahrsagerei betrieben.
Und mir aus der Zeitung heraus
auf den Kopf zu wahrgesagt:
Daß mir Weiber im schönsten Liebesaugenblick
bis ins höchste Alter gestehen werden:
Wenn unser herzensguter Gottfried Häcksler
nicht mehr wär,
wie wär die Welt traurig und leer.
TURTEL April! April!
WENZEL Was soll nachher gewesen sein mit den Weibern
in Dobrigau?
HÄCKSLER Die spinnerten Weiber hergegangen,
kurzerhand durch das Netz
auf dem Dobrigauer Tormann seiner Trompete gespielt.
WENZEL Ich kann es gehört haben.
Das Ding.
Hat immer eine Trompete im Balkenkreuz hängen gehabt,
wenn er im Tor war, der Narr.
Aber von einer Trompete keinen Ton gehört.
Keinen Ton.
Nicht einmal wie Dynamit Dobrigau

gegen das Tonwerk Wiesau gespielt hat,
hab ich einen Ton gehört.
Sogar den Ball hat es,
egal ob das Tonwerk Wiesau geschossen hat
oder Dynamit Dobrigau,
stumm in der Luft zerrissen.
Von Trompete allerding keinen Ton nicht vernommen.

HÄCKSLER Weil dein Fernseher kaputt war, Narr,
der Ton im Arsch!

WENZEL Den Fernseher hab ich verkaufen wollen.
Derweil haben sie ihn gestohlen.

HÄCKSLER Wer?

WENZEL Fernsehräuber!

TURTEL Doch nicht die hier im Tatort?

HÄCKSLER Doch nicht die aus dem dreiunddreißigsten Kanal?
Ein Lumpengesindel sondergleichen!

WENZEL Ich hab dann beim Sender geklagt.
Jetzt haben die im Fernseher gesagt:
Sie können den Anblick von meiner Bruchbude
nimmer ertragen.
Und mein Gesicht – das tät ihnen schon ewig lang
zum Hals heraushängen!
Und durch das ist der Fernseher –
ist weggesendet worden.
Aus!

HÄCKSLER Sendeschluß!

TURTEL Da soll sich eine auskennen!
Weiß ich ja wieder nicht,
wer der Richtige ist für mich.
Dunkel.

Zitzen wie Zucchini

Im Turtelzimmer: Turtel und Wenzel. Turtel strickt, Wenzel hält den Wollknäuel. Auf dem Heizkörper liegt ein roter Rock.

TURTEL Da, über dem Heizkörper!
WENZEL Der rote Rock?
TURTEL Hat mein Ambrosius mitgebracht aus dem Krieg.
Wenn ich den späterhin getragen hab,
hat er sich schon ausgekannt.
Weil da bin ich innerlich vor Sehnsucht verbrannt!
WENZEL Ein roter Rock im Heiliggeistspital
kann fein saugefährlich sein!
TURTEL Wie das?
Es klopft hektisch.
HÄCKSLER Sofort aufmachen!
Turtel öffnet die Tür: Häcksler kommt im Rollstuhl samt Radetzkymarsch im Affenzahn herein und knallt gegen den Heizkörper.
HÄCKSLER Au! Au! Auwehzwick!
TURTEL Ja, um Gotteshimmelswillen!
HÄCKSLER Mein Rollstuhl!
Mein Rollstuhl kommt sofort in Fahrt,
wenn wo ein Rock rot ist.
TURTEL Männer sind doch arme Tiere!
Irgendwo zwischen Jesus und Hitler!
HÄCKSLER Wenn ich einen Rock rascheln hör,
eine Seide im Sommer über Popobacken hinab,
das ist in meinen Ohren Musik!
Rockmusik!
WENZEL Popmusik?
HÄCKSLER Popmusik!
Popmusik zeitlebens gehaßt wie die Pest!
Die Langhaarigen da,

wo sich Haschisch spritzen und Stromgitarr spielen?!
Wie so Affen!
TURTEL So ein Afferl!
So ein Afferl!
Leck mich fett! Mein Herzwunsch!
Turnt dann in der Stube herinnen herum!
Hängt sich an den Lampenschirm.
Und reißt die Vorhäng allesamt runter schon auch.
Und lärmert herum!
Tu ihn in kein Käfig. Keinesfalls!
So ein Aff, das wär das meine!
Ich hätt eine so eine Mordsfreud
wie in der Hochzeitsnacht!
Ins Tiergehege anderntags als Mann und Frau.
Im wunderschönen weißen Mantel zu einem Käfig
Menschenaffen.
Und ich: Finger an die Stirn, Finger an die Stirn,
fort Finger an die Stirn.
Aus der Ferne noch.
Der Aff kriegt sein Futter,
so zermatschtes Weißbrot oder was in Wasser,
und ich fort Finger an die Stirn …
Und der Aff mich fixiert, fixiert,
fort fixiert, fixiert, fixiert, fixiert.
Und mein Ambrosius sagt noch: Hab acht!
Und ich: Acht was?
Und der Aff langt in den Trog und: Batsch,
hab ich eine Affenhand voll Affenfressen im Gesicht!
Und mein weißer Mantel als ein ganzer voll.
Hunderte von Leuten ringsherum.
Die haben ja so gelacht …
Ach, ich und ein Afferl!
Wer schafft mir ein Afferl?
HÄCKSLER Und Kinder?
TURTEL Ach, ich und Kinder?!

Nicht mehr, nicht mehr.
So ein Gewürg auf dem Feld.
Um elf geschwind nachhaus.
Soll ich die Säu füttern, kochen oder den Kindern Milch geben?
Ich hab mich oft nur hingestellt und geheult.
Der Kinderwagen im Stall in den Kuhdreck gekippt.
Kinder. Kinder. Kinder.
Ich dann ins Melken gegangen und zu den Kindern in der Küch gesagt:
Da auf dem Sofa sitzen bleiben!
Sie wischt sich die Augen.
Im Anfang nach der Hochzeit nicht melken können:
Das Glück war so groß,
daß die Milchzitzen gewachsen sind in meinen Händen.
Wie Zucchini.

WENZEL *räuspert sich voller Respekt:*
Na, so ein Ding!
Wir können einmal eine Kuh gekauft haben, wo du
sie gemolken haben mußt.

TURTEL Einmal ist mein großer Bub in den Stall gekommen,
kohlschwarz wie so ein Afferl.
Ist er in eine Wanne Altöl gestürzt. *Pause.*
Nein, keine Kinder!

HÄCKSLER Höchstens ein Häckslerkind!

WENZEL Wollen Sie nicht lieber ein Wenzelkind?

TURTEL Ach, ein Afferl, das wär mein Paradies!
Dunkel.

Paradies im Fernseher

Im Wenzelzimmer: Wenzel. Er wirft mit einem Lasso in den Fernseher hinein.
Im Fernseher: Paradiesbaum, voll großer roter Früchte in Gestalt von Globen. Aus einer Weltkugel lugt, als wär sie ein Wurm, die Python hervor. Zwei Affen, der Adam-Affe und der Eva-Affe, ergehen sich.
Wenzel versucht, mit dem Lasso den Eva-Affen einzufangen. Da er ihn mit dem Lasso verfehlt, verfolgt er ihn, so gut es sein kranker Fuß erlaubt. Der Eva-Affe hingegen läuft blitzgeschwind von der Bühne. Wenzel, der einsieht, daß er keine Chance hat, gibt auf. Er hinkt nun mehr als zuvor. Mit beiden Händen winkt er ab. Kurz bevor er die Bühne verläßt, hebt er jedoch den rechten Zeigefinger so, als ob er einen Einfall hätte.
Der Radetzkymarsch kündigt Häcksler an. Er kommt im Rollstuhl hereingedonnert und nimmt sogleich die Verfolgung des Adam-Affen auf: Das Rollstuhlradio, welches den Marsch spielt, wird übertönt vom Martinshorn. Blaulichtgeflacker.
Der Adam-Affe entweicht nach einer heftigen Verfolgungsjagd auf den Paradiesbaum. Häcksler zückt kurzentschlossen eine Fuchsschwanz-Säge und beginnt, den Paradiesbaum umzugeigen.
Der Adam-Affe klettert herunter; als Häcksler einen Augenblick ausschnauft, klaut er ihm die Säge. Der Adam-Affe klettert wieder auf den Ast, auf dem er zuvor saß, zurück. Und beginnt ganz heftig, an diesem zu sägen.
Häcksler schmunzelt listig. Der fast abgesägte Ast bricht unter dem Gewicht des Adam-Affen eher als erwartet, und der Affe fällt auf Häcksler herab. Häcksler fliegt aus seinem Rollstuhl und verliert dabei sein Gebiß.

HÄCKSLER *mümmelnd:*
Mein Gebiß! Mein Gebiß!
Kruzifixparadies!
Der Adam-Affe dagegen kommt im Rollstuhl zum Sitzen. Der Rollstuhl beginnt loszufahren. Es ertönt der Radetzkymarsch und das Martinshorn. Im Blaulichtgeflacker schießt der Adam-Affe im Rollstuhl von der Bühne.
Dunkel.

Affentheater

Im Turtelzimmer: Ein Affe kommt herein.

TURTEL Nein, nein, nein!
Ein Afferl!
So ein großes!
So ein schönes!
Ich tu dich in kein Käfig!
Nein, du kommst in kein Käfig!
Du darfst klettern!
Klettern! Klettern! Klettern!
Der Affe versucht zu klettern. Er kommt kaum den Vorhang hoch, schon fällt er. Und schluchzt jämmerlich.
TURTEL Ach, du bist es,
Wenzel.
Wenzel nimmt die Affenmaske ab.
Turtel, die nun die Dimension von Wenzels Verliebtheit erkennt, ist gerührt. Auch sie wischt sich die Augen.
Plötzlich ertönt der Radetzkymarsch: Die Tür geht auf. Ein Affe kommt im Rollstuhl herein mit rotierendem Blaulicht.
TURTEL Häcksler, Häcksler!
Ich hab Ihr Spiel schon durchschaut!
Könnens aufhören.

Häcksler, Häcksler,
Sie sind doch kein Affe!
WENZEL Der ist ein Aff!
TURTEL Häcksler, sinds vernünftig.
Der Affe – der wirkliche aus dem Fernseh-Paradies – bekommt den Vorhang zu fassen und klettert hoch.
Turtel ist außer sich.
TURTEL Häcksler, Häcksler!
Sie haben uns allen immer Theater vorgespielt.
Sie und Ihr Rollstuhl!
Sie sind geheilt!
Dunkel.

Es werde Licht

Im Turtelzimmer: Turtel und Häcksler.
Während dieser Szene darf die Lichtregie durchaus verrückt spielen: Hell-Dunkel-, Raucheffekte, die ihren Ursprung auch in Häckslers Zigarette haben, in wildem Wechsel ...

HÄCKSLER Geheilt!
Einen Dreck bin ich.
Geheilt!
Hahaha!
Das Doktorzeug heutzutag,
da könnt eines geradezu krank werden vor Wut.
Früher mit Heilhitler operiert.
Heut mit Heilkräuter!
TURTEL Und das Heilwesen erst!
HÄCKSLER Heilfasten!
Heilfressen!
Die Heilschreitherapie da!
Ich halt mich ans Heilrauchen!

Weil wo viel Licht ist,
ist viel Rauch auch!
TURTEL Das versteht in der heutigen Zeit kein Mensch mehr.
HÄCKSLER Die heutige Zeit gibt es gar nicht mehr.
Soviel Zeit fürs Heutige hat überhaupt kein Schwein mehr.
TURTEL Die heutige Zeit ist wie eine Schlange,
wo sich in den Schwanz beißt.
Wo sich selber auffrißt.
HÄCKSLER Nur schmeckt sie sich nicht halb so gut
wie mein Preßsack!
TURTEL Weil es am End selbst der Schlange pressiert.
Mit dem Häuten.
Fächelt sich Rauch aus Häckslers Zigarette zu und inhaliert diesen.
Alles so schnell!
Im Gottesdienst sogar: Da glaubst,
der Geistliche Rat spielt mit den Meßbuben
rings um den Altar herum Fangeles!
HÄCKSLER Ach woher!
So ein Gottesdienst geht doch heut immer noch eine halbe Ewigkeit.
TURTEL Und in der Liebe erst!
Die Mannsbilder allzusammen!
Sogar mein Ambrosius selig!
In allem ist er der Langsamste gewesen,
ewig und drei Tag gebraucht für jeden Handgriff,
nur in der Liebe,
in der Liebe wie die Feuerwehr!
HÄCKSLER Wie ich!
Immer der erste am Brand,
immer die Löschspritze in der Hand!
Wunder wie oft Weiber im Nachthemd
aus bereits lichterloh brennenden Betten gerettet!
Stößt mächtige Wolken Zigarettenrauchs aus:
Überhaupt zeitlebens zuvorkommend gewesen

gegen das weibliche Geschlecht!
TURTEL Aber in der Liebe muß man sich Zeit lassen!
HÄCKSLER Woher nehmen und nicht stehlen!
Kein Schwein hat Zeit, das ist die Schweinerei heutzutag!
Stößt Rauch aus: Alles ist voll Rauch.
TURTEL Die Leut sind nur noch in Gedanken.
Alles war früher in einem anderen Licht.
HÄCKSLER Nichts als Natterngezücht alles heutzutag!
Ich komm vom Insektentauschen
aus dem Pfarrheim Herz Jesu.
Hab ein paar chromgrüne Fleischfliegen eingetauscht
fürs Angeln
und halt,
samt die chromgrünen Fleischfliegen,
meine nagelneue Teleskopangel ins Wasser.
Und schau ungedanks auf die Schönheit
und seh die Schönheit nicht mehr.
Was ist bloß los?
TURTEL *mit Blick auf Häckslers Zigarette:* Darf ich?
HÄCKSLER *unbeirrt:*
Zigaretten habe ich:
HB in Hülle und Fülle.
Sonntag ist ...
Da kommt es mir siedheiß in den Sinn.
Meine Seerosen!
Meine Seerosen!
Wo sind meine Seerosen?
Ich seh bloß Stengeltrümmer,
Stengeltrümmer,
nichts als Stengeltrümmer.
Bisamrattenkrüppel!
Bisamratten sind doch süchtig auf Seerosen.
Kruzifix!
Kruzifix!
TURTEL Darf ich mal?

HÄCKSLER *unbeirrt:*
Früher hast ja für einen Bisamrattenschwanz
ein Fünfzigerl gekriegt auf dem Landratsamt.
Heut, wo HB sieben Mark kosten, wirst gestraft,
wennst so einen Krüppel,
so einen Seerosenräuber,
überhaupt nur kritisch anschaust.
So ändern sich die Zeiten!
TURTEL Darf ich mal an Ihrer Zigarette ziehen,
Herr Häcksler?
HÄCKSLER Kurz. Nur kurz:
Ich muß ewig rauchen,
daß ich nicht aus der Übung komm.
Durchs Rauchen mich gefangen im Krieg.
Einmal seitkriegs ausgesetzt mit dem Rauchen.
Aus Leichtsinn.
Nach der Beinoperation,
anno siebenundsiebzig.
Das sag ich aber nur Ihnen –
als meiner Ehrenvertrauten.
Offiziell: Kriegsinvalid.
Nach der Beinoperation siebenundsiebzig,
am andern Tag doch mords ein Rauchgelüst gekriegt.
Und weiß nimmer,
wie es gehen tut.
TURTEL Das Gehen?
HÄCKSLER Das Rauchen!
Das riskier ich mein Lebtag nimmer.
TURTEL Da schauen Sie mir nur jetzt genau zu,
dann kommt es Ihnen nicht aus dem Sinn...
Sie zieht – und inhaliert genußvoll den Rauch dabei – an der Zigarette.
HÄCKSLER Und siebenundsiebzig,
o Kreuz,
erst nach drei Wochen wer gesehen,

wo raucht.
Herrgott!
Und ich mich gleich bei ihm ums Rauchen befragt.
In Hinblick aufs Feuer.
Seit drei Wochen eine Zigaretten bereits im Mund gehabt.
Sie hinum- und herumgedreht mit der Zunge und gedacht:
Das kann doch nicht alles gewesen sein.
Wie ist Rauch früher entstanden in Zigaretten?
Wie ist Rauch früher entstanden in Zigaretten?
Der Kopf sogar kann geraucht haben,
bloß die Zigarette im Maul nicht.
Im Fernseher: Glaubst,
die hätten ein einziges Mal das Rauchen vorgeführt ...
Nichts!
Von Seerosen abgesehen!
Seerosen, soweit das Auge reicht!
Seerosen gebracht im einen Kanal.
Und im andern eiskalt Bisamratten ausgelassen!
Brauchen nur hintenrum durchschwimmen,
ist der Salat perfekt.
Kann unsereins wieder original ins Ofenrohr schauen!

TURTEL Sehen Sie nicht wirklich alles
ein wenig zu schwarz?

HÄCKSLER
In allen Farben der Fuchsteufelswildheit,
weiß Gott!
Jeder Augenblick kann tödlich sein!
Für den Seher!
Es ist wieder gerade sehr viel Rauch im Raum.

TURTEL Darf ich sie mal sehen?

HÄCKSLER Mich?

TURTEL Ihre Brille!

HÄCKSLER Ich seh sie selber nicht ohne sie!
Sucht:
Ach, hier ist sie ja!

Er gibt ihr seine Brille.
TURTEL *Mit Häckslers Busenhalter-Brille:* Sie haben ja gar kein Unterhemd an!
Erschrickt:
Jetzt geht mir ein Licht auf!
Jetzt seh ich, was Sie allweil sehen.
Sie Schweinigl, Sie!
Sie geht auf ihn los und schlägt auf ihn ein; trifft ihn jedoch, aufgrund des vielen Rauchs, nicht.
HÄCKSLER Das sehen Sie falsch!
Die Brille von der Quelle.
Das ist fein ein Versehen.
Daß ich Ihnen die gegeben hab.
TURTEL Da haben Sie die gesamte Zeit,
wo ich in aller Unschuld mit Ihnen geredet hab,
auf meine Euter gestiert!
HÄCKSLER Keinen Augenblick!
Auf so was merk ich nicht auf.
Als Ehrenmann!
Als Kriegsinvalid!
Selbst wenn im Fernseh eine ihre Milchfabrik präsentiert,
schalt ich schlagartig um.
Aus!
TURTEL Ich schau bloß noch Zeug,
wo ich abschalten kann.
Es ist ganz dunkel.
Es klopft.
HÄCKSLER Da stell ich mich taub.
Auf dem Ohr hör ich nicht mehr.
Da wenn der Kaiser von China drauß wär.
WENZEL/STIMME Aufmachen!
Aufmachen!
Red ich chinesisch?
HÄCKSLER Chinesisch?
Deutsch!

TURTEL In einer Zeit,
wo amerikanische Heilige höher sein wollen
wie unsere Heiligen?
HÄCKSLER Ach, alle sieben Wege führen in den Himmel.
Bloß der über Rom nicht.
Es klopft wiederum.
WENZEL/STIMME *für sich:*
Und wenn ich wirklich wie ein Chinesenneger daherredert ...
Oder ein Zungenschlaganfall ist im Ausbruch begriffen ...
Oder ein Schwerversprecher?
Von Lateinamerika her am Ende,
wo die Welt ausschaut wie,
wie von einem Uruguay erschaffen.
Von so einem farbigen Uhu.
HÄCKSLER Nichts da!
Da läuft ja die Scheiße bergauf!
Die Welt ist von unserem Herrgott höchstpersönlich
auf deutsch erschaffen worden.
TURTEL Deutsch?
WENZEL/STIMME Ich müßt lachen,
wenn es jüdisch gewesen wär!
Es wird wieder ganz dunkel.
HÄCKSLER Es werde Licht.
Es bleibt dunkel.
Es werde Licht!
Das ist doch deutsch
oder nicht?!
TURTEL Es werde Rauch – auch!
Es wird der Raum wieder voll Rauch.
WENZEL/STIMME Der Herrgott versteht halt nur jüdisch mehr
am End!
HÄCKSLER Sakra Zement!
Sakra Zement!
Sakra Zement!
TURTEL *zu Häcksler:*

Was tun wir nur geschwind,
daß der Wenzel sich nicht im Denken
schlechtmacht über uns?

HÄCKSLER Ab durch die Mitte!

TURTEL Wohin bitte?
Es klopft kräftiger.

HÄCKSLER *laut:*
Ruhe bitte!
Aufnahme!

TURTEL Ach, die Aufnahme in den Himmel
ist bereits angesagt?

HÄCKSLER Ich zeig dir gleich, Pupperl,
wo Gott wohnt.
Häcksler fährt Turtel mit dem Rollstuhl in die Kniekehlen; als sie in seinem Schoß sitzt, verschwinden sie hinter der Tür. Häcksler hält Turtel den Mund zu. Wenzel stürmt ins Zimmer. Er nimmt den Aschenbecher voll glühender Zigaretten. Dunkel. Licht.

WENZEL Wo sind sie jetzt?
Ich hab doch ihre Stimmen gehört!
Ich hab doch noch vernommen, sie wollen da hinkommen,
wo Gott wohnt.
Aber wo wohnt Gott?
Lieber Aschenbecher, weißt du, wo Gott ist?

ASCHENBECHER Im Feuer aufgegangen.
Meine Seele ist Luft!

WENZEL Weißt du, Radio, wo Gott wohnt?

RADIO Weltrekord: In Ludwigshafen
wurde der schnellste Dankgottesdienst aller Zeiten gefeiert.
Fünf Minuten!
Weil es am Rhein so schön ist!

WENZEL Werd ich müssen auf den Friedhof!
Aufs Grab von der Mutter.
Ist grün allweil wieder,
die Erde, wo sie liegen tut.

Und es wächst Weizen rings auf den Feldern um Waldsassen.
Und wird Brot draus.
Für einen Haufen Menschen.
So kümmert sich die Mutter noch um ein Häuflein Elend im Grunde.
Wie ich eines bin.
Wenzel weint. Hinter der Tür hört man Häcksler mit Turtel, die reden will, ringen, dabei prustet er vor Lachen. Dunkel.

Schmerzen wie von Liebe

Im Bad: Wenzel.

WENZEL Und ich komm eines Tages nach der Frühmesse in der Spitalkapelle.
Bin ich herumgegangen gewesen ein wenig in der Stadt.
Wieder ins Spital rein.
Und ich habs auf dem Kopfsteinpflaster
schon gespürt gehabt.
Das Schmerzen wie von Liebe dagegen.
Und beiläufig gedacht,
daß ich nimmer gehen kann in dem Zustand.
Daß es wie Schock ist,
aber nicht zum Durchbruch kommen kann ganz.
Wie so ein Gewitter ist es gewesen.
Wo draußerhalb aufziehen tut in der Natur,
aber im Kopf dann nur gewaltig zum Ausdruck kommt.
Im Krachen gegen die Schädeldecke.
Sind dann die Löcher groß irgendmal,
wie Taubeneier.
Daß Wolken ziehen könnten in den Kopf.
Ja Regenbögen dagegen.
Es kommt die Blutjunge Schwester herein.

BLUTJUNGE SCHWESTER Werlden Sie sjetz gewaschen oderl waschen Sie sich selberl?

WENZEL *unbeirrt:*
Und ich find zu allem Glück in den Gedanken
ein so ein in den Teer direkt geschmolzenes Silberkreuzl.
Und ich hab jetzt gewußt,
daß mir das Segen bringen wird.
Und ich grüß,
wie wenn niemand oben wär,
zur Kirche hinauf.
Hat grad der Rotdorn geblüht.
Auf einmal fängt doch der Kirchturm das Sprechen an
mit mir.
Und sagt: Dem Menschen sein Herz wird schon auch
geschlagen ein wenig
vom Glück.
Was ist das Rauschen von Blutbuchen groß andres
als wie die totgeschlagene Zeit?
Und gegen das schwere Glockeneisen
tut sich ein Herz doch wundschlagen dagegen.
Gegen die Stille,
wo eines Tages hereinbrechen tut über uns.

BLUTJUNGE SCHWESTER Werlden Sie gewaschen oderl waschen Sie sich selberl?

WENZEL Ich werd selber gewaschen.

BLUTJUNGE SCHWESTER Im Gehirln?
Sie wäscht ihm den Kopf.

WENZEL Ich hab die Mutter gesehen
in einem schönen Fruchtgarten.
Und das Geäder auf ihren Herzbergen hat blau geleuchtet.
Wie Paradiesbaumgeäst.
Wie ich auf die Welt kommen bin.
Und das ist die Scheiße.
Wars Paradies grad wie am Ende wieder.
Sonst wär ich wie ein Gotteskind gewesen.

Und jetzt soll es von vorn losgehen.
Werden wir wieder gesät,
vom Wind ins Paradies geweht.

BLUTJUNGE SCHWESTER Nurl die Tote gehen sicherle Weg.

WENZEL Ja, zu den Toten bin ich gekommen,
wie ich im Friedhof Gott gesucht hab.
Hab ich gedacht, wenn ich die Toten sogar leben seh,
dann wird doch der Herrgott doch dennoch auch leben!
Und wenn er gestorben ist,
braucht bloß ein Engel ein Wort verlieren,
dann bringt ihn die Gottfrau liebend gern
wieder auf die Welt.
Und der ganze Zirkus geht von vorne los.
Und so weiter geht es fort.
Bis irgendmal hinein
in die Ewigkeit.
Dunkel.

Die Schlange gehört ins Paradies

Im Bad: Die Blutjunge Schwester wäscht den einen Fuß Häckslers, den an sich einzigen: Sie lüpft diesen über den Wannenrand.

BLUTJUNGE SCHWESTER Ich verlstehe nicht Frlanzose
frlessen die Frlossenkel.
Ich Anfang auch nicht verlstehe die Bayerln.
Frlesse die Eisbein von die Swein.
Ich denke Eisbein smeckt seiß.
Aberl die Eisbein smeckt fein.
Häcksler nimmt etwas Puffreis aus seiner Tüte.
Plötzlich hebt er, während das eine noch von der Blutjungen Schwester gewaschen wird, ein weiteres Bein über den Badewannenrand.
Die Blutjunge Schwester erschrickt.

Du ja Bein!
Du gesunde!

HÄCKSLER Mein drittes Bein!
Und mein drittes Bein ist wie mein zweites Bein.

BLUTJUNGE SCHWESTER Elefant.
Hat erl vierlerl Bein.

HÄCKSLER Jetzt du waschen diese Bein!

BLUTJUNGE SCHWESTER Nein, nein.

Sie rennt weg, dabei stürzt sie. Sie blutet am Bein und schleppt sich mit letzter Kraft hinaus.
Er hingegen nimmt nochmals Puffreis.
Im Fernseher: Licht auf die Blutjunge Schwester im Goldbikini, als Schlangenfrau: Die riesige Python aus dem Paradies windet sich um ihren Körper.
Häcksler beginnt, sein anderes Bein heftig einzuseifen.

HÄCKSLER Komm! Komm!

Die Blutjunge Schwester wirft die (in Wirklichkeit künstliche) Schlange aus dem Fernseher heraus zu Häcksler ins Badewasser. Häcksler schreit und spritzt und schlägt um sich. Er bekommt die Schlange irgendwann zu fassen und wirft sie in hohem Bogen ins Publikum.

JEMAND AUS DEM PUBLIKUM Die Schlange ist echt!

Dunkel.

Was sein frlei?

Im Sprechzimmer: Der Professor für die Bein, niemand andres als Häcksler mit Bart, Doktorkittel und Augenklappe, vor der Blutjungen Schwester, die mit verletztem Knie auf einer Lederpritsche liegt.

PROFESSOR FÜR DIE BEIN Sie sind verletzt?

BLUTJUNGE SCHWESTER Bein sein blutige!

PROFESSOR FÜR DIE BEIN *hüstelt autoritätsheischend:*
Machen Sie sich unten frei!

BLUTJUNGE SCHWESTER Was sein frlei?
PROFESSOR FÜR DIE BEIN Ausziehen!
BLUTJUNGE SCHWESTER Hierl sein Wunderl!
PROFESSOR FÜR DIE BEIN Kein langer Zirkus!
Er nähert sich der Blutjungen Schwester …
BLUTJUNGE SCHWESTER *in tödlicher Panik:*
Nein, nein, nein! *Zeigt auf ihr Knie:*
Hierl sein Wunderl!
Der Professor für die Bein jedoch sucht woanders.
Du, Sie Swein!
PROFESSOR FÜR DIE BEIN *äfft sie nach:*
Sweinbein smeckt fein!
Ich als Metzgerl!
Räuspert sich vor Wut über seinen Versprecher.
BLUTJUNGE SCHWESTER Du!
Du sein Sweinmetzgerl!
Du sein HäacksIerl!
SweinshäacksIerl!
Der Professor für die Bein berührt sie zwischen den Beinen und erschrickt. Er zuckt zurück und fällt in Ohnmacht. Dunkel.

Es gibt keine Sünde im Süden des Herzens

Im Bad: Turtel sitzt, von Schaum umgeben, in der Wanne und reinigt sich voll Freude. Sie spricht zu sich im Spiegel.

TURTEL – Bei Ihnen taugts Herz nimmer viel,
hat der Professor gesagt für die Brüst.
Ach, wenn der wüßt,
ich mach mir allweil Gedanken,
wo eines im Leben nicht sagen kann.
Keinem Mann.
Höchstens dem Herrgott,

höchstens den Blumen im Stockwerk.
Oder den Gottesaugen auf der Mutter ihrem Grab.
Die ist selig jetzt.
Im Himmel wie auf Erden ist die daheim.
Und bei mir könnt es am End umgekehrt sein.
– Gegen Herzbruch, hat der Professor gesagt für die Brüst,
Hilft nur die Liebe.
Liebe – in Gottes Namen!
Aber Gottfried Häcksler?
Muß ich den Professor für die Brüst noch einmal fragen:
Gottfried Häcksler –
das einzige Heilmittel gegen Herzbruch?
Die Blutjunge Schwester kommt herein: mit Knieverband.
TURTEL Kennst du die Liebe, Kind?
BLUTJUNGE SCHWESTER Du Liebe?
Turtel zuckt mit den Achseln.
TURTEL Die Liebe der Männer?
BLUTJUNGE SCHWESTER Häackslerl,
erl spiele Doktorl furl Bein!
Und erl langt mirl in Bein,
wie sein Swein, derl!
TURTEL Ach, der Häcksler! Der Häcksler! Der Häcksler!
War das mit der Brustuntersuchung!
Wart nur, Hund, unverschämter!
Überlegt.
Dem werden wir aber krawottisch auf den Zahn fühlen!
Die Blutjunge Schwester beginnt, ihren Rücken einzuseifen.
BLUTJUNGE SCHWESTER Frlauen viel zeltlichel!
TURTEL Keine Ruhe in der Liebe,
die Mannsbilder allzusammen:
Ein Buscherl und Schnapperl,
das ist es dann gewesen,
das zwanzigste Jahrhundert!
BLUTJUNGE SCHWESTER Ich als Kind sehe die Liebe.

Elefantenliebe.

TURTEL Die Elefantenliebe?

BLUTJUNGE SCHWESTER Bei uns man nicht sagt:
Miteinanderl slafe.
Man sagt: Miteinanderl trläume.
Oder sagt: Mann tut Frau überl-lege.

TURTEL Ja, bei uns tut man auch überlegen.
In der Regel.

BLUTJUNGE SCHWESTER Die Elefant,
die Frau hat es in Bauch. Da.
Muß man sehrl vorlsichtig sein.
Ist so gebogen wie Stoßzahn.
Wie Elefenbein. Da.
Und stehen auf hinterle Füße.
Da. *Zeigt es: die Hände am Badewannenrand, das Kreuz durchgebogen.*
Und machen die Liebe.

TURTEL Und bleiben sie sich ein Leben lang treu?

BLUTJUNGE SCHWESTER Das Tierl ist ehlich.
Mensch ist unehlich.
Die Blutjunge Schwester wäscht nun die Seife von Turtels Rücken. Sie ist im Begriff, die Brüste einzuseifen.

TURTEL Da nicht.
Das ist eine Sünde.
Die Blutjunge Schwester seift nichtsdestotrotz die Brust über Turtels Herz ein. Die Blutjunge Schwester wäscht die Seife von Turtels Herzbrust.
Ist das aber schön!
Dunkel.

Rauchzeichen

Auf dem Spielplatz: Wenzel und Turtel im Sonntagsstaat. Sie sind augenscheinlich während ihres Spaziergangs auf den nahe gelegenen Kinderspielplatz gekommen. Turtel sitzt auf der Rutschbahn und fährt anfangs langsam, im Lauf der Zeit zusehends kühner. Wenzel sitzt im Sandkasten, gräbt Löcher in den Sand. Schüttet sie wieder zu.

WENZEL Im Schatten von Feuerzungen
spielen wir unser Leben.
Und gehen vorbei.
Und wissen nicht,
ob wir am Leben vorbeigehen oder am Tod.
Weil Herzglocken jetzt nur noch
die Sonne herausläuten
aus Weibern.
TURTEL Habichtskraut läuten sie heraus
und Lungenstürze.
Blutkristalle aus jedem Kuß.
WENZEL Tust du reden von Gott?
Mit Gott?
TURTEL Im Augenblick rede ich mit dir.
Von dir.
WENZEL Redest du mit Gott?
TURTEL Im Augenblick rede ich mit dir.
WENZEL Und wenn es wieder finster ist?
Er zündet sich eine Zigarette an, zieht und gibt sie ihr.
TURTEL Wenn ich wieder allein bin,
red ich mit dem Herrgott.
WENZEL Mit dem alten oder mit dem jungen?
TURTEL Mit dem jungen.
WENZEL Dann wird der junge sagen:
Jetzt kannst mich kreuzweis.
TURTEL *entläßt Rauchringe aus ihrem Mund:*

Ich red mit dir,
aber ich mach zugleich Rauchzeichen zu ihm.

WENZEL *singt:*

Es gehen schwere Schritte
In mein Haus nachts hinein.
Ich bin in ihrer Mitte,
Ich hör im Sarg mich schrein.

Es sind nicht meine Schritte,
Es ist auch nicht mein Schrein.
Ich hab nur eine Bitte,
Laß Du mich nicht allein.

Es bersten all die Wände.
Es fällt ein jedes Haus.
Es stürzen Feuerbrände,
Du trägst mich tot hinaus.
Dunkel.

Gottesfabrik

Spielplatz: Wenzel und Häcksler auf einer Kinderwippe: Ein aufgebockter Balken mit Gummireifen zum Festhalten vor einer Bretterwand. Mal ist der eine in der Luft, mal der andere. Mal sieht der eine über die Bretterwand, mal der andere.

WENZEL *ist in der Luft:*
Wie so Kinder sind wir wieder.
Und einer, wo vor Urzeiten gestorben ist,
hat sogar Gott geheißen.

HÄCKSLER *ist in der Luft:*
Mein Vater! Das war mein Vater!

WENZEL Ha! Ha! Ha!

HÄCKSLER Du hast nicht einmal einen Gott!
Und mein Vater hat eine ganze Fabrik gehabt!
WENZEL Ha! Ha! Ha!
HÄCKSLER *unbeirrt:*
Meinem Vater.
Dem war die Leber eingetrocknet.
Durchs ewige Saufen.
Ein Ding wie eine Wüsten-, wie eine Gotteskrankheit,
wo das Leben hervorruft.
WENZEL In Waldsassen auf die Welt gekommen.
Und ich sterb in Waldsassen aus.
HÄCKSLER Es gibt kein Wiesau mehr!
Wieso sollt es noch ein Waldsassen geben?
WENZEL Am End gibt es wirklich kein Wiesau mehr.
Nur die Metzgerei Löwenstein besteht noch.
Der Löwenstein will ganz Wiesau aufgekauft
und abgerissen haben.
Weil er sich vergrößern will!
HÄCKSLER Ha! Ha! Ha!
Kein Wiesau!
Und Waldsassen mehr!
WENZEL Waldsassen?!
Wo ich erschaffen worden bin in einem Weib?
Wo ich leb im Heiliggeistspital auf meine alten Tag?
HÄCKSLER Eingerissen nach dem Krieg:
Waldsassen ist dem Erdboden gleich.
WENZEL Wer? Der Löwenstein?
HÄCKSLER Amerikanische Russen!
Oder russische Amerikaner! So Zeug.
WENZEL Mein Vater ist dabeigewesen.
Bei der Welterschöpfung.
Der hat gesagt: und da ist kein Erdreich gewesen,
zu meiner Zeit war Wasser alles.
HÄCKSLER, *der nun gerade in der Luft ist und in die Ferne sieht:*

Stein auf Stein war Waldsassen –
ein Steinhaufen ist jetzt Waldsassen,
Brombeer über die Schutthügel!

WENZEL Mein Vater hat einen Pfahl hineingeschlagen.
Und durchs Stoßen ist im Wasser wie Land geworden.
Ist schaumig geworden und steinig gleich auch.
Geister gewesen und aus Quellen geworden im Erdreich.
Und in so Zeug hat er die Mutter gesucht.

HÄCKSLER Kein Stein ist mehr auf dem andern.
Das ist die Wahrheit über Waldsassen.

WENZEL, *der nun höher in der Luft ist:*
Gar nichts wahr!
Ich seh es doch: Waldsassen. Wie von jeher!
Da rings herum: alles Waldsassen!
Und es wird allweil waldsassener nur und waldsassener!

HÄCKSLER, *der nun höher in der Luft ist:*
Ha! Ha! Ha!
Nichts als ein Haufen Trümmer ist Waldsassen.

WENZEL Ich trau deinen Augen nicht!

HÄCKSLER Ich seh es doch vor mir: Trümmer.
Nichts als Trümmer.

WENZEL Kurz vor der Welterschaffung wieder welche
aus meinem Blut das Waldsassener Heiliggeistspital
geschwind noch aufgebaut.
Weil sie gedacht haben werden:
Was man hat, hat man.

HÄCKSLER
Grad aus dem Heiliggeistspital wurd herausgemördert
eiskalt Fensterstock um Fensterstock.

WENZEL, *der nun höher in der Luft ist:*
Aber, ich seh es doch. Hier steht es noch:
das Heiliggeistspital.
Keine hundert Meter von hier!

HÄCKSLER Unsinn! Das redest du uns alles ein!

WENZEL Zu der selben Zeit ist dann alles gleicher gewesen.

Da sind aus dem Waldsassener Heiliggeistspital wieder
die Brombeeren in Büschen herausgewachsen.
Und die Vögel haben im Weltuntergang ein Singen geteilt.
Und wie die Zeit das Wasser einmal
durch die Distelwiesen gebogen gehabt hat,
bin ich dann aufgekreuzt.
Als ein Kind.

HÄCKSLER Du bist ja nur ein Naturkind.
Aus einer Fabrik hingegen stamm ich.
Auf dem Totenbett hat mein Vater
von Gottesfabrik die Rede führen wollen.

WENZEL Gottesfabrik?

HÄCKSLER Eine Gottesfabrik, stell ich mir vor,
stellt alles her in uns.

WENZEL Alles?

HÄCKSLER Kopfkissen, wo wir von der Welt träumen.
Von schönen Schwarzhaarigen!
Und Seifen, wo man sich die Hände waschen kann
hinterher.

WENZEL Und was stellt sie in Gottes Namen her?

HÄCKSLER Eine Gottesfabrik stellt her:
Zum Beispiel jeden Tag meinen Rollstuhl.
Jeden Tag ein wenig anders:
mal mit Motor, mal mit Rotor, mal mit Radio,
immer aber mit Furio!

WENZEL In Waldsassen?

HÄCKSLER
Jeden Tag stellt sie Waldsassen aus den Trümmern her,
jeden Tag das Heiliggeistspital,
jeden Tag mein geheiltes Hirn.
Und überhaupts alles, alles, alles auf der Welt!

WENZEL Das wiederum wär so gar schlecht gar nicht.
Hätten wir ein Recht drauf:
auf jeden Herrgott.
Auf jede Muttergottes.

Auf Adam und Eva und alles.
Hätten wir ein Stücklein Grund im Paradies.

HÄCKSLER Du nicht!
Du bist und bleibst ein armer Schlucker.
Hast keinen Grund für dein Glück.
Bloß ich – und die Turtel!
Du bist nur Naturkind,
ich aber Gottesfabrikssohn!
Sehnsüchtig seufzend:
Der Kamin von unserer Gottesfabrik,
höher als der Himmel!

WENZEL Weißt du noch, wo sie war,
die Fabrik?

HÄCKSLER Nein, nein! Das ist die Hölle!
Mir raucht der Schädel, seit mein Vater tot ist.
Gut fünfzig Jahr lang hat er mir jeden einen Tag gesagt,
wie die Fabrik heißt und wo sie liegt.
Und fünfzig Jahr lang hab ich es jeden andern Tag vergessen.
Und er muß ausgerechnet sterben an einem Tag,
wo ich es wieder vergessen hab.

WENZEL Wie kann man eine Gottesfabrik vergessen?

HÄCKSLER Durch einen Urkalk im Kopf!

WENZEL Und der Urkalk ist ein paar tausend Jahr älter
als wie dein Kopf.
Dunkel.

Paperlapapp

Spielplatz: Häcksler und Turtel auf Kinderkarussell, das Häcksler dreht.

HÄCKSLER *zündet sich eine Zigarette an:*
Ich im Krieg,
Kriegsgeheimnis noch heut im Grund,
gewesen Flieger.
Kavallerie im Anfang,

ein tödlich rassiger Hengst.
Unvorstellbar heutzutag.
Und zugleich Kavalier!
Auf mich sind sie nur so geflogen.
Mit Abitur sogar.
TURTEL Paperlapapp!
HÄCKSLER Noch heut eine hundssakrische Gewalt
über das weibliche Geschlecht!
Augenblick wie Flammenwerfer!
Und es taumeln dir die alten Schatullen liebdamisch
durch Tirschenreuth in einer Tour!
TURTEL Paperlapapp!
HÄCKSLER Hat mein Major Schloch gesagt,
Luftwaffe, Häcksler!
Mein Tip: Tante Ju!
Da sind Sie aus dem Schneider,
wenn I-h-n-e-n wieder wer verdächtigt.
Weil Ihr Pferd fort Wind fahren läßt um Wind.
Zu Befehl, Major Schloch!
TURTEL Paperlapapp!
HÄCKSLER *läßt einen Wind fahren:*
Jetzt war es ich,
im Krieg mein Gaul.
TURTEL Paperlapapp!
HÄCKSLER *raucht:*
Doch kaum fliegen können vor Furunkel!
Pfingsten vierundvierzig
einen in der Luft am Arsch gehabt.
Pfirsichgroß: Da scheiß ich sogar aufs Paradies
vor Furunkel!
Und ist beim Landen bereits runkelrübengroß.
Runkelrübenrot.
Runkelrübenrund. *Raucht.*
Aber mir nichts dir nichts wieder starten müssen.
Gewiß eine zu große Gefahr gewesen für das Weiberblut

auf dem Boden.
Zuchthengst wär mein Ding gewesen.
Da scheißert ich auf die Luftwaffe!
Und zwar aus ungeheurer Höhe.
TURTEL Paperlapapp.
HÄCKSLER Aber ich, kaum in der Luft,
nicht lang spekuliert.
Den Arsch hinausgehalten aus dem Bomber in den Wind!
Haben mir Freund oder Feind den Furunkel wegoperiert.
Haarscharf mit der Flak im Flug!
TURTEL Und das ist nicht ins Aug gegangen?
HÄCKSLER Ins Aug nicht.
Aber für den Furunkel den Fuß geopfert.
Für Deutschland!
TURTEL Paperlapapp.
Sie sind nicht auf den Mund gefallen, Häcksler!
HÄCKSLER Als Flieger!
Es war einmal:
Kaum die Wahrheit gesagt gehabt, die blutige,
ist mir in dem Augenblick
eine Fleischfliege ins Maul geflogen.
Und ich es vor Schreck sperrangelweit aufgerissen.
Und was kommt wieder heraus aus meinem Rachen:
ein Schmetterling!
TURTEL Paperlapapp!
Drehen Sie doch ein wenig geschwinder.
Oder schwindeln Sie schon wieder?
Häcksler wird es tatsächlich schwindlig: Er fliegt vom Karussell und fällt auf den Mund.
HÄCKSLER O Scheißdreck!
Jetzt ist mein Gebiß endgültig im Arsch!
TURTEL *listig:*
Für so einen Fall gibt es gewiß
einen Professor für die Zähn.
Dunkel.

Lustgas

Sprechzimmer: Häcksler im Zahnarztstuhl. Der Professor für die Zähn mit Bart, Augenklappe und Doktorkittel ist in Wirklichkeit Turtel, die Blutjunge Schwester die Sprechstundenhilfe. Häcksler wimmert, zusätzlich zu den Geräuschen des Bohrers, aufs heftigste.

PROFESSOR FÜR DIE ZÄHN Auuuuuuhhhh!
Auuuuuuhhhh!
Das Klatschen einer Mordstrummohrfeige.
HÄCKSLER Sind Sie denn jetzt ganz narrisch geworden?!
Und spritzen mich voll mit Ihrem Blut.
Im Zeitalter der Seuche.
PROFESSOR FÜR DIE ZÄHN Notwehr!
Notwehr, Tollwütigen gegenüber!
Durch meinen Gummihandschuh beißen!
Sie! Sie!
Sie Schlange! Sie!
Zuerst Zubeißen, dann noch giftigen Sermon!
Sie! Sie!
Herr Häcksler,
Sie haben es jetzt fein haargenau beieinander!
Neulich in Hirschau einen Hengst kastrieren müssen,
der hat auch immer den Professor für die Pferdezähn
bissen!
HÄCKSLER *merkt, daß er übers Ziel hinausgeschossen ist:*
Ohne mein Gebiß sag ich wieder ganz anderes Zeug,
als wie ich sagen will.
PROFESSOR FÜR DIE ZÄHN
Dann muß ich Ihnen leider Gottes radikal radiputz…
HÄCKSLER Herr Doktor! Herr Doktor!
Wenn Sie mir auch noch meine letzten
Sinnplomben ziehen,
weiß ich überhaupt nicht mehr,

wie mir der Schnabel gewachsen ist.
Ohne meine Ammoniakstück wird mir jedes Wort
zum Krüppel.
Ungelogen.

PROFESSOR FÜR DIE ZÄHN Rigoros:
Zahnstummel um Zahnstummel!

HÄCKSLER Auwehzwick!
Krieg ich Lustgas durch die Sprechstundenhilfe?

PROFESSOR FÜR DIE ZÄHN Jawoll.
Kriegen Sie im Elefantenrüssel.

Häcksler wird ein Elefantenrüssel vorgeschnallt: Er kugelt sich vor Lachen.

HÄCKSLER Wirkt überhaupt nicht!
Die Sprechstundenhilfe muß den Elefantenrüssel halten,
daß eine Wirklichkeit zustande kommt.

Die Sprechstundenhilfe langt an den Elefantenrüssel.
Häcksler fällt in Trance.

PROFESSOR FÜR DIE ZÄHN Und jetzt unumwunden:
Was ist die blutige Wahrheit Ihres Herzens?

HÄCKSLER *im Lustgastaumel:*
Es war vierundvierzig vor Christus,
nein, vor dem Führer.
Vierundvierzig vor dem Führer gestanden
als sein Himmelfahrtskommandant,
er vierundvierzig vor mir
als mein Höllensturzkommandant.
Und ich gesagt: Ich bin Ihr Herr,
ich ziehe Sie hinauf.
Und er hat gesagt: Ich bin Herr,
ich ziehe Sie mit mir hinab in die Hölle.
So ich ihn hochgehoben,
so er mich hinuntergezogen.
So ihn wieder hochgehoben,
so er mich wieder hinuntergezogen.
So ist es immer hin und hergegangen,

immer hin und her,
wie in meinem Herzen bis auf den heutigen Tag.
Das muß vierundvierzig gewesen sein.
Nein: 44.
Der zweite Vierer muß vornehin!
Dunkel.

Die Tränen der Krokodile

Im Wenzelzimmer: Wenzel, Turtel, Häcksler.

WENZEL *greint:*
Ich hab nicht gesagt,
daß ich es geträumt habe.
Es hat mir geträumt,
hab ich gesagt:
Mein Schutzengel war auch Krüppel.
Aber es ist nicht aufgefallen.
Durch seine Flügel.
Und das hat mich wieder gefreut.
Ich kann sogar gelacht haben vor Freud in der Nacht.
TURTEL Warten Sie nur, eines schönen Tages tanzen Sie im Himmel
in schönen Löwenzahnwiesen
mit einem ganzen Haufen englischer Fräulein
Ringelreihen!
HÄCKSLER Unsinn! Hirngespinste!
Schauen wir Fernseh gegen den Tod!
Im Fernseher: Fernsehfrau und Fernsehforscher.
FERNSEHFRAU Und Sie forschen an einer Flüssigkeit,
die das ewige Leben garantieren soll?
Darf ich erfahren,
woraus diese Flüssigkeit gewonnen wird?
FERNSEHFORSCHER KRIMOL SIIN wird gewonnen aus

den Tränen von Krokodilen.
FERNSEHFRAU Ungeheuer – interessant!
Wieviel Augenflüssigkeit brauchen Sie im Durchschnitt?
FERNSEHFORSCHER Viel zuviel:
Es gibt zusehends weniger Krokodile auf der Welt.
Von blinden einmal abgesehen.
FERNSEHFRAU Mit anderen Worten: Die Tiere,
die das Wasser des ewigen Lebens
aus ihren Augäpfeln verströmen,
sind selber zum Aussterben verurteilt?
FERNSEHFORSCHER In der Tat.
Der KRIMOL-SIIN-Konzern hat zwar genug
Krokodiltränen in Tiefkühltruhen,
nichtsdestotrotz forschen wir Tag und Nacht,
um auf künstlichem Wege
durchaus künstliche Krokodile zu erzeugen.
Allein die Tränen,
die diese Wesen vergießen,
müssen echt sein!
FERNSEHFRAU Alles klar!
Ich danke Ihnen, Herr Doktor Doktor Kalifox.
Meine Damen und Herren!
Es werden Altenheime gesucht, die bereit sind,
KRIMOL-SIIN-Dampfbäder einzubauen.
Es werden alte und kranke Leute gesucht, die Mut haben,
das ewige Leben zu wagen.
Schreiben Sie an den Höllischen Rundfunk.
Diese Sendung wurde produziert mit Unterstützung
des KRIMOL-SIIN-Konzerns.
Dunkel.

Das ewige Leben

Im Heilbad: Über dem Ganzen Krokodilköpfe. Tränen aus ihren Augen speisen das Heilwasserbassin.
Man sieht nur drei Menschenköpfe aus dem Nebel ragen: den Turtels, den Häckslers und den Wenzels. Wasserrauschen. Die drei, Massagedüsen im Kreuz, rücken auf Gongsignal um einen Meter weiter, bis sie gegen Ende ihre Ausgangsposition wieder bezogen haben. (Sollten die Rollen mit jüngeren Darstellern, die das Alter herstellen, besetzt sein, so ist hier Gelegenheit, in der Mitte der Szene ganz jung zu sein und bis zum Ende derselben hin wieder zu altern).

TURTEL *singt:*
Und in dem Schneegebirge,
Da fließt ein Brünnlein kalt,
Und wer das Brünnlein trinket,
Wird jung und nimmer alt.

Ich hab daraus getrunken
So manchen kühlen Trunk.
Ich bin nicht alt geworden,
Ich bin noch allzeit jung.
In Verzückung, jedoch gesprochen:
Ach Gotterl, ach Gotterl,
der Strahl!
Daß das sein darf:
Die Düse da,
die tut eines ja direkt regelrecht da …
WENZEL Daß was sein darf!
Das Wasser?
HÄCKSLER Klar darf das sein!
WENZEL Das Wasser?
HÄCKSLER Gewiß darf das sein?

TURTEL Und mein Gewissen?
HÄCKSLER Der Geistliche Rat das Heilbad
eigenhändig eingeweiht!
Kreuzkruzifix!
TURTEL Der Geistliche Rat hat sogar das Tote Meer gesegnet.
WENZEL Wer ist im Tod im Meer gesegelt?
HÄCKSLER Der Tod im Grunde nur im Meer geregelt.
Seemannsbegräbnis. Für blinde Passagier sogar!
TURTEL Jeder macht sich doch seine Regeln selber.
Das ist die Regel: Sich ja kein Gewissen machen!
HÄCKSLER Gewiß! Gewiß!
Sünder leben gesünder!
WENZEL Geh! Geh!
TURTEL So ohne Segen?
HÄCKSLER Wo es Weihwasser ist!
In dem wir schwimmen.
WENZEL Nur Weiherwasser?
HÄCKSLER In der Tat!
Der Geistliche Rat spritzt Weihwasser Woche für Woche
hier ins Heilbad zu uns in unser Wasser!
Auf Ehre eines Unteroffiziers aus Auschowitz
bei Marienbad!
TURTEL Aber das läuft doch ab!
Das Weihwasser!
HÄCKSLER Das Weihwasser fließt ab.
Und die Brunzbrüh dazu!
TURTEL Wie das natürliche Heilwasser auch.
HÄCKSLER Weihwasser ist natürlich nicht natürlich!
Und Heilwasser darf man wie wieder nicht mehr sagen.
Seit der Krieg vergeigt worden ist.
Fest steht, das Wasser läuft ab!
Und kommt dir wieder!
TURTEL Ausgerechnet aus Düsen hervor!
WENZEL Aus Drüsen?
HÄCKSLER Pfeilgrad!

Schließlich ist das ein Heilbad!
TURTEL Aber doch nicht dahin,
das geweihte Wasser.
Der Strahl!
HÄCKSLER Doch! Doch!
Das hat eine Strahlung natürlich!
Eine natürliche!
Wie die Quellen in Böhmen.
WENZEL In Böhmen!
Wenn es ausläuft. Das Wasser.
Ist die Welt verwunschen wieder.
Verschwunden wieder in Wasser.
HÄCKSLER Kein Wunder!
Das Weihwasser kommt dann irgendmal aus dem Himmel
wieder auf uns im Heilbad herab.
Wenn es hier verdampft.
Pause. Lichtwechsel.
TURTEL *singt:*
Ade, mein Schatz, ich scheide,
Ade, mein Schätzelein!
Wann kommt du aber wieder,
Herzallerliebster mein?

Wenns schneiet rote Rosen
Und regnet kühlen Wein.
Ade, mein Schatz, ich scheide,
Ade, mein Schätzelein.
Immer noch etwas verzückt, jedoch gesprochen:
Die Liebe ist ein schönes Zuckerl,
steckt uns der Tod ins Maul –
als einen Gruß vom Paradies.
HÄCKSLER Das Heiliggeistspital ist mein Untergang.
Das ewige Leben im Heiliggeistspital ist so,
wie wenn ich nimmer leb.
Das ist genauso,

wie wenn ich so mach. *Macht die entsprechende Geste.*
Und zieh die Schlinge zu um meinen Hals.
Sagen darfst nichts,
sonst wirst verräumt.
Radiputz.
Räuspert sich. Raucht.
Und da sagen die Leut draußen,
die Leut hier herinnen haben es ewig schön.
So ein Hirngespinst,
so ein höllisches im Heiliggeistspital:
Das ewige Leben.

WENZEL Lichtgeäst in der Mutter ihrem Brustkasten
sind wir.
Sonst nichts.
Im Grab noch.

HÄCKSLER Uns bleibt das Grabloch!
Sonst nichts!

TURTEL Häcksler, werden Sie Ihrer wieder Herr!

HÄCKSLER Das ist die Hitz.
Die höllische Hitz.

TURTEL Freuen Sie sich doch über das Wasser.
Sie schwimmen doch mitsammen ihrer Umschwärmten
im Heilwasser.

HÄCKSLER Ein ewiges Kreuz, das Heiliggeistspital.
Die Hölle auf Erden!
Die Hölle unter dem Himmel!
Das zweite Flossenbürg ist hier herinnen, Kruzifix!
Beten alle, bis sie verrecken,
die Krüppel. *Lacht.*
So blöd müßt ich sein.
Das kann doch gar nicht stimmen:
Sonst täten die, wo beten,
nicht sterben.

TURTEL Oder sie beten insgeheim ums Sterben:
daß sie noch bereuen können in der Stunde des Todes.

HÄCKSLER Keine Reue. Kein Sterbenswörtchen!
Lieber beiß ich mir die Zunge ab.
Im Todeskampf das Maul voll Zigarettensaft!
Zieht an seiner Zigarette. Zur Turtel:
Willst einen Zug?
Im Wasser ist es besonders schön.
Turtel nickt. Sie nimmt die Zigarette ohne Zögern entgegen.
WENZEL Lungenheilige, wo rauchen,
sterben aus.
Soviel soll feststehen.
TURTEL Der Geistliche Rat hat im Fernseher gezeigt,
wie er im Toten Meer auf dem Rücken liegt,
Zeitung liest und Zigarre raucht.
Der halbe Frauenbund glaubt an ein Wunder.
WENZEL Das kann in eine Glaubensrevolution hineingehen.
HÄCKSLER Ich glaub den Krokodilzauber nicht,
den gesamten Kirchenzauber.
Im Toten Meer, hat der Geistige Rat gesagt,
kann sogar ich Krüppel schwimmen.
Nicht einmal das glaub ich.
Das wär ja allzu schön.
Und was Allzuschönes gibt es halt leider Gottes
nicht auf der Welt.
Dunkel.
TURTEL *singt:* Es schneit ja keine Rosen
Und regnet keinen Wein.
So kommst du auch nicht wieder,
Herzallerliebster mein.

Pulver

Im Häckslerzimmer: Wenzel und Häcksler.

WENZEL Kannst du noch?
HÄCKSLER Was?
WENZEL Was?! Was?!
HÄCKSLER Wasserlassen oder was?
WENZEL In die Richtung ging es schon.
HÄCKSLER Ach, ach, ach.
So, so, so.
Kann ich, kann ich.
Sowieso.
WENZEL Es hat ein jedes doch nur dreitausend Schuß und – aus der Zirkus.
HÄCKSLER Ich hab so ein Geheimmittel.
WENZEL Ich alles verpulvert dagegen.
Ohne Sinn und Verstand.
HÄCKSLER SS – Selber schuld.
WENZEL
Ob das Krokodilbad was fruchten kann in der Hinsicht?
HÄCKSLER Einen Scheißdreck!
Die reinste Beutelschneiderei!
WENZEL O Gott und Schreck!
HÄCKSLER Ohne Geheimmittel schauert unsereins alt aus.
Ohne Geheimmittel hast,
wenn es hochkommt,
zwei Hupferl im Jahr.
Wenn er ausgebrannt ist im Sommer
und dürr wie ein Dorschenstengel ...
Und wenn er zusammengefroren ist
auf einen Eisklumpen im Winter.
Aber ...
Seit ich das sakrische Mittel weiß,
steh ich unter Starkstrom.

Statt unter Kurzschluß.

WENZEL Ach, geh, lieber guter Mann,
sag mir,
was ich noch treiben kann?

HÄCKSLER Kein Sterbenswort!
Das Mittel ist so saustark: Alles Liebesglück,
was in dem Augenblick stattfinden tut
auf der gesamten Welt,
kann ich lenken auf mich!

WENZEL *halblaut:*
Das ist doch viel zu groß.
Da haut es dir doch ruckzuck alle Sicherungen heraus.
Kriegst ruckzuck einen Bluterguß im Gehirn und –
Sendeschluß!

HÄCKSLER Ich halt es aus.
Im Krieg Himmelfahrtskommandant:
Mein Leben ein einziger Höhepunkt!

WENZEL Aber sag mir nur das Mittel?

HÄCKSLER Hunderter her!
Wenzel sucht sein Geld, gibt Häcksler umständlich, indem er immer wieder überlegt, schließlich den zerknitterten Schein. Häcksler fährt eine Triumphrunde im Zimmer. Er posaunt aus:
Puffreis!

WENZEL Puffreispulverl!

HÄCKSLER Kein Pulverl.

WENZEL Puffreispulverl.
Kennt jedes Kind:
Puffreispulverl!

HÄCKSLER Nix Pulverl!
Kruzifix!
Wie so, wie so,
so wie Ostereierlein.

WENZEL Pulverl!
Pulver her!

HÄCKSLER Nix Pulver!
Nix Pulverl!
Eierlein, wie so kleine Eierlein.
WENZEL Tu her: Geld oder Pulverl!
HÄCKSLER Keine Pulverl – Eierl!
Wenzel geht auf Häcksler zu, reißt ihm seinen Puffreis aus der Brusttasche. Zerdrückt dabei die »Eierlein« zu Pulver. Er läßt es aus der Tüte rieseln in seinen Handteller. Er schluckt den pulverisierten Puffreis. Es durchfährt ihn ein Blitz, sein Körper strafft sich. Er springt durch die Luft.
WENZEL Weg! Aus dem Weg!
Er rennt aus dem Zimmer.
Turtel! O Turtel!
Dunkel.

Wer macht jetzt schwarz die Himmel?

Im Turtelzimmer: Wenzel stürmt herein.

WENZEL Ach Turtilein, ach Turtilein,
geh mit mir in die Schlehen!
TURTEL Ich kann nicht gehen,
ich kann nicht gehen,
ich hab eine wehe Zehen!
Sie gehen auf einander zu und umarmen sich. Sie wiegen sich in einen Tanz.
WENZEL In Honiggefilden liegen …
TURTEL In Honiggefilden fliegen
Gottengel über den Klee hin,
bis purpurzeitig er ist …
WENZEL Bloß Habicht tun klagen
zu allen Tagen.
Ewig gegen den Himmel.
Was will ich da sagen?

TURTEL Nur Schlehen
könnten dich noch verstehen.
WENZEL Im Vergißmeinnichtlicht des Himmels zeitlebens
wie trunken vor Krokusglück gewesen.
Wie so ein Maulaff im Zirkus.
Irgendmal.
TURTEL Ich wär im Brennesselmeer untergegangen.
Als Distelkopf.
Ohne Pfauenauge.
WENZEL Und der Turtel ihr Mundsaft
schmeckt durchs Rauchen unsagenhaft,
aber doch tun müssen allzeit wirs K...
Er küßt sie.
TURTEL So geht der Wind!
WENZEL Sein Junges bin ewig lang ich gewesen.
Ich bin doch kein Rauschiger?
TURTEL Blätter weht er von Wurzeln.
WENZEL Im Himmel grab ich Vögel aus.
Ich bin doch kein Rauschiger?
TURTEL Wasser aus Augen...
WENZEL Tuts Leben aufsaugen.
Ich bin doch kein Rauschiger?
TURTEL Hör Engerling singen.
WENZEL Kann mords wieder springen.
Ich bin doch kein Rauschiger?
TURTEL Wer macht jetzt schwarz die Himmel?
WENZEL Weiß auch nimmer, wie ich heiß.
Ich bin doch kein Rauschiger?
Sie macht sich frei. Beide erschöpft, beide um Jahrzehnte gealtert. Sie gehen jeder in eine andere Ecke des Zimmers.
TURTEL Wenn man älter wird
und es hilft einem niemand,
als wie der Herrgott,
hinein in den Sarg.
WENZEL *zündet sich eine Zigarette an. Niedergeschlagen für sich:*

Er hat mich hängen lassen.
Er hat mich wieder hängen lassen.
Er hat im Krieg schon ein paar hängen lassen.
Der Häcksler.
Sein Puffreispulverl taugt einen Scheißdreck.

TURTEL Wird schon wieder wern.
Mit der Frau Kern.
Ist es mit der Frau Horn
auch wieder worn.
Bloß die Frau Roth,
die ist jetzt...

WENZEL Ich bin todtraurig dagegen.

TURTEL Schlucks runter oder spucks aus,
Wenzelslaus!

WENZEL Turtel. O Turtel.

TURTEL Geh, darf ich noch einmal ziehen an deiner Zigarette?
Sie zieht an seiner Zigarette. Die Zigarette wird groß wie eine Zigarre.

WENZEL Du bist glücklich?

TURTEL Wie noch nie!
Dunkel.

Alles Liebesglück dieser Welt

Im Häckslerzimmer: Häcksler, der Puffreis schluckt, hext in seinem Rollstuhl, von Donner und Blitz umhüllt, alles Liebesglück der Welt auf sich.
Man hört Frauenchöre in höchster Verzückung. Je höher diese singen, desto heller wird das Licht, das auf Häcksler fällt.

HÄCKSLER Jedes Weib gekriegt!
Bloß auf die, wo ich ewig scharf war,

die Turtel, nicht!
Kreuzkruzifix!
Theaterdonner. Theaterwind.
Soll sie der Wenzel kriegen,
die paar Augenblick noch auf Erden.
Aber in der Ewigkeit, gnade ihr Gott!
Das gibt ein Fegefeuer in ihrer Dosen,
daß sie nicht mehr weiß,
ob sie im Himmel steckt
oder in der Höll!
Theaterdonner. Theaterwind.
Und jetzt hex ich alles Liebesglück,
was in dem Augenblick stattfinden tut
auf der gesamten Welt
auf mich.
Die ganze Theatermaschinerie kann hier in Betrieb genommen werden: Auf dem Höhepunkt des Theatertohuwabohus gibt, vom Blitz des gesamten Liebesglücks, das in dem Augenblick auf der Welt stattfindet, getroffen, Häcksler den Geist auf.
Dunkel.

Totenrosenkranz II

In der Spitalkapelle: Turtel und Wenzel, der Geistliche Rat und die Blutjunge Schwester. Der tote Häcksler im Rollstuhl.

GEISTLICHER RAT Wir beklagen heute den Tod unseres lieben Gottfried Häcksler …
Herr Häcksler wird,
getreu seinem letzten Wunsch,
im Rollstuhl …
Häcksler wird samt Rollstuhl zum Schnürboden emporgezogen. Von oben erklingt der Radetzkymarsch.

HÄCKSLER/STIMME Augenblick. Augenblick. Zurück. Zurück.

Wenzel und Turtel schauen sich an. Wenzel, hin und her gerissen. Turtel nimmt Wenzels Hand. Jetzt lacht Wenzel, Turtel über Wenzel. Die Blutjunge Schwester weint und lacht zugleich.

GEISTLICHER RAT ... Lhutsllor mi, Hcsnuw netztel menies uerteg, driw Relskcäh Rreh, ... Relskcäh Deirfttog ...

Dunkel.

Höllensturz

Spitalkapelle: Häcksler kommt im Rollstuhl vom Schnürboden herab. Alles Licht auf Häcksler in der Luft, im Rollstuhl schaukelnd zwischen Himmel und Hölle.

HÄCKSLER Zum Totenrosenkranz im Aufzug unterwegs,
und gedacht: Fahrst ja recht schnell getal.
Obwohl der Himmel oben,
unten doch die Höllen ist.
Und statt untenhinab in die Kapellen
hinauf gegen den Himmel gekommen!
Im Grund in die Weite gewollt, in die Welt,
wo ein roter Rock gewunken hat überm Zebrastreifen!
Vom Rollstuhlumpolen war noch keine Rede.
Ich doch extra mords Gas gegeben!
Auf Ehre eines Unteroffiziers aus Auschowitz!
Kreuzkruzifix!
Der Rollstuhl wird einen Meter herabgelassen.
Halt! Halt!
Der Rollstuhl wird einen weiteren Meter herabgelassen.
Das ist ein Befehl!
Ihr heiligen Schutzpatronen!
Wer war Himmelfahrtskommandant im Krieg?

CHOR DER HEILIGEN SCHUTZPATRONE/STIMMEN Du hast uns im Krieg zu oft danebengeschossen!

Für uns Schutzpatrone bist du jetzt Luft!
HÄCKSLER Ihr! Ihr könnt mich kreuzweis!
Ich verhandel direkt mit dem Herrgott.
Und pfeif auf euch.
Aus ungeheurer Höhe.
Um mich zu verdammen.
Da müssen schon Maschinen kommen.
Und keine Ersatzteile!
Theaterdonner.
Wer hat im Heiliggeistspital alle braunen Flecken weggespritzt?
Er wird ein Stücklein herabgelassen.
Wer war Kriegsinvalid?
Er wird ein weiteres Stücklein herabgelassen.
Wer hätt dem Führer und Vegetarier
ums Haar einen original Häcksler-Preßsack
vorbeikommen lassen?
Er wird einen ganzen Meter herabgelassen.
Wer ist zeitlebens zuvorkommend gewesen
gegen das weibliche Geschlecht?
Er wird einen weiteren Meter herabgelassen.
CHOR ALLER FRAUEN/STIMMEN Du hast uns nie geliebt!
Nur das Leben versüßt!
Und doch ins Grab gemüßt!
Er wird wiederum einen Meter herabgelassen. Er erschrickt.
HÄCKSLER Hummerweib oder Kummerweib!
Er wird wieder einen Meter tiefer herabgelassen.
Wurmweib und der Honig an Christus!
Er wird wieder einen Meter in Zehnzentimeterintervallen herabgelassen.
Weiber! Weiber! Weiber!
CHOR DER HÖLLISCHEN FRAUEN/STIMMEN *sehr lasziv:*
Gottfried! Gottfried! Gottfried!
HÄCKSLER Ihr, der Urgrund meines Falls!
Bis in die Hölle hinab.

Loch um Loch!
Sein Rollstuhl verschwindet im Bühnenboden.
HÄCKSLER/STIMME Wenn ich nur auf Fegefeuerhöhe die Notbremse ziehen könnt!
Wär ich da noch zufrieden!
Ewig glücklich dagegen!
Er wird wieder einen Meter hochgehoben. Er ist wieder auf der Höhe des Heiliggeistspitals beziehungsweise der Bretter, die die Welt bedeuten.
Das war die Turtel.
Ausgerechnet die,
wo ich nicht gevögelt hab,
hat mich erhoben.
Mit Engelsflügeln!
Durch die Liebe zu ihr.
Er fährt mit seinem Rollstuhl, der wieder Boden unter den Rädern hat, zum Fernseher. Im Fernseher wieder Wenzel und Turtel als Adam und Eva unter dem Baum im Paradies, der diesmal voller Pfirsiche ist.
Turtel nimmt eine Frucht vom Paradiesbaum und gibt sie Wenzel, der ohne Zögern zubeißt.
WENZEL Fürsichessen noch einmal im Leben.
TURTEL Nicht für sich: Für mich!
WENZEL Im Paradies heißen die Fürsich da am End Fürdich?
TURTEL Nein: FürDICH!
WENZEL FürDICH!
Ansichtssache!
TURTEL FürDICH! FürDICH! FürDICH!
WENZEL In Gottes Namen also: FürDICH! *Ißt.*
Sind dir die gut!
Die Für... DICH!
Und bin wie selber ein FürDICH.
Im Mund von der Mutter unter der Erde.
Ißt das Fruchtfleisch vom Kern und nimmt diesen aus dem Mund.

So bin ich dir gewachsen.
Als ein Kern aus ihr aus der Erde.
Sternfern vom Tod!
Er gibt nun ihr einen Pfirsich. Turtel kaut ihn.

TURTEL Aber der, wo ich jetzt hab, ist nicht so groß
und überhaupts nicht so süß.
Wie du immer tust!
Der ist irgendmal kirrsauer dagegen.
Wenzel reicht Turtel einen weiteren Pfirsich.
Vielleicht kommt noch einmal ein süßer.
Sie nimmt ihn in den Mund.
Und wirklich, einer noch ist drunter.
Derselbe ist fast süß zu nennen.
Mit den Zähnen schneid ich sein Fleisch auseinander.
Von einer Mundecke in die andre
wird das zerquetschte Fleisch geschoben, das süße,
von dem feinen, feinen FürDICH.
Und mit der Zunge mords zertätscht noch auch
und ausgepreßt bis aufs Blut.
Wie ist dir der gut!

WENZEL So hat das Glück mir die Sprach verschlagen.
Nur gegen Herzgestein dreimal geklopft.
Und ist gleich gekommen mein Blut.

TURTEL Ohne die Liebe ist der Brustkasten
doch ein Herzsarg nur!
Sie fixieren sich gegenseitig. Als sie im Begriff sind, sich zu umarmen und zu küssen, schaltet Häcksler den Fernseher aus. Das Licht geht allgemach aus. Man sieht gerade noch, daß Turtel Wenzel küßt und ihm ihr Pfirsich-Fleisch in den Mund gibt. Dunkel.
Man hört jedoch noch ganz laut, wie sich Wenzel und Turtel küssen.

Vorhang

Nachspiel

WENZEL *wie am Anfang im Ohrensessel vor dem geschlossenen Vorhang. Schaut traumtrunken ins Publikum, als ob er nur vor dem Fernseher eingeschlafen und das ganze Stück sein Traum gewesen wäre:*
Und ich bin noch immer wie im Fernseh drinnen.
Und schau hinaus nach den Menschen.
Wie sie im Zimmer überall sind.
Und schauen Fernseh und schauen mir zu.
Da seh ich halt allerhand Frauen und Kinder und Männer.
Die spielen und tanzen alles mögliche.
Und so geht es weiter.
Bis die Welt untergeht.
Vor lauter Freud, was sie tanzen.
Was sie so spielen in der Welt.
Was man da sieht.
Da wird einem grad angst kann einem da werden.
Er räuspert sich.
Da bin ich auch ein ganz ein Wilder bin ich da.
Wild bin ich.
Wild, wild, ganz wild bin ich.
Ganz ein wilder Mensch von Afrika.
Ganz ein wilder Mensch bin ich da.
Wild!
Er beißt in seinen Pfirsich. Er atmet laut zwischen jedem Bissen. Sein Atem geht über in Donnergrollen.
Umhergegangen irgendmal mit der Liebe.
Und ist über dem Untergehen gewesen die Sonne bereits.
Und hat nicht können sinken.
Jetzt hat sich die Liebe an einen verwitterten Vogelbeerbaum gelehnt.
Und ich hab gesehen, wies in die Sonne schaut.
In die Sonne schaut.
In die Sonne schaut.

In ihr Licht.
Und plötzlich zusammenbricht.
Ja, jetzt?!
Ich wie ein Jochgeier, Turtel, Turtel!, gebrüllt.
Ich kann sie geschlagen haben sogar ins Gesicht.
Vielleicht nicht.
Und ich hab gesehen, wie es auf einmal finster worden ist rings um mich.
Wie ich auf einem Hügel gewesen wär und
hätt geschaut in dies Land da, wo heißt Tod.
Und ich hab gesagt:
Aug in Aug mit dem, wo hat kein Aug.
Seh ich sie erst.
Die Liebe.
So ist mein Leben.
Jetzt, wo ich aufwach.
Da hat sie die Augen noch einmal aufgeschlagen.
Und von einer Finsternis die Rede nicht führen wollen.
Von Farben nur.
Und war tot.
Stille. Er zerbeißt knackend den Pfirsichkern.
Vor drei Tag noch
hat sie auf dem Todesstreifen zu Böhmen
Klee gefunden.
Mit vier Blättern.
Im Anfang hats ihn ins Wasser gestellt,
und gestern,
gestern hats den Klee mit die vier Blätter
in den Eisschrank getan.
– Das Glück soll länger leben als ich.
Hat sie gesagt.
Und mich angeschaut.
Das Glück soll länger leben als ich.
Stille. Dunkel.

AUS DER TRAUM.

Cherubim

Monolog

Figur:

Wenzel, *alter Mann, Bauernknecht*

Ort: Stube

Zeit: Gegenwart

WENZEL *sitzt vor weißflirrendem Fernsehgerät. Ab und zu kann der Schatten einer zeitgeschichtlichen Aufnahme erahnbar sein.*
Und da war nichts im Anfang.
Und war doch wie ein Loch.
Ein Was wie ein Urloch, was es war.
Und ich weiß nicht, ist was reingekommen
und kann rausgekommen gewesen sein auch erst etwas.
Rausgekeimt gekommen grad.
Da ist der Herrgott hergegangen
und hat einen Batzen Dreck genommen nach dem andern.
Und hat ihn hinumgewalzt und hinumgewalzt.
Hat ihn gepackt und in den Himmel gehaut und gesagt,
Der Mond bist du.
Der Mond.
Und hat wieder einen Batzen irgendso gespreitet in die Luft.
Ist in Steinern und Staub auseinandergeflogen
und sind Stern worden durch das.
Und einen Stein hat er angehaucht,
wo Glut gekriegt hat gehörig.
Daß alle Augen gekriegt haben.
Und haben dann auch alles gesehen.
Und so ist es zugegangen.
So hat alles angefangen.
Und die fliegen noch jetzt auseinander.
Und treffen zusammen in dem Loch,
was alles einsaugt auch wieder.
Von der anderen Seite her.
Wo es ausglüht.
Die Stein der Stern.
Den Staub und alles.

Auf Erden dann war Wasser auf Wasser.
Nichts wie Wasser wie Wasser wie Wasser.
Und Meer.

Aber das hat halt auch eine Brandung gehabt.
Jetzt weiß man es nicht mehr, wies Feuer?
Kann durchs Wasser direkt eingetreten sein.
Durch die Brandungen und so Zeug.
Brennendes Quellenzeug.
Wie Wellen.
Sind von Rechts wegen gewesen vornehin.
Herrgotthalber.

Der Herr und Himmelgott hat einen Haufen dann erschaffen.
Die Welt und alles mögliche.
Wie uns.
Durchs Sprechen.
Damit wir uns auch und alles verstehen tun.
Die Vögel fein auch.
In schönen Augenblicken.
Kann sich freilich ein paar Mal auch versprochen haben.

Verwünschen hat es auch gegeben früher.
Da ist eine Frau gewesen mordstief im Schwangeren.
Ist über dem Heimgehen gewesen nach der Messe.
Ist nicht heimgekommen je mehr von der Messe.
Hätt sollen entbinden zuhaus.
Aber die ist in die Felder gegangen.
In die Weite.
Und darin ist das Kind verschwunden gewesen.
Verwunschen von wer.
Dann haben sie es gesucht. Das Kind.
Auch sie haben sie gesucht.
Aber die haben kein Kind gefunden und nichts.
Können grad einmal eines gefunden haben.
Aber das ist dann tot drinnen gelegen.
Und ist eingebunden gewesen.
Die hat im Freien geboren gehabt.

Selber durchgebissen die Nabelschnur am End.
Soll halt so zugehen so Zeug.
Da ist in Pechofen oder wo eine Bäuerin auch im Schwangeren gewesen.
Auf einmal ist das Kind verschwunden gewesen spurlos.
Und noch gar nicht gekommen gewesen auf die Welt.
Jetzt sieht sie hinter Pechofen das Kind laufen durch die Felder.
Jetzt muß sie durch Pechofen durchlaufen in die Felder.
Daß sie das Kind wieder hineinkriegen tut in den Bauch.
In die Höhlung im Bauch.
Wo die Straße geht auf Wernersreuth,
steht weiter drunten eine Kapelle dort.
Von der Kapelle aus zu dem Marterl,
das geht noch ewig weit vor.
Und sie geht von der Kapelle aus vor zum Marterl.
Jetzt kommt ein Was wie ein glühender Bär!
Und kugelt ihr auf.
Und muß ihn sie tragen hin zum Marterl.
Ewig schwer.
Und die ist wieder gegangen in die Felder viel leichter.
Weil der Bär weg war,
wie sie vorbeigekommen war am Marterl.
Sie geht ein Trumm,
spürts schwer wie einen Stein das Kind kommen.
Treten die Wehen ein.
Und die hat das Kind entbunden auch im Stehen.
Und war wegverschwunden,
und liegengeblieben ist aber das Kind.
Und ist irgendmal, wenn so ein Ding vorgeht in einem Weib,
tot das Weib.
Da war mein Vater schon tot,
und mein Vater hat allweil erzählt,
daß so ein Kind ich hätt sein können auch.
Oder gar bin.

Verwunschen von wer.
Wegen der Kinderlähmung nicht gescheit gehen können.
Gewiß ist, daß ein glühender Hund weggelaufen ist.
Wie ich gekommen bin auf die Welt.

II.

Eine Wiese ist gewesen wo hinter den Aschenhaufen,
die damalige Zeit.
Von dem Bächlein da hinein haben wir Vögel gefangen.
Zigeunerzeug gewesen wie oft in den Wiesen.
Wo das Bächlein heruntergesprengt kommt aus dem Wald.
Das läuft da durch die Straß durch.
Herab von Teichen kommt es.
Von Teichmönchen tief drinnen im Wald wo.
Im Wald von Waldsassen.
Und die Teiche, heißt es, haben einen Geist.
Und da auf der rechten Seite, wenn man hinausgefahren ist,
ist ein wenig ein Felsen hinaufgegangen.
Und droben auf dem Felsen sind Vögel gewesen.
Wieder andere sind wieder eher in den Bäumen gewesen.
Da haben sie in den Kronen Nester drinnen gehabt.
Die Zigeuner dagegen haben mich geheißen, soll Vögel fangen.
Wenn die so herausgesungen haben und herausgepfiffen aus
einer Baumhöhlung.
Da bin ich irgendmal auf so ein Ding hinaufgekraxelt.
Hin, hinauf und die Baumhöhlung größer geschnitzt
mit dem Krötenstecher.
Daß ich hab gescheiter hineinlangen können.
Hineingelangt und die kleinen Dinger herausgefischt und
heimgetragen zum Vater voller Stolz.
Der kann es mir sogar selber gezeigt haben, wie es gehen tut.
Das Vögelfangen.
Jetzt aber hat der Vater gar nicht recht nachhintun wollen
nach den Vögeln.

– Arg klein sind sie halt noch, oder was er gesagt hat.
Schimpfen hat er groß nicht können.
Weil es er mir ja selber gezeigt hat.
Weil wo es gegen Hundsbach geht,
hat mein Vater allemal Vögel gefangen.
Leimruten gelegt allweil.
Oder oft auch bloß so Steckelchen.
So Rütlein.
Die sind eingeschmiert gewesen mit Leim.
Fliegt einer hin, bleibt er pichen dran.
Rotkehlchen haben wir erwischt.
Die solchen haben wir lang gehabt.
Haben alle Tag mordsschön gepfiffen daheim.
Krummschnäbel hat er ja keine fangen können.
Die sind allweil wieder davongeflogen.
Dieselbigen wären schöner gewesen und größer.

Die späteren Vögel haben wir uns dann schicken lassen.
Stücker vier oder fünf.
Auch für die Mutterschwester welche.
Und wer weiß, wer sie noch welche gegeben hat.
Die hat dauernd das meiste Gescher gehabt mit Vögeln.
Die Mutter.
Ach, wir haben allweil fort einen Vogel gehabt.
Und meistens mehr.
Irgendmal vier, sechs Stück.
Die haben fort alles vollgeschissen in der Stube.
Sind halt herumgehupft in der Stube allweil auch.
Am liebsten hat sie ja einen großen gehabt.
Mit einem recht langen Schwanz.
Der ist aber bald eingegangen gewesen.
Hat nicht recht gefressen und ist früh gevreckt gewesen.
Gegen das Herumhüpfen hat der Mutterbruder
Vögelhäuschen ausgesägt.
Wir haben auch einige mit Draht gehabt.

Das waren die mehrste Zeit Kanarivögel.
Die haben arg schön gesungen oft.
So getrillert allemal.
Und Eierl gelegt wieder.
Kanarivögel und Stieglitz und Zeiserl.
Die haben wir schicken lassen.
Wenn sie in der Zeitung waren.
Da sind sie ausgeschrieben gewesen.
Die sind allesamt von weiter her gekommen.
Da hab ich die Mutter gefragt,
warum die im Käfig kommen und nicht selber.
– Die, hat sie gesagt, Sind halt noch arg jung.

In Waldsassen, wie ich noch ein kleines Kind war.
Da hab ich im Anfang das Zeug erst zum Kennen gekriegt.
Das Figurenzeug.
Ich hab das Zeug nicht gekannt gehabt.
Da war das Zeug nicht so.
Schokoladenfiguren hat es schon gegeben.
Chinesen so Zeug.
Die waren sogar gut.
In Östreich drin hat man sie satt gekriegt.
Und auch so Ballen da.
Zeug wie Negerküsse.
Sind aber keine gewesen.
Und einen Ding hat man als Kind gekriegt.
Einen Affenhonig.
Aus Böhmen.
Ist ein harter Honig gewesen.
Mit dem Baukasten so Zeug haben wir gespielt.
Mit den Soldaten.
Was haben wir noch gespielt?
Eisenbahnzug.
Ich hab mir einmal einen Kinofilm gekauft.
So einen Kasten da.

Da haben sie mit Löwentigern so Zeug gespielt.
Schlangen so Zeug hat man gesehen.
Löwentiger oder Bären, was sie waren.
Ich kann mich nimmer recht erinnern dran.
Da haben sie einmal einem den Kopf abgehaut.
Und haben ihn ihm wieder aufgesetzt.
Ist wieder dran gewesen.
Hat man bloß gesehen, wie er ab war.
Und nicht, wie er weggekommen ist und nichts.

In der Klosterschul.
Das war unterm Krieg vierzehn.
Danach bin ich ein halbes Jahr oder was.
Bin ich oben gewesen in der großen Schul.
Dann sind wir in den Harmoniesaal hinuntergekommen.
Wir sind unten drinnen in der Schul gewesen
und oben im Harmoniesaal sind verwundete Soldaten gelegen.
Die haben geschrien irgendmal sakrisch.
Die haben Zeit gehabt zum Schreien.

Das mein ich, war in der Feiertagsschul.
Wo ich einmal einen Haufen Fotzen gekriegt gehabt hab.
Durch den Pfarrer.
Da hat mich der Pfarrer gefragt, wieviel Gott daß es geben tut.
Und ich, ich hab mir doch nichts gedacht dabei,
und hab gesagt,
Acht.
Jetzt haut mich der doch links und rechts
und wieder links und so weiter hinein in die Gosche.
Daß Lippen aufgesprungen sind.
Derweil hat die Mutter daheim doch auch immer gesagt,
Ach Gott, Ach Gott!

Da war auch kaum ein Unterschied zwischen Feiertagsschul
mehr und Werktagsschul.

Durch Fotzen ist Religion direkt übergegangen in Rechnen.
Hat man halt allen Augenblick mit Fotzen rechnen müssen.
Mit Tatzen oder gar Arschprügeln.
Ein grober Lehrer ist das gewesen in der ersten Klasse.
Und ist in der zweiten, glaub ich,
gleich noch gröber geworden.
Der hat sich, wenn ich nicht irrgehe,
Dresch geschrieben.
Zu allem Übel.
Dresch oder Drescher.
Hat auch andre Namen gehabt zwischenzeitig.
Welche, weiß ich nimmer.
Den haben wir in Namen geneckt.
Dann späterhin haben wir einen Haufen Lehrer gehabt.
Da ist jeder gestorben.
Oder einer nach dem andern versetzt worden.
Keiner ist sitzengeblieben in Waldsassen.
Weil wir sie wieder zurückgeärgert haben.
Allerding viel ärger wie die uns.
Entweder sinds vor Ärger versetzt worden.
Oder vor Zorn gestorben.

Der ist das ganze Geblüt geworden Wasser, der Mutter.
Ich hab wie oft können nicht gehen in die Feiertagsschul.
Wegen der Mutter, wo krank war allweil fort.
Gegen Ende.
Fort so Gläser sind ihr angesetzt gewesen. Schröpfköpf.
Alle möglichen Dinger hat sie getrieben.
Hat sie dem Vater,
wie der noch gelebt hat,
das Essen wie oft noch gekocht.
Als eine Kranke!
Und der Vater sie noch mordsgeschlagen!
Aber ich habs ausgegangen, daß sie krank hat sein müssen.
Im Kopf.

Weil der Kuchen, wo sie so gebacken hat,
hat nicht mehr gescheit geschmeckt.
Hat geschmeckt nach Schmierseife.
– Und Schmierseife, haben sie gesagt, Hilft gegen das Zeug.
Gegen das Leiden.
Und Schmierseife hat geholfen einen Scheißdreck.
Jäh getal gegangen ist es höchstens dadurch. Mit ihr.
Auf die Schmierseife hinauf.
Auf die Schröpfköpf hinauf.
Blutegel angesetzt gehabt, wo es am Haxen die Krampfadern
so herausgepreßt hat.
Da hat es mir arg gegraust.
Und können direkt Gehirnwürm geworden sein durchs Blut.
Durchs Blut gekrochen.
Und kann eines narrisch werden in so einem Fall.
Dann hat sie was Frischs fort haben wollen.
Und wir haben ja auch nichts Frischs gehabt fort.
Wie Beeren.
Schwarzbeeren, eingeweckte.
Und Preiselbeeren in Gläsern.
Jetzt ist halt einmal ein Glas aufgegangen gewesen.
Und tut Beeren oben abfassen und ins Maul schoppen,
und sind oben Glassplitter drinnen gewesen.
Und die hats erwischt.
Und hats nimmer rausgebracht.
Fort das Blut herausgelaufen.
Da bin ich oft gelegen neben ihr.
Und haben geredet und Zeug übers Herz von der
Muttergottes.
Wo geblutet hat, wenn wer hingelangt hat.
Und ich bin selber voll Blut geworden
und ganz voll Blut gewesen.
Die hat sich ganz aufgelegen gehabt bereits.
Ganz wundgelegen gewesen.
Und so hat sie entbunden unter der Zeit.

Ich hab kaum geglaubt, daß das Kind durchkommen tut.
Sie ist dringelegen voller Blut.
Hat nimmer können kommen in die Höh.
Am End Stücker acht Tag oder gar vierzehn Tag.
Wie das Kind war auf der Welt.
Dann ist Ruh gewesen.
Dann ist sie nimmer aufgestanden.

Wie vierzehn der Krieg ausbrochen ist,
waren wir in Elbogen in der Burg.
Wie die Soldaten eingerückt sind.
Wie sie geschrien haben grad an.
Und durch die Stadt gezogen sind.
Samt Tschintarassabum!
Jetzt haben wieder welche gesagt,
Die kommen, stechen uns die Augen ausher.
Alles mögliche.
Haben wir Angst gehabt grad an.
Wenn ich was gehört hab, hab ich das Schreien angefangen.
Ich hab mich auf den Teppich hingelegt.
Die andern sind auf den Tischen oder wo gesessen.
Ich bin auf dem Teppich gelegen, hab mich gefürchtet.
Aber ich hab halt geschlafen.
Hab eingeschlafen vor Angst.

Der war gewesen im Krieg, der Vater.
Der hat aber groß nichts wissen wollen mehr vom Krieg.
Der hat auch dahergetan, wie daß er nichts Gescheites ist grad der Krieg.
Und doch hat er eingegraben werden wollen
samt seiner Schützenjoppen von den Feldhaubitzen.
Der hat mir erzählt vom ersten Krieg.
Wo er hat müssen holen Geschützkugeln.
Emunition oder Emution gar.
Wie es geheißen hat grad, hat er es holen müssen.

Hat er fahren müssen. Durch Gefahren.
Zwei Pferd hat er gehabt. Und ist gefahren allemal.
Sie haben es ihm aufgeladen und hat einen Beifahrer mitgehabt.
Und wenn noch welche waren?
Die sind hinten droben gesessen oder sind hinten nachgefahren.
Aber hinten werden sie kaum droben gesessen sein.
Da kann man in die Lüfte gehen!
Und dann hat er gesagt, Wenn er nicht verunglücken tut, dann geht das Ding.
In der einen Hand den Zügel gehalten,
in der andern den Rosenkranz.
Gelübde gemacht, daß er wunder wie pilgert auf Altötting und fort laut gebetet.
Zu den heiligen Schutzpatronen und all dem heiligen Zeug.
– Aber schießen, hat er gesagt, Wenn sie tun, dann,
hat er gesagt,
Explodiert es.
Entweder hat er sich herabfallen lassen in ewige Tiefen.
Kann auch wieder ein Wasser oder was gewesen sein.
Dann ist er halt gleich verletzt gewesen
oder verwundet dagegen.
– Die, sagt er, Haben alles auf die Emution geschossen.
Und auf ihn nicht, und das hat er gesehen.
Und in so einem Fall ist er nachher zugefahren.
Ist einmal gar selber in die Lüfte gegangen.
Das gänzliche Emutionszeug auch.
Weil er da allemal abspringt, wenn der Wagen ins Feuer tritt.
Gegolten hat er als Himmelfahrtskommandant.
Durch die Schutzpatronen ist er durch alles gekommen.
Wo sich keiner getraut hat,
haben sie ihn geschickt.
Ist irgendmal zurückgekehrt pumperlgesund,
ist derweil sein Gefechtsstand geflogen gewesen in alle Lüfte.

Bloß ein paar Bein und Köpf
und irgendmal Kopftrümmer mehr sind noch rumgekugelt.
Das war, wie ich es gehört habe,
der erste Krieg.

III.

Nach dem ersten Krieg ist die Inflation gekommen.
Und mit der Inflation die Revolution.
Da haben sie die Großkopfigen nimmer leiden mögen.
Wie daß die Großen nichts taugen täten auf einmal,
hat es jetzt wieder geheißen.
Die Kommunisten, die sind im Hahn gewesen.
Im Roten Hahn, in der Egererstraß.
Und das ander Zeug war alles im Lamm. Mitten in der Stadt.
Die Hiltler.
Ich bin allweil gerner in den Hahn gegangen.
Da hab ich es von daheim aus auch nicht so weit gehabt.
Zum Gehen.
Durch das bin ich mit der Zeit ein ganzer Radikaler geworden.
Von den Kommunisten einer.
Oder wie sie allesamt geheißen haben.

Entweder haben die Bauern angefangen.
Oder haben sie gar die Bauern nimmer leiden wollen?
Weil die da geherrscht haben.
Habens allweil wieder Revolution gehabt und Revolution.
Gegen die Macht da, wo das Regiment geführt hat.
Geschossen hat es fort.
Gekracht in der Nacht.
Mündungsfeuer wie Irrlichter gewesen.
Da habens dann einen.
Ich weiß grad nimmer, wer der war.
Den haben sie geschossen dann.

Wegen der Revolution.
Weil er nicht gleich aufgetreten ist.
Weil der zu spät aufgetreten ist und lauter so Zeug.
Und da haben sie allweil fort gestritten.
Und umeinandergetan immerzu.
Wir haben ja nicht, Heil Hiltler.
Wir haben, Heil Moskau, geschrien.
Oder haben, Die Sozialdemokraten, geschrien.
Von den Gottengeln dagegen haben die vom kommunistischen Verband da gar nichts groß wissen mögen.
Die haben halt allweil bloß von den heiligen Maxengeln oder Friedrichengeln,
und wie die von denen allesamt auch geheißen haben.
Von so Zeug haben die wieder gesprochen.
Die Tagungen haben sich dann aufgelöst.
Wie er so streng geworden ist.
Der Hiltler.

Mein Weib zum Kennen gekriegt.
Wie der Hiltler noch nicht mordswer war. In Waldsassen.
Von Wernersreuth aus am Marterl vorbei
ist wer im Kopftuch fort zur Kappelkapelle gegangen.
Und war ein Weib.
Jetzt hab ich eines Julisonntags getan,
wie daß ich Maulaffen feilhalten tät unter der Martersäul
und gesagt, daß ich ein Mann wär.
– Ja, all Tag, hat sie gesagt, Einen Mann brauch ich schon.
Hab ja so keinen.
Sagt sie, Bin doch schon wie alt!
Hab gut und gern Stücker zwanzig Jahr mehr im Kreuz.
Wie du.
Und an die hab ich mich hingerichtet.
Und hab mich verliebt in ihr.
Die wenn ich drei, vier Mal gesehen hab,
ist das Heiraten schon losgegangen.

Früh aufstehen.
Und auf die Nacht um elf herum Schluß machen.
Füttern. Futter mähen. Und wieder füttern.
Und wieder Futter mähen.
Mist laden.
Getreid heimfahren. Treid hauen. Treid schocken.
Treidmännchen aufstellen. Das Treid spießen. Das Treid wegnehmen.
Ackern, kultivatoren, eggen.
Steine abklauben.
Kartoffel säen. Kartoffel anbeeten. Kartoffelbeete hinaufackern.
Mit den Gäulen.
Kartoffel stecken und Kartoffel klauben. Kartoffeln schleudern.
Mit pferdgezognem Roder.
Getreid dreschen müssen im Winter. Auf der Tenne.
Stich Katz ab, zieh d'Haut ab.
Stich Katz ab, zieh d'Haut ab.
Sprüch vom Trischeldreschen haben so geheißen.
Hauen müssen mit dem Trischel vor und zurück.
Fest hinhauen.
Und aufschauen, daß sie einen nicht auf den Nischel dreschen.
So Zeug ist das halt gewesen.
Verunglücken.
Pferde schlagen.
Pferde beschlagen lassen. In der Schmiede.
Mähen. Futter holen. Füttern.
Ackern. Eggen. Kultivatoren.
Schnaufen.
Dann wird es aus sein.
Die Frau bitten.
Die Frau entbinden.
Die Frau erlösen.
Die Kinder großziehen.

Das ander Zeug sagen wir nicht.

Beim Erlenbrunnen von Hundsbach.
Da ist früher ein Irrlicht gewesen.
Ist schon ewig lang her.
Das hat mein Vater allemal erzählt.
Ich weiß nicht, hab ich es noch gesehen?
Das kann schon auf die hundert Jahr zugehen.
Da ist allemal ein Irrlicht gewesen,
wo die Wondreb ganz nah zuherläuft.
Ich kann es mir bloß so vorstellen,
daß das Licht einem irrgemacht hat am Kopf.
Da sind dann welche in die Wondreb hineingelaufen
und sind drin ersoffen.
Von Rechts wegen, was ich weiß,
stammen die Irrlichter ab von einem gefaulten Stock.
Wachsen auch auf einem Trumm Wurzel.
Was ich weiter gesucht hab.
Und so ein Stock leuchtet in der Nacht,
wenn Schwammer drauf wachsen und glühen
und Funken glühen.
Wenn der Stock schon weiße Rinde hat.
Wenn der Mond so draufscheint irgendmal.
Leuchten die.
So hab ich es zuletzt vernommen.
Welche gibt es, wo es essen, das Zeug.
Man kann es schon essen, aber ein Wasser darf keines nicht
nah sein.
Ich weiß es aber auch nimmer.
Ich kann es aber gewußt und kann es gar geschmeckt haben.
Das Leuchten und alles.
Die verführen einen schon gerade, die Irrlichter.
Daß man vom Weg ins Wasser hineinläuft.
Das ist schon tief.

Wie sie so da war am Wasser, unsere Hütte,
sind lauter Büsch gewachsen gewesen davor.
Mit der Zeit.
Die hat der Wind gesät.
Da war auch der Wald nicht weit.
Daß Vögel Samen verloren haben,
und kann was gewachsen sein durch so ein Ding.
So Strauchwerk.
Das hat der Sturm gepeitscht gegen den Schuppen.
Und der Schuppen,
wenn er so hin- und hergeknarzt hat irgendmal.
Im Gewitter hast geglaubt, die Decke fällt dir auf den Kopf,
und hast dich tiefer verkrochen im Bettzeug.
Butzelkühe geflogen gekommen,
und herabgerissene Äste haben geklopft gegen die Fenster.
Und Laub ist herumgelegen.
Und alles hat gerochen nach Laub.
Wie Moder bald.
Wie Pilz.
Da hat mich mein Weib geschlagen.
Weil sie im Schwangeren gewesen ist.
Hat sie gesagt, Ich hab dich doch bloß geheiratet,
daß ich ein wenig wer hab.
Und nicht, daß ich ein Kind krieg von so einem,
wies du einer bist.
Und haben die Wehen irgendmal angefangen
und keine Hebammen haben wir nicht gekriegt gleich.
Und ich hab mich doch auch nicht recht ausgekannt
in dem Zeug.
Ist dir das Bluten losgegangen,
und Blutungen haben jetzt angefangen.
Auf einmal hör ich sie schreien wie einen Jochgeier,
und jetzt ist gewesen das Kind! Das Kind!
Und seh durch den Zipfel,
daß es ein Bub gewesen ist.

Die Freud!
Aber die Blutungen haben so gleich keine Ruhe gegeben.
Zwischenzeitig war eine Hebmutter gekommen
und hat sich gekümmert ums Kind.
Da hat es geheißen, sie soll einen Hackstock sich tun ins Bett.
Dann hat sie ihre Beine hochgelegt auf den Hackstock.
Daß das Bluten geruht hat.
Jetzt, wie es auf Nacht zugegangen ist,
haben sie gesagt zu mir,
soll eine Gänsfeder nehmen und wachen.
Und wenn sich das Bettuch von ihr allzu narrisch färben tut
mit Blut, soll ich sie kitzeln mit der Feder in den Nasenlöchern.
Daß sie im Schlaf nicht verbluten tut blindlings.
Das Ding war gut.
Aber ich, ich war doch auch hundsmüd.
Steinmüd gewesen allein durch die Stallarbeit
und durch all das ander Zeug erst!
Und ich natz ein.
Und wach auf auch wieder,
und alles tropfig naß und blutrot bereits!
Aber geschnauft, geschnauft hat die Theres noch, Kreuz!
Da hat das Bluten auch nachgegeben,
und die hat sich aufgerappelt gehabt wieder
und das Kind gestillt selber.
Späterhin wie das Mädl kommen ist, jetzt hat sie gesagt,
Hol nur die Hebamme, sonst gehts mir wieder so.
Und die ist kaum einhergangen gewesen ein wenig im Zimmer,
ist das Kind schon dagewesen.
Die hat sich an mir angehalten
und das Kind ist herausgefallen.
Jetzt hab ich gesagt, Wie geht jetzt das auf einmal so leicht?
Und beim Buben hast ein so ein Mordsgeschrei gehabt?
Naja. Ist sie mit den Kindern so spazierengegangen.
Wie halt eine Frau so ist dann.

Im Sommer mich ewig geängstigt vor Kreuzottern.
Daß kein Kind nicht gestochen wird
und es nicht sagen kann noch.
Und umfallen tut maustot.
Eine Weile ist es hergegangen,
dann ist der Bub auf der Steinmühle in die Schule gekommen.
Da haben damals Zigeuner gehaust.
Das Mädchen, wie in die Schul gekommen ist,
jetzt war es zu schwach.
Jetzt hab es ich,
wenn ich selber nicht grad zu schwach war, zu krank,
im Buckelkorb oder in der Schwinge hinübertragen müssen
auf die Steinmühle.
Und wenn ich zu geschwächt gewesen war,
hat es das Weib noch getan,
bevor daß sie in die Waldarbeit gegangen ist.
Und der Bub wie oft geknaunzt noch,
daß auch er getragen werden will.
Und hat sich ihrer auch noch gehängt an den Rockzipfel.
Am Nachmittag hab ich dann Kinder gehütet.
Und hab wie oft die Hausaufgaben auch nicht recht
verstanden.
Das Rechenzeug und all das alberne Zeug.
Da sind wir zu gedritt dann in den Wald gegangen.
Haben Holz zusammengeklaubt oder Blaubeeren gebrockt.
Schwammer gesucht.
Jetzt haben die kleinen Gewitter bloß wieder die am narrischten farbigen Schwammer dahergebracht.
Wo giftiger gewesen sind wie giftig.
Tupfen gehabt, weiße, und alles lila gewesen oder purpur gar.
Die haben wir daheim allweil wieder weggeschmissen

Nichts zum Beißen gehabt groß.
Die mehrste Zeit über. Kaum Arbeit.
Nur eine lumpige Hütten im Wald.

Ewig kalt winters.
Nichts gehabt zum Kochen.
Nicht einmal eine Ahnung, wie es gehen könnt.
Das Einschüren in aller Herrgottsfrüh gegen vier.
Ohne Rohöl. Ohne Papier.
Und die Hölzlein dir feucht wieder.
Und das Ofenrohr voller Rostlöcher.
Und der Rauch gedrosselt in der Gurgel wieder.
Nicht gewußt, was ich treib allweil.
Vor lauter Schwefel.
Vor lauter Unheil.
Untertags war mir nichts vergonnen groß zum Essen.
Den Kindern auch nicht.
Aus Angst, ich freß es ihnen weg.
Ich und die Kinder Hunger leiden müssen arg.
Bis sie auf die Nacht heimgekommen ist von der Waldarbeit.
Das Weib hat alles zum Beißen weggesperrt gehabt.
Jetzt, wie sie gekommen ist,
hätten wir sie bald angefallen vor Hunger.
Da ist es, wie oft schon, düster gewesen.
Heimgekommen, einen Tiegel gepackt
und hinunter ins Dorf gesurrt!
Und geschaut, daß sie was derhamstern tut zum Essen.
Kochen hat doch die nicht gekonnt.
Oder so schlecht, daß es einem ganz anders geworden ist.
Jetzt hat sie auch alles gekriegt drunten im Dorf.
Suppen, Spatzen, Schweiners, Kraut, Kuchen, Kaffee.
Und im Tiegel alles zusammengemantscht gewesen.
Die hat alles im Tiegel umgerührt,
den Tiegel gestellt auf die Herdplatten und heiß gemacht.
– Im Magen kommt eh alles zusammen,
hat sie nur dazu zu sagen gehabt.
Schwarz ist mein Weib gewesen.
Schwarz wie die Mutter.
Und schon bald genauso alt.

IV.

Der Hiltler.
Der Hiltler war dann dran.
Da haben sie uns geschlagen allesamt miteinander.
Mit dem Hiltler ist allerhand auch gewesen.
An den Hiltler denk ich so gar gern gar nicht dran.
Mordsmäßig politisiert ist worden.
Seinerzeit.
Der Hiltler war ein schwarzer Mensch.
Hat eine schwarze Schnurrn gehabt, eine englische.
Ich hab ihn grad leiden mögen und nicht recht auch.
Im Anfang.
Wie sie ausmarschiert sind.
Da wär ich auch gern oft mitgegangen.
Aber die haben mich nicht leiden mögen durch das Leiden.
Durch die Lähmung.
Der Hiltler auch nicht.
Ich war auch ein wenig ein Leichter.
Ein wenig ein Lump.
Hab gedacht gehabt im Anfang, Wir sind verwandt zueinand.
Ich und der Hiltler.
Durch das Blut von der Mutter.
Durch Östreich.
Weil doch er auch von drinnen heraus ist.
Über das Urmutterzeug ineinander.
Derweil hat er nichts getaugt!
Ich hab dann groß wie nichts wissen wollen davon mehr.
Ich hab geschaut, daß ich ihm nicht über den Weg laufen tu.
Daß er es nicht zum Kennen kriegen tut,
daß ich ihn nimmer leiden mag.
Weil er fort über die Krüppel gekommen ist.
Und hat die Lungenkranken sterisieren lassen!
– Die, hats geheißen, Sind krank fort.
Und weils krank sind,

haben sie nicht arbeiten mögen oder was.
Über die Leut ist er gekommen.
Dann ist halt ein Haufen im Spital sterisiert gewesen.
War ein Leid allweil fort.
Was hat sich der Hiltler drum geschissen?
Der hat höchstens gesagt, Hätten sie gefolgt.
Und über die Juden hat er gehetzt fort.
Über die Juden haben sie ja allesamt geschimpft.
Das hätten wie die Christen noch haben wollen.
Das Zeug, was den Juden zu eigen war.
Die zwei Glasfabriken und so allerhand.
Aber das haben sie nicht gekriegt so gleich.
Kurz vor dem Krieg erst.
Ist ein paar Mal ein Fest gewesen.
Blechmusiktäterä!
Ausgerückt ist alles auch gewesen.
Dem Scharf da, wo die obere Fabrik hat.
Dem seine Buben, meine Spielkameraden kurzzeitig,
waren auch dabei.
Die sind fort Hiltler gewesen allesamt.
Sogar die Fahne hat er getragen, der Scharf.
Das Hakenkreuzzeug.
Da ist es groß gegangen.
Da hat es geheißen, Sind bloß die Großen die Leut.
Die andern sind keine.
Ja, wer grad ein Haus gehabt hat, sauber beieinander,
ist auch dazugegangen.
– Die andern, hat es bloß mehr geheißen,
Das sind die Roten.
Sind Juden.
Sind halt die Toten bald.

Da sind die Kommunisten zu einem Turnverein geworden.
Der hat, Gesund, geheißen.
Gesund sind wir.

Hast nimmer dürfen in der Stadt umeinandergehen.
Bloß die Hiltler.
Höchstens zwei, drei Personen.
Mehr haben nicht sein dürfen.
Die andern sind voneinandergehaut worden.
Über denen die ihren Schädel haben sie garstig hineingezogen.
Mit den Gummiknütteln.
Haben allesamt Gummiknüttel gehabt.
Und ein Messer, mein ich, haben sie noch bei ihnen gehabt.
Und der Hiltler hat halt einen Revolver auch noch dabeigehabt.
Und da hat er einmal einen,
wo eingetreten war in den Gesundverein da.
Eckstein hat sich der geschrieben.
Den hat er gescheit geschlagen.
Weil der Bub, der Eckstein, einen Buckel gehabt hat.
Hat ihn der Hiltler ums Verrecken nicht leiden können.
Auf das hinauf ist das Ding anders worden.
Ist bereits der ganze rote Turnverein geschlossen eingetreten gewesen.
In den Hiltler!
Jetzt ist der Bub, wie er gesund war wieder, dagestanden.
Hab ich gesagt zu ihm, Jetzt sind sie alle verschwunden.
Kennt man sie nimmer weg.
Von den Hiltlern!
Da hat er gegreint.
Weil ihn seine Leut allesamt verlassen haben.
Ist er allein jetzt und so Zeug.
Gegen die Hiltler.

Der Hiltler Kompanien gehalten und Regimenter.
Dann ist allweil das Militär gekommen.
Ist allen Augenblick auf Waldsassen ein Militär gekommen.
Dann hat es wieder geheißen, Wegen der Grenz kommens.
Dann wie der Hiltler eingetreten ist,

dann war der Hiltler allweil da.
Die haben dann nichts mehr zum Sagen gehabt.
Wo sonst das Sagen gehabt haben.
Der war fort in Waldsassen.
Weil man ihn in Waldsassen auch überall gehört hat.
Hab ich gefragt, Hat er was bezweckt?
– Bezweckt, haben sie gesagt, Hat er nichts.
– Zu spät gehört hat ers, hats geheißen.
Ist er fort.
Ist selber eingerückt.
Mit seinen Leuten.
Hat er das Militär gemacht.
Aufmarschiert in der Stadt mit Mordstäterä!
In Kriegsmontur!
Jetzt – auf einmal ist Krieg erklärt gewesen.
Dann hat der Hiltler von heraußen aus denen drinnen den Krieg erklärt.
Jetzt haben die den Krieg im Anfang gar nicht verstanden.
Er hat aber auch wieder dahergetan,
wie die den Krieg erklärt hätten an ihn.
Das hätt er wieder verstanden.
So ist es zugegangen.
So hat alles angefangen.
Alles aufgemußt.
Aber was keine Hiltler waren nicht,
haben aber auch einrücken müssen!
Jetzt hab ich gesagt,
Warum müssen jetzt die auf einmal auch allesamt einrücken?
Was er gar nicht gemocht hat, die Leut?
Sind Kommunisten gewesen, ehemalige,
und alles mögliche.
Wie rote Turner!
Alles gemustert worden und hinein!
Auf Teufel komm raus.
In den Krieg.

Da ist der Krieg schon gewesen eine Zeitlang.
Und ich krank geworden wiederum.
Operiert im Magen.
Und sind die Kinder gekommen und das Weib
und haben mich geholt.
Im Zugwägelchen aus dem Spital.
Die haben gegreint gerade an,
weil ich mich aufs Sterben gerichtet hab.
Oder haben sie wegen dem Krieg?
Weil es auf einmal geheißen hat,
Haben wir eine Schlacht verspielt.
Und soundsoviel Tote gehabt.
In den Tausenden ist es an Linden angeschlagen gewesen,
wo es hinaufgehen tut zum Friedhof.
Von den Millionen haben sie fort erzählt.
Daß soundso viele Millionen fort kommen tun.
Über sie.
– Dauernd sind bloß Tote, hab ich gesagt.
Wenn soviel Millionen sind
und sind allweil bloß so ein paar tausend Tote,
dann werden sie bald Ruh geben.
Und auf einmal hats geheißen gehabt,
Haben sie zurückgeschlagen.
Hinausgeschlagen aus einer Stadt.
Sind halt hinein ins ganze Ausland.
Allüberall umeinandergekugelt auch im Ausland.
Ich hab nicht gewußt von Rechts wegen,
an wer daß der Krieg ist.
Dann sinds halt wild aufgezogen allesamt.
Die, wo nicht drinnen waren.
Die Männer, die Weiber.
Die haben dann drüber geredet.
Und sich befragt um alles.
Und haben sich dann um alles gekümmert.
Daß es nichts geben kann,

wenn sie kommen ewig hoch am Himmel.
Wie so Gewitter in der Nacht.
– Nicht daß sie verspielen tun, hat es geheißen.
Haben sie gesagt, Ein so ein Krieg!
Und sie wissen, was ein Krieg ist.
Dann haben sie halt ein paar Schlachten verspielt wieder.
Dann haben sie wieder gewonnen auch.
Und alle sind rasant älter geworden bei der Gelegenheit.
Jetzt hats geheißen auf einmal, Der Hiltler!
– Die ganze Welt, haben sie gesagt, Erobert er.
Ist schon ewig weit drinnen.
Der Hiltler ist Herr über die ganze Welt.
Ich könnt ja grad greinen, wenn ichs bloß derzähle.

Jetzt hat mich mein Weib geheißen,
daß ich mich hinlegen soll und ruhen.
Und ich bin mit der Zeit krank gelegen.
Krank geworden gewesen.
Ich hab mir doch auch nicht helfen können,
und ein Doktor ist nicht gekommen.
Das Kind hat geplärrt vor Wehding.
Weil auch es krank gewesen ist.
Und meine Frau legt es als ein Kranker zu mir ins Bett.
Ich war doch krank, bewußtlos.
Ich habs gewußt gehabt, daß sie es zu mir reinlegt,
aber daß sie es auf mich legt, hab ich nicht sagen können.
Und das Kind ist auch ruhig geworden,
als obs nimmer da wäre.
Und ich dreh mich hinum und herum,
träum und wälzle allerhand.
Auf einmal hör ich das Kind schreien.
Ich schau mich um,
derweil hat das Kind den Arm ab.
Den Arm kann ich abgedrückt haben.
Jesus, nein!

Durch die Krankheit hab ich nicht aufstehen können.
Und habs, habs nicht mögen auch.
Ich hätt die Frau grad erschlagen können damals.
Ich habs gesagt gehabt, wie das Kind eingegraben war,
Weib, hab ich gesagt, Ich könnt dich grad erschlagen.
Mags aber nicht machen auch noch.
Sie hätt sich doch können hinstellen,
daß ich an das Kind nicht hingekommen wär.
Ich hab mich doch nicht rühren können.
Ich war doch total hin.
Wie das Kind tot war, bin ich aufgestanden.
Bin ins Dorf hinabgegangen und hab gesagt,
sie sollen einen Doktor holen.
Ich habs direkt nicht gesagt, daß es tot ist.
Aber die haben keine Ruhe gegeben, ich soll es sagen.
Da hab ich gesagt, Das Kind ist tot.
Das hat lauter Batzen am Hinterkopf.
Das Kind ist eingegraben worden, und es war Ruh.
Da haben wir keinen Menschen nicht gebraucht dazu.
Das Kind ist eingegraben worden, und es war Ruh.

Später hab ich mein Weib dann verleugnet.
Hab gesagt, Das ist meine Mutter.
Durch eine Dummheit haben sie es herausgekriegt,
daß es mein Weib sein muß.
Und haben gesagt, ich soll es sagen.
Da hab ich gesagt, Das ist mein Weib.
Ich kann doch kein Weib haben, hab ich gesagt,
Wenn ich allweil fort dienen muß.
Die muß ich hocken lassen, wo sie ist.
Und wenn sie woanders zuläuft,
dann kann ich auch nichts anders machen.
– Das, hat meine Herrschaft gesagt,
Nutzt halt jetzt alles nichts.
Und soll mich halt in Gotteswillen kümmern um ihr.

Bleiben kann sie kaum.
Aber schon von Zeit zu Zeit kommen einmal.
Da ist ihr halt das Wasser heruntergeronnen.
Jetzt ist mir nur um so narrischer das Reumännchen gelaufen,
und hab ich gesagt, O Jesus, hab ich gesagt zu ihr,
Du bist feurig gewesen schon auch.
Durch Sonne.
Hast ins Herzgeschrei hinein Kinder gestillt und alles!
Jetzt ist halt erst das Greinen angegangen.
Da hab ich gesagt, Das Weinwasser aus Augen tut halt auch
das Ewige nicht taugen.
Da hat sie wie das Weinen ein wenig aufgehört wieder.
Wegen der seligen Ewigkeit.

Und da drüben, wo der Wald herschaut,
im Steinloch.
Sommers ist sie einmal noch gekommen.
Auf dem Kirchsteig und hat den grünen Rock getragen außen.
Und da hab ich mich dann ausgekannt.
Bin ich in Gottes Namen mit ihr hinüber ins Steinloch.
Da hüben sind Bäume.
In den Bäumen werden wir irgendmal gelegen sein.
Und hab ich es ihr halt noch ein letztes Mal gezeigt.
Das Ding.
Mücken gewesen zum Narrischwerden.
Tannennadel gestochen garstig.
Und die Kreuzottern in den Schwarzbeerbüschen haben nur
so gepfiffen vor Zorn und Neid!
Da hab ich bloß gedacht,
Heut könnt *ihr* mich einmal kreuzweis.

V.

Alle heilige Zeit ist er gekommen zum Getreidehauen.
Der Rumänenbinder da.
Auf Asch, aufs Gut selbigenmals.
Ein einzigs Mal zur Heumahd zu guter Letzt.
Ein arg kleiner Kerl wars halt.
Knorrig, ja.
Keinen Charakter gehabt groß. Aber eine Gosche!
Aufgeschnitten sakrisch allweil.
Und Sprüch gerissen, daß der Rauch weggegangen ist.
Gesagt hat dir der,
daß das Gras in Rumänien so hoch gewachsen,
so buschig gewesen ist.
Wie er als Kind in Rumänien den Mähern die Brotzeit auf die Wiesen hätt tragen müssen.
Hätt er allweil müssen einen Rechen senkrecht halten
in die Lüfte.
Gleichwie so ein Ministrant das Kreuz bei einer Beerdigung.
Ohne Rechen hätt man das Kind halt nicht zu Gesicht gekriegt im Gras.
So daß der Vater gar seinem eigenen Kind
den Kopf vom Rumpf geschlagen hätt.
So jähe Geschichten hat er fort dahergebracht.
Einen Kasperlkopf aufgehabt halt schon auch.

Da waren um Asch Sumpfwiesen.
Da ist das Wasser gestanden.
Und ist auch in Rinnsalen irgendmal gelaufen.
Armstark und stärker.
Die haben als ein Ganzer gestarrt vor Disteln. Ganz purpur.
Pfauenaugen sind irgendmal zugeflogen gekommen auf die Distelköpf.
Lauter so Distelzeug ist halt müßig herumgestanden.
Ich hätt in Disteln eher gebissen wie ins Gras dagegen.

Wenn ich ein Rindvieh gewesen wär.
Und der hat ein Ding getrieben in meinem Weib,
der Rumänenbinder.
Das kommt mir jetzt erst.
Ich Heu auf den Heuwagen gespießt
und mein Weib Heu zusammengerecht auf Haufen.
Und der Rumänenbinder auf dem Heuwagen gesessen
und die Heubüschel,
wo ich hochgespießt hab,
zusammengestampft.
Und der Sakramenter schon allweil eine Melodie gepfiffen:
Ein Fuder Klee,
ein Fuder Wicken.
Komm, Dirndl, laß uns ...
Tut dir doch nicht weh ...
Und zu allem Übel jetzt der Rumänenbinder allweil geschrien,
was ich wunder für ein Saubär wär,
weils allweil so ausschauen tät vom Heuwagen droben,
wie wenn wir zwei,
wie wenn wir zwei unten in der Heuwiesen
vögeln täten dagegen.
Mein Weib und ich.
Jetzt sag ich, Wir tun doch so ein Ding allerding nicht am hellichten Tag. Schau gescheit hin,
Dumitru. Dummian!
– Nein, nein, von hier heroben schaut es aus, wie wenn ihr zwei es sakrisch treiben tätet da drunten.
– Das glaubt kein Schwein. Vielleicht, daß es ein Schwein gibt auf der Welt, wo es glaubt.
Und das tät halt Dumitru heißen und wär Rumänenbinder von Rechts wegen, wollt ich noch sagen.
Jetzt sagt er, Überzeug dich mit eigenen Augen! Und kletter du herauf!
Ich mit Ach und Krach auf den Heuwagen hinauf.

Wenn er nicht gezogen hätt an meinen Händen
und sie nicht geschoben an meinem Arsch,
ich wär im Leben nicht hochgekommen dagegen.
Jetzt seh ich die zwei unten auf der Wies,
er hat kreuzbrav gespießt
und sie schnürlbrav zusammengerecht.
– Alles in wunderschönster Ordnung, sag ich, Was ist das auch Dummes?! Jetzt bin ich hier heroben, komm am End nimmer runter und –
– Reib dir nur die Augen, hat er jetzt dahergetan, Und schau du nur genau!
Ich mir die Augen gerieben und haarscharf geschaut –
und wirklich!
Und wirklich!
Von oben hat es jetzt zum Teufel hinein so ausgeschaut,
als wie, als wie –
Sag ich, Ein so saudummes Ding, von oben schaut es ums Verrecken so aus, als wie, als wie ihr zwei –
– Hab ich es nicht gesagt, hat er jetzt gesagt.
So ein Teufelsgespiel damals.
Und ich hab es so lang hin- und hergewälzelt in mir,
ob da wirklich was war oder ob da wirklich nichts war?
Aber jetzt, wos eingegraben sind all zwei,
bin ich mir auf einmal sicher.
Todsicher.
Kreuzottern hat es grad genug gegeben im Sumpf.
In den Geleisen von den Wagenrädern ist das Wasser gelaufen.
Da hab ich mir allweil die Augen ausgeschaut auf Kröten.
Und bloß wenn ich ihrer keine gesehen hab in den Geleisen,
bin ich losgefahren.
Weil es geheißen hat, Arme Seelen sinds.
Das ist durchwegs vorgekommen,
daß Kreuzottern mit den Heubüscheln aus den Distelwiesen
hochgespießt worden sind.
Die sind auf der Tenne allweil erschlagen worden.
Die Kreuzottern.

Da hat sich der Dumitru nicht lumpen lassen.
Die Mistgabel genommen
und den Kreuzottern das Kreuz abgeschlagen.
Auch wenn das Fleisch schon herausgeschaut hat,
haben die Schwänze der Kreuzottern noch gezuckt.
Bis es düster geworden ist.

Da hat mich so ein Ding in den Distelwiesen.
Nicht gestochen gar?
So ein Kreuzotternkrüppel!
Ich hab es grad ein wenig brennen spüren in der Ferse.
Kann schon in den Unterschenkel auch gegangen gewesen sein.
Was tu ich da?
Ausgebrochen in Angst und Schweiß.
Ist der Rumänenbinder her.
Hat mir nichts dir nichts seinen Gürtel geschlauft um den Unterschenkel von mir.
Unds Blut wie gestaut.
Tut gar nicht lang rum.
Zieht seinen Krötenstecher
und schneid ein Loch hinein in die Bißwunden.
Ziehts mit den Händen auseinander,
daß es noch narrischer brennt.
Und saugts Gift spurlos aus!
Und hats auch gleich ausgespuckt wieder. Brrh!
Die schrundigen Händ grad von ihm.
Obwohl daß doch er auch bloß gemistet hat.
Bloß Pferd gestriegelt.
Bei ihm ist Mist gekrochen in die Riß von der Haut.
Hat der Mist seine Lebenslinien nachgezeichnet direkt im Handteller gehabt.
Das war nichts wie ein so ein mistverschorfts Wurzelgeflecht.
Wo Finger draus hervorgeragt sind wie Kahlkopfpilz.
Als würd Erdreich statt Blut geschwemmt durch seine Adern

oder Ascher.
Wenn er eine erwischt hat, hat er sie angelangt.
Und gefangt.
In die Luft gehalten am Schwanz und gezeigt,
daß sie kopfhalber nimmer in die Höh kommen können.
Die Kreuzottern.

Durch die Kinderlähmung.
Durchs Herumkugeln kann es gekommen sein.
Daß ich doch hingekommen wär ganz woanders.
Am End.
Im Anfang bin ich wieder getroffen zusammen
mit dem Rumänenbinder.
Samt einem Trupp Gefangener zum Geleiselegen.
Schienen gelegt haben wir für Sonderzüg.
Und hinterher hätt ich sollen noch mitfahren auch im Zug.
Das hab ich nicht gelitten.
Der Graben für die Geleise ist auch gegangen.
Durch einen uralten Judenfriedhof.
Und waren arg verwittert Grabstein.
Als ein ganzer waren die Gräber voller Gras.
Die haben dann dran glauben müssen, die Gräber.
Mir nichts, dir nichts.
Durch das Grabengraben.
Nach der Durchfallsuppe.
Samt ein paar scheinheiligen Fettaugen.
Schleimbatzen.
Daß man grad hätt glauben mögen, Eiter ist drinnen im Essen.
Voller Eiter ist die Suppe und so weiter. Brrh!
Die sind geplatzt in der Schöpfkelle schon.
Die Fettaugen irgendmal.
Geschmeckt hat die Suppe allerding nicht.
Gerochen komisch eher.
Zum Läusekriegen im Magen.
Da hat der Magen Sturzelbäume geschlagen dagegen.

So war aufs Essen geschissen auch noch. Dieselbige Zeit.
Nach dem Essen haben wir uns geschlagen in die Büsch.
Haselnüsse, soviel wir ihrer haben derkrallen können, gerupft.
Haben wir Haselnüss gefressen.
Und unser Geschäft gemacht und aufgeschaut.
Daß wir uns nicht gescheit vollgemacht haben dabei.
Durch das Haselnußgezupfe.
Wenn es dann doch geiling pressant gegangen ist.
Durch den Saufraß.

Hinterher haben wir Fußball gespielt. So Zeug.
Mit einem Totenkopf einmal.
Da hätt ich auch gern ein Tor geschossen.
Oder gar geköpft.
Wenns hochgekommen wär.
Aber mich habens zum Teufel hinein ins Tor gestellt.
Die Krüppel.
Weil ich doch groß nicht hab laufen können.
Schon gar nicht schießen.
Und wenn ich doch geglaubt hab,
Jetzt hab ich ein Tor geschossen.
War es dir ein Eigentor.
Obwohl daß ich allweil so getan hab,
als hätt ich ins Tor geschossen vom Gegner.
Bloß weil dem Gegner sein Tor auch das eigene Tor war.
Drum hätt ich auch das eigene Tor halten sollen eher.
Und nicht schießen.
Ich hätt halt sollen warten im Tor,
bis die andern zu Schuß gekommen sind.
Das hab ich halt auch nicht leiden wollen.
Und die sind allerding nicht zu Schuß gekommen
ewig lang nicht.
Weil alle ineinander eher gewühlt haben. Wie gespielt!
Und wir doch bloß ein Tor gehabt haben und einen Kopf.
Da hat die eine Partei von hinten ins Tor geschossen.

Haben wieder alle alles verdeckt.
Und die von der andern Partei
haben das Ding von vorn probieren wollen.
Bloß ich hab mich allweil drehen müssen.
Hinum und herum.
Wie so ein Stück Vieh, was den Ding hat.
Den Drehwurm.
Kein Wunder, daß ich da nimmer gewußt hab,
wo einem der Kopf stehen tut.
Den ich gehalten hab für den Ball.
Bin ich halt bloß herumgekugelt am End.
Wie ein Törichter.
Hab mich allerding nimmer ausgekannt.
Von Rechts wegen.

Wie ich gewußt hab, wo die Reise hingehen tut?
Das haben mir die andern zugewispert gehabt.
Aber ich hab nicht den Schneid gehabt,
daß ich die Geleise umgelegt hätt.
Oder gar die Aufseher.
Zurückgeschlagen hab ich ja auch so gut wie gar nicht
zeitlebens.
Als Kind ein wenig vielleicht.
Auch nicht recht viel.
Kann schon irgendmal einen ein wenig gefalzt haben.
– Die ragt einem einmal aus dem Grab,
hat mir die Mutter, wie ich kleiner war, verzählt gehabt.
Die Hand, wo zurückhauen tut.
Und hat mir Mohnkugeln gegeben zum Lutschen.
Daß Schlaf gekommen ist.
So ist es ihr geschehen in Böhmen.
Die wenn von meinem Elend späterhin gewußt hätt.
Die hätt sich nimmer gekriegt im Grab.
Die Mutter.

Die Geleise, wo wir haben legen müssen,
sind über Geiersreuth gegangen nach Flossenbürg.
Die Burg gesehen in der Weite stehen.
Dorthin sind die Gefangenenzüg gegangen.
Zum Führer seinen Geburtstag haben sie uns eingeladen.
Im April in den Viehwaggon.
Kein gescheiter Waggon allerding nicht gewesen.
Ein Wagenwaggon dagegen lediglich.
Nichts zum Sitzen wies Stroh.
Kein Klo und so.
Ein Elend ist dir das gewesen allweil fort.
Daß man heut die Händ noch zusammenschlagen könnt
über den Kopf.
Wo so Zeug einfallen tut.
Was will ich da mehr wie beten. Zu Armen Seelen.
Wie die Mutter mich geheißen hat.
Da ist mir durch den Kopf gegangen durchaus,
daß es mein Tod genauso kann sein.
Wenn ich herausspringen tu aus dem Zug.
Der Rumänenbinder hat nicht recht nachhin getan.
Sagt er, ich wenn fehl, ist es so arg nicht.
Er aber, wenn fehlt ...
In so einem Fall suchen sie ihn mit den Hunden.
– Um mich, hat er gesagt gehabt, Tu dich nicht ab.
– Naja, hab ich gesagt, Ich weiß es grad nicht, was das für ein
Ding ist.
Das Springen.
Das Springding da.
Und hab ein Kreuz geschlagen,
schon ist es langsamer gegangen.
Für alle Fälle.
Und bin gesprungen in einen Brombeerbusch.
Ich kann einen geschwollenen Knöchel gehabt haben.
Und ein los zerkratztes Gesicht durch die Ranken.
Kann auch eine Gehirnerschütterung gekriegt haben.

Durch das weiß ich es nimmer recht,
falls es anders zugegangen ist.
Wie es weitergegangen ist.

So bin ich drauflosgehunken.
Wie so ein gehetztes Wild.
Ins Ausland einfach hinein auch.
Ich hab nimmer gedacht groß an die Gehirnerschütterung.
Und so ein Ding kann eingetreten sein
durch die Gehirnerschütterung.
Und bin ins Böhmische gegangen,
ins Böhmische gekommen.
Jetzt hab ich nicht durchgekonnt durch Böhmen.
Weil überall in Böhmen lauter Wasser war im Wald.
Lachen gewesen auf den Wiesen.
Geschwommen ist alles auf den Feldern.
Und die Hänge haben aufgehört.
Und die Berg haben einfach aufgehört.
Ich hab Gewitter gehört, wo aus den Bergen herauskrachen.
Von innen heraus.
Daß ich im letzten keinen Weg gesehen hab mehr.
Bis zum Bauch im Wasser gestanden bin.
Bis zum Hals im Wasser gestanden bin.
Und geschaut hab, daß ich durchgekommen bin.
Unter dem Gehen.

Es ist nicht lang gegangen.
Bin ich gekommen auf eine jüdische Gegend.
Ausgeschaut wie der Judentempel in Eger.
Den Juden haben sie wie nichts getan im Anfang.
– Die können erlöst dagegen sein, hab ich gehört gehabt.
Ich weiß es wie selber nimmer.
Dann hat es wieder geheißen, Die Juden müssen bluten.
Dann bin ich auf ein Ding gekommen. Aufs Feld.
War das Militär fort dort.

Hab ich einen Haufen Schützengräben überlaufen.
Oder übersprungen.
Sind Zelte dort gewesen.
Da sind die Ungarn oder was dort gewesen.
Dort drinnen oder Franzosen.
Lauter rote Leute.
Können Franzosen auch gewesen sein.
Da hab ich sogar was zum Essen gekriegt.
Da hab ich Hunger gehabt.
Aber davongetrieben haben sie mich wieder.
Das wenn bloß ein wenig was zum Trinken war,
was ich da zum Essen gekriegt hab.
Dann war das Ding schon gut.
Das wenn bloß ein wenig Wasser war.
So hab ich laufen können.
So war ich heruntergekommen.
Der Hiltler wird mich am End einrücken haben wollen.
Aber ich hab keine Montur gehabt und keine.
Keine rechte Lust nicht.
Was will ich da auch ohne Lust?
Nicht einmal ein Gewehr hab ich gehabt.
Dann bin ich auch wieder fort.
Bin hineinwärts nicht hin gekommen zu ihm.
Da hätten mich seine.
Meine eigenen Leut derschossen.
Unsre eignen Leut.
Der ist besetzt gewesen.
Da hat niemand zuhin gedurft zu ihm.
Und die Besetzung nicht.
Da hat allen Augenblick eine Granate eingeschlagen.
Oder ein Geschütz.
Alles weggekämpft gewesen bereits.
Geschossen haben sie so Zeug.
Wie Schwefel.
Und Bomben geschmissen.

Alles demoliert gewesen auch und Rauch.
Und Aschenhaufen haben geraucht.
Sind die Toten umeinandergekugelt und die Verwundeten.
Und da hat nur er weitergekämpft und weitergekämpft.
Fest gekämpft mords!
Das kann hineinwärts gewesen sein.
Wie ich hineinbin und herauswärts wieder.
Wies allesamt wieder bombardiert haben ineinander.
Da bin ich hin und hab ihn ausgeschimpft.
Den Hiltler.
Ich kann gar gesagt haben zum Hiltler,
Kerl, was ruinierst denn du für einen Haufen Leut?!
Arg geschwind hab ich da geschaut,
daß ich weitergekommen bin.
An ihm vorbei.
Und hinein ins Ausland.
Wo er nicht war, war Ausland.
Da bin ich arg geschwind.
Ganz narrisch geschwind bin ich jetzt da hin.

Jetzt wie ich gemach doch gekommen bin ins Ausland.
Jetzt war wie das Ausland kein richtiges Ausland mehr.
Weil überall hab ich den Hiltler gesehen stehen in der Weite.
Debattieren und alles mögliche.
Wie schreien und schimpfen.
Vor Ärger über seinen Zorn.
Weil ihn die, wo da waren,
nicht recht verstanden haben.
Das schwarze Volk da. In Afrika drunten.
Die haben die Köpf geschüttelt.
Ich hab mich dann gefürchtet gar arg um ihnen.
Daß der Hiltler auf so ein Ding hinauf
nicht kriegen tut einen Mordsgrant.
Und alles hineingeht in den Granatenkrieg.
Auf Übersee und alles.

Alles untergehen tut in Ozeanen und Zeug.
Nichts Gescheites allerding nicht kommt. Aus der Luft.
Wie Bombengranatenzeug.
Wos Wasser brennt.
So voll Öl wird der Wind.
Und Rauch wie oft auch.
Es Tote gibt zuhaufen.
Nicht recht lang in Afrika.
Durch Krokodile.

Schlußendlich bin ich gekommen.
In eine ähnlich andre Wildnisgegend.
Wies die gesunde Heidengegend war.
In Savannanähe.
Kohlschwarz allesamt herumgekrochen
und nackig als ganze.
Die haben mich halt auch nicht verstanden.
Für was ich kommen tu zu ihnen.
Und ich,
ich hab mir halt mit dem Schreiben auch nicht recht
helfen können.
Sonst hätt ich es ihnen geschrieben,
was sie so geredet haben.
Jetzt hab ich halt bloß fingerweis hingedeutet danach.
Auf ein Weib, geselchtsschwarz und schwärzer.
Kuhfinster, kann man sagen.
Und hab darauf hin dann gedeutet,
daß ich gern dableiben möcht.
– Ist schon recht, haben sie wieder gedeutet.
So, jetzt hab ich ein Weib fein gehabt.
Mit einer arg einer starken Brust.
Freud gehabt und alles in aller Schwärze.
Das Brüstgelüst gekommen gewesen gleich über mich.
Wie daß ich da hinlangen müßt von der.
Und in ihrem Wasser wars was.

Was Schönes!
Eine regelrechte Tiefenwärme hat das gehabt. Ihr Wasser.
In das bin direkt ich gekommen als ein Tauchsieder,
ist es mir vorgekommen.
So ein mords ein schönes Ding wie das war in der.
Weil das Gezank hab ich ja nicht verstanden sinngemäß.
Ob die hätt kochen können,
kann ich bereits gar nicht sagen mehr.
So Mampfzeug würd sie schon auch
zusammengemantscht haben.
Aber zum Kochen nichts gehabt.
Nichts zum Beißen gekriegt nicht einmal.
Nicht ein einzigs Mal ein wenig ein Bißchen.
Kein Magentratzerl und nichts.
Es hat schon was gegeben,
aber ich hab halt auch nicht getraut.
Könnt Giftobst auch gewesen sein.
Und die Bananen haben einem die Affen fort weggefressen.
Und hat man hingelangt auf sie, haben sie einen gebissen.
Die Luderviecher!
Was nützt denn dann das?
Die schönste Liebe, wenn der Magen leer ausgeht durch das
und noch hungriger wird dadurch.
Einen schwarzen Arsch grad zum Dagegendrücken hätt ich
gehabt.
Gegen die Magenkrämpf.
Dieselben sind in der Savanna selber über dem Verhungern
gewesen.
Was brauchen sie da mich zum Verhungern?
Bin ich wieder fort.
Hungrig grad an.

Bevor ich auf die Löwentiger gestoßen bin.
Bin ich vornhin noch auf die großen Orangenaffen da
gestoßen.

Zottelkapuzinern haben die gleichgeschaut.
Wie so wilde Bergmönche haben sie wirken wollen.
Eine Banane bereits verputzt nach der andern.
Und ich kann zu der Zeit
Bananen noch gar nicht gekannt gehabt haben.
Kanns für giftiges Zeug.
Für menschengiftiges Zeug kann ich es angeschaut haben.
Ich hab halt gedeutet danach.
Und die haben gar nicht reden können,
so haben sie die Goschen voll gehabt mit den gelben Dingern.
Da kann ich mich schon geärgert haben gegen sie.
Droben in Bäumen.

Jetzt bin ich auf Löwentiger gekommen.
Auf so Zeug.
Hungriges Zeug war dir das!
Auf Schlangen ineinander.
Was tust da?
Bin ich hergegangen und hab die am Kragen gepackt
und die Schlangen aufgestellt.
Darf man direkt sagen.
Und sind hergefallen über die Löwentiger.
Leparden, Yuma, und wie sie alle geheißen haben.
Aber ich bin durchgekommen.
Durch Afrika.

VII.

Heimwärts zu ist einmal auch ein Wagen dahergeholpert
gekommen.
Sakrisch geschwind wie der Wind.
Ein schlechter Weg wars, steinig, Schlaglöcher.
Und wie ich droben sitzen tu und mitfahre, derweil denk ich,
Ich weiß nicht, was das für ein Ding ist.

Derweil hat es gesehen gehabt wie der Tod,
was die Leute zusammenfährt.
Lauter so Zeug.
Wie ein Geistgerippe hat es ausgeschaut.
Wie das Gerippzeug auf dem Hirschen.
Auf der Wondreber Tafel.
Da hab ich mir gedacht, Das ist eine schön hungrige Gegend.
Wo die Leut so dürr werden zu Leichen.
Und ist doch schon zugegangen auf daheim zu.
Da können doch die Leut so gar zaundürr
auch wieder nicht sein.
Und bin heruntergesprungen und bin selber gegangen.
Getal gegangen über die drei Berg.
Und da bin ich reingekommen,
als ob ich schon einmal dagewesen wär.
Auf einen Ding bin ich gekommen.
Auf einen Palast.
Hat gesehen wie die Hölle.
Hat können sein in einem Loch.
Ein Loch war es schon gerade.
Die drei Berge drinnen.
Aber wie ich hinabgekommen bin ins Tal,
wo es gestanden ist.
Da war es wie ein Schloß.
Alles zu.
Kein Fenster und nichts drin.
Und der Rauch ist rausgequollen,
und die Leut haben dir geschrien.
Und mein, hab wer Bekanntes herausgehört.
Bin aber nicht draufgekommen, wer es gewesen wär.
Wenn es der Rumänenbinder war,
könnt es schon gewesen sein.
Und außen Eisenbänder herumgemacht.
Ich hab keine Tür gesehen.
Hab ich gesagt, Da muß doch wo eine Tür hineingehen!?

Und es hat geschrien, Ja, ja, ja!
Dann haben sie da, wo eine Tür hineingeht,
die Tür wieder nicht aufgebracht.
– Da kannst nicht herein, haben sie gesagt,
Da ist lauter Feuer!

Eines schönen Tages,
war der Krieg so lang noch gar nicht aus.
Ich war auf Arbeit aus.
Treff ich nicht wen wieder?
Den Rumänenbinder.
Sag ich, Was ist dir? Dürr, wies du bist.
Sagt er, Oh, sagt er.
Du, sagt er, Warst du nicht vom Geleiselegen?
– Ja, sag ich, Weißt nimmer. In Asch auch.
– Mit den Geleisen, sagt er, War was. Wo übrig waren.
– Was in Gottes Namen?, hab ich mich befragt.
– Da ist vor lauter Leichenzeug, tut er daher,
Das Krematorium da zu klein geworden. In Flossenbürg.
Jetzt habens welche gezwungen,
ein mordstiefs Loch zum Graben.
Eisenbahnschienen dann haben sie holen müssen.
Unter meiner Führung.
Unsere alten übrigen Schienen!
Wunder wie rostig schon.
Und die rostigen Dinger haben die dann breiten müssen.
Übers Loch, wos ausgegraben haben.
Wie Kreuze.
Auf den Schienen haben sie sie dann verbrannt.
Die Leichen ineinander.
Wie auf so einem Rost, darf man sagen.
Der Ascher ist da durchgefallen,
und eine Pyramiden ist gewachsen dadurch.
– Ja, sag ich, Ich will es nicht gern glauben.
Wost früher schon so greulichs Zeug,

so Hirnzeug dahergeschnarrt hast!
– Glaubs, sagt er, Oder häng dich auf!
– Tu nur schauen, hab ich gesagt gehabt noch,
Daß du wieder in die Höh kommen tust.
– In die Höh, sagt er, Komm ich nimmer.
Und in den Himmel geschaut und gesagt, Und der Teufel.
Der hat seine Höll da droben in den Wolken.
Der hat dauernd glühendes Feuer.
Da schürt er unten ein, und oben brennt das Feuer ewig hoch.
Da schmeißt er die Menschen hinein in das Feuer.
Wo ihm nicht das Sterben verzeihen können.
Die kommen alle in das Feuer hinein.
Und da fangen sie das Brennen an.
Da verbrennen sie.
Und sind doch nicht tot dagegen.
– Aber, hab ich jetzt gesagt, Der Tod!
Der Tod – ein Muttergotteskuß ist es.
Wo wegnimmt den Atem von einem.
Wie Wind in Linden.
Und grabens einen auch ein.
Und ist doch wie Leben.
In Engerlingen und solchen Dingen.
Und eines Tages bin auch ich.
Irgendmal unter Cherubim.

Wondreber Totentanz

Traumspiel

Figuren:

Geistlicher, *älterer weißhaariger Mann*
Samuel, *älterer weißhaariger Mann, sieht obigem ähnlich*
Doktor Suchos, *KZ-Arzt im mittleren Alter*
Isidor Kopf, *junger Mann, teils mit Kopfverband*
Irmgard Kopf, *junge Frau, Frau Isidors, verheiratete und geborene Kopf, Tochter des Totengräbers*
Johannes Kopf, *junger Mann, Bildhauer, Sohn des Totengräbers, sieht Isidor ähnlich, ist jedoch nicht mit ihm verwandt*
Totengräber Kopf, *älterer Mann, Vater von Irmgard und Johannes*
Isidors Vater Isidor Kopf, *älterer Mann, nicht mit dem Totengräber verwandt*
Isidors Mutter Anna Kopf, *ältere Frau, ebenfalls nicht mit dem Totengräber verwandt*
Otto Schaller, *ein junger, gutaussehender Glatzkopf, Soldat*
Elsa Schnurrer, *junges Mädchen, Friseuse*
Der Chor der Trauergemeinde, *alle Lebenden des Wondreber Totentanzes*
Der Chor der Toten I, *die in der Erde begrabenen, eher deutschen Toten:*
BARON UND INGRID BARONIN VON WONDREB-WAFFENHAMMER / HERZER / ERWIN UND AMALIE ASCHERL / ISOLDE BAUER und ISIDORS VATER ISIDOR, CHORFÜHRER
Der Chor der Toten II, *die im Feuer verbrannten, eher jüdischen Toten:*
IRIS TAUBE / ISIDOR BIRNBAUM / CELINA KOEPPEN / SARAH DRACH / JAKOB HECHT / ELIAS ACKERMANN und ZOFIA, CHORFÜHRERIN

Zur Sprache: Die Sprache des Chores der Toten II sollte nicht verwechselt werden mit Jiddisch oder dem Deutsch der Ostjuden. Sie ist vielmehr eine aus Gesprächen mit ehemaligen Häftlingen des Konzentrationslagers Flossenbürg in Warschau und Krakau heraus entwickelte Kunstsprache, ein Krematoriumsesperanto: die Sprache der Opfer, die erst in den Lagern – von Leidensgenossen – die Sprache der Schergen gelernt haben.

Zum Geschehen: Das Geschehen findet – wie in der antiken Tragödie – zumeist in der Sprache, also im Kopf des Zuschauers, statt. Denn ich glaube, daß im Zeitalter des Alleszeigens in Film und Fernsehen, dies dem Theater gut ansteht.
Die sichtbare Ebene ist der Totengottesdienst für Irmgard: Mit allen freigesetzten Elementen des Totenrituals durch Zeiten und Kulturen: Dazu gehören das Nachspielen bestimmter Episoden aus dem Leben der Toten, das Erzählen von Taten, das Sprechen von Beschwörungstexten/Gebeten etc.
Biographische Stationen, teils im Kontext des Spielorts Kirche: Beerdigung; Beichte; Kommunion; Hochzeit. Dazwischen andre Episoden des Lebens in der Natur. Die Natur ist eigentlich eine tote: Noch einmal wird sie beschworen. Es stirbt nämlich eine ganze Lebenswelt auf dem Land.

»Unsterbliche sterblich, Sterbliche unsterblich: lebend einander ihren Tod, ihr Leben einander sterbend …

Es lebt das Feuer der Erde Tod, und die Luft lebt des Feuers Tod, das Wasser lebt der Luft Tod, die Erde den des Wassers …

Der Seelen Tod ist Wasser zu werden, Wassers Tod Erde zu werden; aus Erde aber gewinnt Wasser Leben und aus Wasser die Seele ...«
Heraklit

Totengottesdienst

Wandlungsläuten aller Glocken und Glöckchen.
Das ganze Theater ist das Innere einer Kirche.
Die Kirche ist Ruine. Bäume wachsen in den Himmel.
Die Zuschauer womöglich auch in Betstühlen.
Der Friedhof ist ebenfalls – für Außenszenen – im Zuschauerraum.
Und das Krematorium ist rechts im Hintergrund. Es könnte allerdings auch eine kleine Fabrik sein.
Orgelmusik: Schubertmesse.
Vorne aufgebahrt in ihrem offenen, zum Zuschauer hin gelüpften Sarkophag liegt die tote Irmgard. Isidor mit Kopfverband im Rollstuhl ist in ihrer Nähe: Er befindet sich im Zustand des Träumens. Vielleicht findet ja das ganze Stück in seinem Kopf statt.
Die Mitglieder des Chors der Trauergemeinde gehen zum Geistlichen, die Kommunion zu empfangen.
Sie kehren zurück und haben – aber das sieht man anfangs noch nicht, sondern hört es nur – je ein Tier an der Leine.
Erst wenn die Gläubigen von der Kommunion in die illuminierte Mitte der Bühne zurückkommen, sieht man, daß jeder Gläubige einen Wolf, eine Hyäne, einen Löwen, eine Schlange, ein Krokodil oder auch nur ein Chamäleon mit sich führt.

GEISTLICHER Heut nacht hatte ich im Traum
alte Heiligenfiguren zu spalten.
Als die Axt in den Kopf einer Gottvaterfigur fuhr,
kroch eine Kreuzotter heraus.
Und ich fiel im Bann dieses Traumgesichts auf die Knie und betete:
Kreuzotter, die vor Gift im Kopf Gott vergißt
und doch Gott ist.

CHOR DER TRAUERGEMEINDE Kreuzotter, die doch Gott ist.

GEISTLICHER Kreuzotter, aus deren Augen Feuer stiebt von Zeit zu Zeit, aus deren Rachen Blitze züngeln.

CHOR DER TRAUERGEMEINDE
Kreuzotter, aus deren Rachen Blitze züngeln.

GEISTLICHER
Kreuzotter, deren Kiefer kaum Lichtungen aufweisen,

CHOR DER TRAUERGEMEINDE
... nur Glutgezüngel aus der Mundhöhle heraus.

GEISTLICHER Kreuzotter, dein Stacheldrahtband ist die einer schartigen Säge gleichende Zickzackgestalt des Staatswaldes,
die sich über Steinbrüche hinweg erstreckt.
Kreuzotter mit Schuppen schwarz aus Nadeln.

CHOR DER TRAUERGEMEINDE
Kreuzotter mit dem Lichtskorpion im Schwanz.

GEISTLICHER
Kreuzotter mit der Peitsche des Schöpfers am Rumpf.
Kreuzotter, die Wondrebwogen sind,

CHOR DER TRAUERGEMEINDE ... Kreuzotterngift oder nicht,

GEISTLICHER
... im Fegefeuer des Regens noch immer schwarz.
Außer es zeigt sich für Augenblicke
das Purpur der Distelköpfe vom Ufer her im Wasser.

CHOR DER TRAUERGEMEINDE
Außer es zeugt der Tau, Kreuzotter,
für das Purpur im Weiß der Brombeerblüten augusts
und wird selber zersplittert zu Purpur in den Kathedralen der Dornen.

GEISTLICHER Und Gott war die Schlange,

CHOR DER TRAUERGEMEINDE ... und die Schlange war Gott.

GEISTLICHER Und Gott schluckte die Schlange.

TRAUERGEMEINDE Und die Schlange schluckte Gott.

GEISTLICHER Und Gott war das erste Wort der Schlange ...
Akustik der Kirche.
So sprach im Traum in jener Nacht zu mir

der lebendige Gott.
Amen.

CHOR DER TRAUERGEMEINDE Amen.
Schubertmesse.

GEISTLICHER Liebe Trauergemeinde!
Zusammengekommen im Namen eines Menschen,
der hier vor unseren Augen aufgebahrt ist:
im Namen Irmgards.
Tief erschüttert im Angesicht ihres Todes,
tief erschüttert auch,
da Isidor noch immer im Koma.
Wir können nur mutmaßen,
was sich auf ihrer Hochzeitsreise zutrug
in Ägypten.
Dem Augenschein nach sind Isidor und Irmgard
Opfer eines Attentats geworden …
Lasset uns für einen Augenblick still der Toten gedenken.
Und um die Genesung des Schwerverletzten beten.
Licht auf Isidor mit Kopfverband im Rollstuhl.
Licht auf die aufgebahrte Irmgard. Dunkel.

Gott

GEISTLICHER *während des Gottesdienstes für sich:*
Ich erinnere mich an Isidor:
Isidor,
Lapislazuli rings ums Pupillenschwarz,
saß unter dem Orange im Wind tanzender Kügelchen.
Isidor saß am Waldrand,
in Büscheln blühenden Johanniskrauts.
Isidor im Vogelbeerschatten,
Isidor allein auf herzgrauer Granitkuppe sprach:
für mich mit sich,
für Isidor mit Gott,

für Gott mit mir.
Dunkel. Orgelmusik. Gesang. Wandlungsglöckchen.
GEISTLICHER / STIMME Und es geschah,
daß mich das Kind Isidor mit der Hostie in der Hand
und dem Gold des Tabernakels im Kreuz,
als ich die Messe las,
im Gottesdienst sah.
Und es geschah,
daß sich der Blick des Kindes zur Kirchendecke emporhob
und daß es vermeinte, mich …
Licht auf den Geistlichen: Er sitzt auf einem Thron aus Gold, den Chor der sieben Cherubim rings um sein Haupt.
Seither ruhte mein Auge irgend auf Isidor.
Dunkel.

KZ Flossenbürg

Die Lehne des goldnen Thrones wird zurückgeklappt; sie wird zur Krankenbahre. Die sieben Cherubim werfen ihre Goldflügel ab und werden teils zu Assistenzärzten, die das weiße Gewand anbehalten, teils legen sie es ab und mischen sich in schwarzer SS-Uniform unter die Zuschauer.
Wir befinden uns im Konzentrationslager Flossenbürg 1943. Schauoperation. Der Geistliche in Gestalt einer lebensgroßen Puppe auf dem Operationsbett.
DOKTOR SUCHOS Meine Herren Offiziere, liebe SS!
Hier der Fall katholisches Priesterlein,
Typus rebellischer Landgeistlicher.
Verstieg sich in religiösen Wahn,
und predigte im Gottesdienst stets die eigenen Träume.
SS-BELEGSCHAFT *im Chor:*
… die eigenen Träume …
DOKTOR SUCHOS Einmal träumte ihm –
und prompt predigte er dies Traumbild:

Ein jeder Mensch führe seine Seele
mit sich ins Kirchenschiff
in Gestalt eines Tieres.
Und naturgemäß: Diejenigen unter seinen Schäfchen,
die unserer Partei angehörten,
führten die wildesten Wölfe mit sich.
Was heißt: Wölfe.
Es waren zudem Hyänen, Krokodile, Chamäleons.

SS-BELEGSCHAFT ... Wölfe ... Hyänen ... Krokodile ...
Chamäleons ...

DOKTOR SUCHOS Obendrein erdreistete er sich,
von der Kanzel herab zu befinden:
Unsere Politik könne nicht sein
seines Gottes Politik.

SS-BELEGSCHAFT ... Gottes Politik ...

DOKTOR SUCHOS Und nun werden wir ihm –
als eine Art Gottesurteil –

SS-BELEGSCHAFT ... Gottesurteil ...

DOKTOR SUCHOS – seinen Gottesbegriff ganz einfach
aus dem Gehirn operieren.

SS-BELEGSCHAFT ... Gott aus dem Gehirn operieren ...

Unter der SS-Belegschaft: Isidors Vater Isidor und Irmgards Vater, der Totengräber, mit brennender Zigarette.

ISIDORS VATER ISIDOR Das ist doch unser Pfarrer!
Mein Onkel im Grund!

TOTENGRÄBER Fresse, Mann!

ISIDORS VATER ISIDOR *will, indem er die Hand hebt, »Halt« schreien:*
Ha ...

Der Totengräber wirft ihm jedoch mit sadistischer Geistesgegenwart seine glühende Zigarette in den Mund, hebt die Hand gleichfalls, allerdings zum Hitlergruß, und schreit lauthals

TOTENGRÄBER Heieieieieieieieieillllllllll!!!!!!

In dieses Heil-Geheule fallen alle ein: Aus den geöffneten

Mündern jedoch kommt Gebrüll Geknurre Gefauche. Es wird dunkel.

Totengottesdienst

GEISTLICHER *laut:*

Nicht immer geht der Himmel gerecht um
mit den Gerechten
denn es prüft auch und züchtigt der Herr die Seinen
und singend nicht, eher weinend
gehen wir hin.
Lasset uns beten
und unsere Stimmen erheben
für die Seele unserer Irmgard,
die jetzt wohl Zwiesprache führt mit ihrem Schöpfer.
Vielleicht erstehen ja dem einen oder andern
Bilder aus dem Leben der Toten
und aus dem Leben Isidors.
Für sich:
Überhaupt: Wird Geschichte
nicht von den Toten allein
verstanden?
Sind nicht im Falle des Kriegs
die Erzählungen Überlebender
Geschichtsfälschung von vornherherein?
Als ich Isidor fragte:
Warum Ägypten?,
antwortete er:
Die wußten um den Tod.
Warum jedoch Tod nach der Hochzeit?
Seine Furcht vor dem Tod,
dem eigenen und dem Irmgards,
sei plötzlich so groß ...
Selbst in der Hochzeitsnacht seien sie ewig

lang nicht ins Bett gekommen,
aus Furcht vor dem alten Aberglauben:
Wer als erster ins Bett ginge in jener Nacht,
stürbe als erster.
Schließlich sei Irmgard …
Dunkel.
ISIDOR *heftig:*
Nicht in die Erde soll Irmgard!
Nicht in das von ihrem Vater eigenhändig
ausgeschachtete Loch!
Irmgard soll aufgehen in Feuer!
GEISTLICHER Da des Menschen äschriges Antlitz hintaumelt
übers Erdreich,
kann es ihm,
gesetzt den Fall eines Kältesturzes,
TOTENGRÄBER … zumal im Angesicht vom Totengräber,
wo in die zum Aufpickeln zu harte Erde uns
sogar im Januar ein Loch zu graben hat …
GEISTLICHER … kann es ihm blühn,
daß es als zu hart empfunden würde,
als ebenso steinern.
CHOR DER TOTEN I Da des Menschen äschriges Antlitz sich
auftut im Licht des Schnees,
empfindet Isidor ein Verzehrendes,
da des Menschen äschriges Antlitz Isidors Gesicht ist,
Isidors doppeltes Gesicht.
Isidor steigt aus dem Rollstuhl, ersetzt sich und Irmgard durch eine Isidor- und eine Irmgardpuppe.
Dunkel.

Gott im Vogelbeerbaum

Das Kind Isidor und Isidors Vater Isidor unter einem Vogelbeerbaum.

ISIDOR Sind die Toten reich?
Können sie aus Sternen Gold machen?
Aus Steinen Glück,
Vater?
Kommen Kreuzottern ins Erdreich,
wo es geweiht ist,
Vater?
Warum wohnt Gott im Johanniskraut,
Vater?
Und in Disteln nicht?
Und nicht im Vogelbeerbaum?

ISIDORS VATER ISIDOR Isidor, Isidor.

Dunkel.

Eine Taube für Isidor

Im Vordergrund das Kind Isidor und Isidors Vater Isidor. Der Vater hat ein Kleinkalibergewehr in der Hand. Im Hintergrund, nahe dem Vogelbeerbaum, arbeitet Isidors Mutter Anna zwischen Beeten blühender Erdbeeren.

ISIDORS VATER ISIDOR Isidor! Isidor!
Soll ich dem kleinen Isidor die Taube schießen?
Schau! Da! Da!
Die Taube im Vogelbeerbaum.

ISIDOR Ja, Tata!

Er schießt mit dem Kleinkalibergewehr die Taube aus der Baumkrone. Das getroffene Tier segelt in die blühenden Erdbeeren. Vor die Füße von Isidors Mutter Anna.

ISIDORS MUTTER ANNA Die blutet!
Du hast ihr den obren Schnabel weggeschossen!
Du –

ISIDORS VATER ISIDOR Halt keine Predigt!
Tret die Taube tot!
Hörst du nicht?
ISIDORS MUTTER ANNA
Das Blut spritzt direkt aus dem Taubenkopf.
In Fontänen!
ISIDOR Tata! Tata!
ISIDORS VATER Tottreten! Herrgott!
ISIDORS MUTTER ANNA Das kann ich nicht.
ISIDOR Tata! Tata!
ISIDORS VATER ISIDOR Das leidet doch, so ein Tier.
ISIDORS MUTTER ANNA Ich kann es nicht.
ISIDORS VATER ISIDOR Geh, du, Isidor. –
Isidor geht zu seiner Mutter, sieht das Tier – und beginnt zu weinen. Endlich kommt der Vater, hebt den blutenden Vogel auf und gibt ihn an den gespreizten Flügeln Isidor zum Halten.
Da!
Isidor schaut ratlos.
Halten!
Isidor hält den Vogel an den gespreizten Flügeln; daraufhin legt der Vater den Gewehrlauf an des Vogels Brust.
Isidor rennt mit der Taube weg.
CHOR DER TOTEN I/MÄNNLICH Isidor schlägt aus Furcht,
ihr den Kopf ins Genick zu drehen,
die Taube gegen den Granitrahmen der Stalltür.
CHOR DER TOTEN I/WEIBLICH Isidor erschrickt,
als das weiße Kopfgefieder der Taube
voll blutiger Spritzer ist
und die goldumringten Pupillen
blutig aus den Höhlen treten.
CHOR DER TOTEN I Und Isidors Herz,
Stein im Steinteich,
taucht tief ins windgeschuppte Wasser …
Slowfoxmusik.

Von links ein alter Mann aus dem Chor der Toten I, von rechts eine Frau aus dem Chor der Toten II.
(Unter Umständen kann schon beim ersten Auftreten der Toten ein Partner seine Totentanz-Geschichte erzählen)
ASCHENFIGUR I - WEIBLICH Meine Name ist Iris Taube
TOTER I Baron von Wondreb-Waffenhammer.
Sie tanzen ins Dunkel.

Erde

Irmgard, Isidor, Johannes und Otto auf dem Friedhof.
CHOR DER TOTEN I Zwischen Grabsteinen aus Granit
tanzen Isidor,
außerdem Irmgard,
ihr Zwillingsbruder Johannes und Otto,
der Sohn des Metzgers Schaller,
um ein Grab Ringelreihen.
ISIDOR *mit blutiger Stirn zu Johannes:*
Du! Du hast den ersten Stein geworfen!
Ich hab doch nur – Brust an Brust – tanzt
mit der Irmgard!
Ringelreihen auf dem Friedhof,
geht einem doch ewig auf den Geist!
OTTO Geh, Irmgard, laß den Isidor stehen!
Und ausbluten!
Derweil wir zwei …
IRMGARD Laß mich gehen, Otto!
OTTO Kruzifix!
Langt sich an die Stirn, die plötzlich blutig ist:
Au!
JOHANNES Otto!
Du kannst n-o-c-h ein Loch haben im Schädel –
brauchst bloß der Irmgard nicht ihr Ruh lassen!
OTTO *zu Johannes:*

Und du – du kannst ums Arschlecken die Stern zählen,
wo du siehst hinter zu-en Augen,
blind vor Blut.

CHOR DER TOTEN I Irmgard aber holt weinend, aus Angst,
die Jungen töteten einander zu guter Letzt,
ihren gerade eine Grube ausschachtenden Vater herbei …

TOTENGRÄBER … ohne große Fragerei,
wer wer was tan hat,
heb ich die blutigen Buben
an die Füß in die Höh,
und hau ihnen kurzerhand
kopfunter den Arsch aus.

ISIDOR Und wie ich,
kaum zu Haus,
meinem Vater,
der grad eine Pflugschar an den Pflug schraubt,
die Geschicht vom Totengräber
und die geprügelten Kinder verzähl,
krieg ich allein aufs Wort »Totengräber« hin
und erst recht aufs Wort »Tochter vom Totengräber«
auch noch von meinem Vater
sakrische Prügel.
Dunkel.

Augen

Licht auf Isidor im Rollstuhl.

CHOR DER TOTEN I/MÄNNLICH
Aus dem binsenumwucherten Teich
hob Isidor die rostige Trommel einer Waschmaschine.
Isidor, durch aprilkaltes,
aus den Löchern der Trommel gischtendes Wasser
überall naß,
versank auch noch knietief im Morast.

ISIDOR

Wenige Augenblicke später jedoch fangen der Schlamm zu zittern, die Erde zu beben an:
Und wie aus Lehm erschaffen,
kriechen sechs Kröten in alle vier Himmelsrichtungen auseinander.
Gleich glasigen Maulwurfhaufen,
seh ich unter dem Gewicht meiner Schritte,
Krötenlaich vibrieren.
Und ich sehe:
Die schwarzen Punkte in jenen trüben Augäpfeln
sind wie Pupillen.
Und die Vereinigung von Sonnenkugel und Erdkugel
findet in neun Hügeln gallertigen Krötenlaichs statt,
in neun Hügeln aus weit über tausend Augen.

DIE CHORFÜHRERIN DER TOTEN II: ZOFIA

Die Augen die durchbohren die Augen
von die SS in Krankenbaracke wir gemußt nacket
ausziehen vor Durchbohren die Augen SS
die Augen wie Augen
wie Dolchbohren
die tausend Augen
Sie reibt sich die Augen.
Dunkel.

CHORFÜHRER DER TOTEN I/ISIDORS VATER ISIDOR Als Isidor
mit vor Kälte und Rotz rotglitzernden Kinderfingern,
mit vor Sekreten der Kröten brennenden,
drei Kröten einfing und die zappelnden Tiere,
zurück in die hochgekippte Trommel warf …

DIE CHORFÜHRERIN DER TOTEN II: ZOFIA

Und die Gott schaffen die Tier
und die Tier jedes seine Art.

CHOR DER TOTEN I/MÄNNLICH

… holte Isidor sechs Astrümmer,
steckte drei in die Erde
und band drei mit Binsengras als Querbalken fest.

CHOR DER TOTEN II/WEIBLICH
Und SS wie so Kreten Blut
Schwarz Stoff Brust Kretenlaich
CHOR DER TOTEN I/WEIBLICH
Ob sich Gott über Isidor freute,
der Gerechtigkeit walten ließ,
Kreaturen gegenüber,
die sich karfreitags paarten?
Die Toten I reiben sich die geschlossenen Augen.
Dunkel.

Die Marterwerkzeuge der Kreuzigung Christi

Isidor als Ministrant hilft dem Geistlichen beim Austeilen der Kommunion: Er hält den Goldteller. Irmgard kniet mit dem Rücken zum Zuschauerraum.
GEISTLICHER Isidors Hand im Gottesdienst zittert,
angesichts Irmgards am Kommuniongatter.
ISIDOR *für sich:*
Nicht rot werden!
Nicht rot werden!
GEISTLICHER Isidor schließt,
während ihm Blut in den Kopf schießt,
für den Bruchteil einer Sekunde die Augen und sieht …
ISIDOR *für sich:*
Wie ich einem Hecht
den blutigen Haken aus dem Rachen gerissen hab …
Und so ein Hecht hat die Marterwerkzeuge
der Kreuzigung Christi im Kopf!
Lichtwechsel kündigt eine Tagtraumphantasie Isidors an, der trotz der inhärenten Komik nichts Blasphemisches anhaften sollte …
IRMGARD Die Marterwerkzeuge Christi?
Das ist eine Sünde!

ISIDOR *kaut plötzlich an einem Hechtkopf herum, nimmt aus seinem Mund eine Hechtkopfgräte und hält sie vor Irmgards Augen:*
Und was ist das?
IRMGARD *stammelt:*
Eine Nadel?
ISIDOR Eine Nadel!
Das ist eine Sünde!
Jesus ist doch nicht ans Kreuz genäht worden!
IRMGARD In Gottes Namen: Ein Nagel!
Isidor kaut erneut an dem Hechtkopf herum, zieht eine weitere Gräte hervor, hält sie vor Irmgards Gesicht.
ISIDOR Und was ist das?
IRMGARD Ein, ein … Speer?
ISIDOR Das ist ja der Hammer:
Jesus wurde doch nicht
von Indianern in die Seite gestochen!
Eine Lanze ist das!
Isidor kaut ein drittes Mal an dem Hechtkopf herum, zieht eine weitere Gräte hervor, hält sie vor Irmgards Gesicht.
Und was, bittschön, ist das?
IRMGARD Ein Kreuz!
Lichtwechsel.
GEISTLICHER Und ich lege die Hostie auf Irmgards Zunge.
Isidor riecht, Irmgards Genick im Blick,
im Angesicht des Altars kurz an seinen Händen.
ISIDOR *für sich:*
Sie riechen wie essiggeätzte Schleimhäute;
sie riechen noch immer nach Blut.
IRMGARD *für sich:*
Die Hostie – sie klebt jetzt am Gaumen.
Und ich darf sie nicht mit der Zunge durchdringen.
Das ist eine Todsünde!
Lichtwechsel.
ISIDOR Warum?

IRMGARD Die Hostie ist doch der Leib Christi!
ISIDOR Das heißt doch nur so!
IRMGARD Das kann nur einer sagen,
der noch nicht bei der Erstkommunion war.
ISIDOR Haaaa ... Haaaa ... Haaaa ...
Irmgard nimmt den Corpus Christi mit zwei Händen aus dem Mund: und hält in der rechten Hand (ein zum Beispiel im linken Ärmel verstecktes) Kreuz mit Kruzifixus.
IRMGARD Und was ist das?
Licht von hinten auf das Kruzifix. Der Kruzifixschatten fällt auf Isidors schreckensbleiches Gesicht.
ISIDOR *fällt auf die Knie, bekreuzigt sich und betet:*
Heilige Maria, Mutter Gottes,
bitte für uns,
jetzt und in der Stunde unseres Todes –
Amen
Dunkel.

Meine Name ist Birnbaum

Licht auf Isidor im Rollstuhl.
CHOR DER TOTEN I/WEIBLICH Bei Regen lauschte Isidor
dem Rauschen in der Birnbaumkrone.
Immer wieder schlug –
CHOR DER TOTEN I/MÄNNLICH
... und Isidor fuhr Mal um Mal aus dem Schlaf hoch –
CHOR DER TOTEN I/WEIBLICH
... eine der reifen Früchte ins regennasse Gras.
CHOR DER TOTEN I/MÄNNLICH Unter der Last der Früchte,
die Isidor später an die Brüste Irmgards erinnerten,
brach Ast um Ast herab.
Der Aststummel wurde durch Isidor,
in der Krone des Birnbaums,
auf Geheiß seines Vaters abgesägt.

CHOR DER TOTEN I/WEIBLICH Aber damals,
in der Birnbaumkrone,
war Isidor den Brüsten der Mutter näher
als den Brüsten Irmgards.

CHOR DER TOTEN I/MÄNNLICH Ja, Isidor glaubte sogar noch,
Erwachsene könnten nicht weinen ...

Leicht hüstelndes Gelächter.

CHOR DER TOTEN I Und Isidor sah seine Mutter
am Tag seiner Erstkommunion
weinen.

Walzermusik.

Von links Frau aus dem Chor der Toten I, von rechts ein Mann aus dem Chor der Toten II.

2. TOTER AUS DEM CHOR DER TOTEN II Darf ich bitten
Meine Name ist Birnbaum

2. TOTE AUS DEM CHOR DER TOTEN I
Ingrid, Baronin von Wondreb-Waffenhammer.

Sie tanzen ins Dunkel.

Schneid uns ja die Köpf nicht wieder ab

Isidors Erstkommunion.

Isidor steht im Kommunionanzug und mit der brennenden Kommunionkerze neben seinem Vater unter dem alten Birnbaum. Beide werden photographiert von Isidors Mutter Anna. Kurz bevor die Mutter abdrückt, bläst der Wind die Flamme aus.

ISIDORS VATER ISIDOR Kruzifix!

ISIDORS MUTTER ANNA Isidor!

Der Vater zündet die Kerze wieder an.

ISIDORS VATER ISIDOR Jetzt, Anna!
Jetzt!
JETZT! JETZT! JETZT!

Der Wind löscht die Kerzenflamme.

ISIDORS VATER ISIDOR
So eine kleine Flamme ist doch nicht das Ewige Licht!
Anna!
Gib den Apparat her, und stell dich hin!
Herrgott nochmal!
Isidors Mutter Anna stellt sich neben Isidor.
Der Vater entzündet die Kommunionkerze erneut.

ISIDORS VATER ISIDOR *mit dem Photoapparat vor Augen:*
Anna, du heulst ja!
Das geht nicht!
Weg!
Er stellt sich wieder neben Isidor und gibt Isidors Mutter den Photoapparat.

ISIDORS VATER ISIDOR Schnell, Anna!
Das Kind fängt auch schon das Greinen an!
Und Anna: Schneid uns ja die Köpf nicht wieder ab!
Isidors Mutter Anna weint.
Von links aus dem Chor der Toten I ein alter Mann, von rechts eine Frau aus dem Chor der Toten II.

3. TOTER AUS DEM CHOR DER TOTEN I Darf ich bitten?
Mein Name ist Herzer.

3. TOTE AUS DEM CHOR DER TOTEN II Celina Koeppen
Sie tanzen ins Dunkel.

Kommunion

Im Halbdunkel der Kirche: Die Heiligen scheinen sich zu bewegen. Das einzige Licht ist die Flamme auf Isidors Kommunionkerze. Isidor hält die Kommunionkerze wie ein Schwert und stößt von Zeit zu Zeit ins Dunkel.

ISIDOR Die Kommunionkerze – mein Schwert.
Gegen den Drachen im Steinbruch.
Aus dem Dunkel von links kommt ein alter Mann aus dem Chor der Toten I und von rechts eine Frau aus dem Chor der Toten II.

4. TOTER AUS DEM CHOR DER TOTEN I Darf ich bitten?
Mein Name ist Erwin Ascherl.

4. TOTE AUS DEM CHOR DER TOTEN II Sarah Drach
Sie tanzen, kaum sichtbar, im Halbdunkel der Kirche. Zur Slowfoxmusik.

ISIDOR Irmgard als erste,
als schönste an die Steilwand des Steinbruchs geschmiedet,
soll dem Drachen geopfert werden ...
Weil es jeden Augenblick zum Kampf mit dem Drachen kommen kann,
hab ich gestern einen eigenhändig geangelten
riesigen Hecht erschlagen.
Ihm mit einem Stein das Schädeldach zertrümmert.
Dabei das linke Auge zerquetscht.
Ich bin Siegfried.
Und ich weiß,
der Drache im Steinbruch ist größer und
tausendmal gefährlicher als der Hecht.
Aus dem Dunkel von links kommt eine alte Frau aus dem Chor der Toten I und von rechts ein alter Mann aus dem Chor der Toten II.

5. TOTER AUS DEM CHOR DER TOTEN II
Darf ich Ihnen zum Tanze bitten
Meine Name ist Jakob Hecht

5. TOTE AUS DEM CHOR DER TOTEN I Amalie Ascherl.
Sie tanzen kaum sichtbar im Halbdunkel der Kirche. Zur Walzermusik.

ISIDOR In der Nacht auf dem Traktor,
Kleeheuholen im Mondlicht:
die Purpurköpfe ausgebleicht.
Und Glück, grausilbern raschelnd im Wind –
so oft werd ich Irmgard küssen ...
Und der Ladewagen,
im Volksmund DER MENGELE,
ächzt unter der Last des enggepreßten Heus ...

Von links kommt eine Frau aus dem Chor der Toten I, von rechts ein Mann aus dem Chor der Toten II.

6. TOTER AUS DEM CHOR DER TOTEN II
Darf ich Ihnen auffordern zum Tanze
Mein Name Elias Ackermann

6. TOTE AUS DEM CHOR DER TOTEN I Isolde Bauer.
Sie tanzen kaum sichtbar im Halbdunkel der Kirche. Zur Tangomusik.

ISIDOR Kurz davor, mein Glück zu suchen
und die Zahl der Küsse,
schrecke ich zurück:
Ich fürchte Kreuzottern im Kleeheu.
Und wenn ich auf den Wald schaue,
seh ich mit einem Mal:
Der Wald ist der Drache
und der Steinbruchsee,
wo sich der Mond spiegelt,
sein eines Aug.

DIE TANZENDEN TOTEN Im Paradies der Kindheit war
die einzig wirkliche Gefahr
die Gefahr durch Kreuzottern.

6. TOTE AUS DEM CHOR DER TOTEN I
Und es hieß: Nachts nicht in die Kirche.
Da tanzen die Toten ...
Hohes Gelächter. Der Militärmarsch von Schubert erklingt. Die Toten umtanzen Isidor, der sich jedoch nicht fürchtet, eher die Tanzenden anstaunt.
Dunkel.

Glocken

Johannes und Isidor als Ministranten beim Glockenläuten in schwarzen Chorröcken. Jeder hängt an je einem Glokkenseil: Mal ist der eine in der Höhe, mal der andere.

JOHANNES Mein Vater ist viel fleißiger wie deiner.
ISIDOR Meiner ist fleißiger.
JOHANNES Meiner war schon im Krieg ewig fleißig.
ISIDOR Meiner auch.
JOHANNES Meiner hat dir einen Haufen Russen erschossen.
ISIDOR Da war in Jugoslawien wo ein Friedhof. Ein altes Mutterl jeden Tag ein Grab besucht. Jede Nacht ein Deutscher tot. Die Gurgel durch. Aber das Mutterl im Korb Essen gehabt. Und im Grab waren die Partisan. Da hat mein Vater eine Handgranate hineingehaut in das Grab.
JOHANNES Mein Vater hat in Polen ein ganzes Dorf in die Kirche getrieben.
Lauter Juden. Und die Kirche angezündet.
ISIDOR Die war ja aus Holz –
In diesem Augenblick beginnen die schwingenden Glocken mächtig zu klingen.
Dunkel.

Aber das Leben

Im Beichtstuhl.
IRMGARD Ich hab geträumt,
daß ich mit Ihnen in einem Beichtstuhl bin.
Und der Beichtstuhl fängt zu schweben an.
GEISTLICHER Alles wird leichter,
wenn wir das Geröll der Lieblosigkeit
aus unserem Gewissen schütten.
Einen Liebesmuskel in der Brust haben,
und leichter werden,
Schlag um Schlag …
Und sanft wie ein Taubenflug
wird für einen Augenblick unser Leben:
Jene kostbare Traube,
die wir selber zerkauen,
blind vor Unglück.

IRMGARD Und ich hab geträumt:
Unser Beichtstuhl ist ein Boot,
gerudert vom Tod.
Auf einem Meer aus Blut.
GEISTLICHER Aber das Leben,
Kind, ist größer,
der Augenblick kostbarer
als die Vision jetzt.
Glaube mir:
Durch mich spricht der lebendige Gott.
Amen.
IRMGARD Gott sei mir Sünder gnädig.
GEISTLICHER
Bete drei Gesetze des freudenreichen Rosenkranzes
zur Buße.
IRMGARD *betet im Flüsterton:*
Gegrüßet seist du Maria,
voll der Gnade,
der Herr ist mit dir,
du bist gebenedeit unter den Frauen
und gebenedeit ist die Frucht deines Leibes,
Jesus,
den du, o Jungfrau,
zu Elisabeth getragen hast.
GEISTLICHER *gleichfalls im Flüsterton:*
Und als Elisabeth Maria sah,
hüpfte das Kind in ihrem Leib
vor Freude!
Irmgard verläßt den Beichtstuhl, Otto betritt ihn.
OTTO Meine letzte Beichte war vor vier Wochen.
In Demut und Reue bekenne ich meine Sünden.
Er murmelt:
Erstes Gebot: Nichts.
Zweites Gebot: Nichts.
Drittes Gebot: Nichts.

Viertes Gebot: Nichts.
Fünftes Gebot: Nichts.
Laut:
Sechstes Gebot: Ich und Johannes und Isidor ... im Feuerwehrteich Fangeles gespielt ... Und Elsa gefangen ... Und ich ihr die Badehose herunter ...

GEISTLICHER Und was hast du gesehen?
OTTO Nichts.
GEISTLICHER Nichts?
OTTO Überhaupt nichts!
GEISTLICHER Dann ist es ja gut.
Otto verläßt den Beichtstuhl, Isidor betritt ihn.
ISIDOR Ich habe Unkeusch getan.
GEISTLICHER Mit wem?
ISIDOR Mit dem Sohn des Totengräbers.
Im Baumhaus sind uns Ameisen
in die Badehosen hinein.
Und die haben wir uns raus –,
raus –
GEISTLICHER
Unser Körper ist ein Geschenk Gottes ... *Gemurmel.*
Bete zur Buße drei Mal den schmerzensreichen Rosenkranz.
Isidor verläßt den Beichtstuhl, Johannes betritt ihn.
JOHANNES Ich habe Unkeusch getrieben.
GEISTLICHER Mit wem?
JOHANNES Meine Schwester Irmgard geküßt.
GEISTLICHER Und euer Vater?
JOHANNES Eine Schraubenmutter
auf der Türklinke des Vorzimmers ...
Wenn die herabgefallen ist,
da kommt wer.
GEISTLICHER Das ist eine Todsünde!
Es wird leise geflüstert.
Dunkel.

Das Leben wehrt nit lang
gleich wie der Glocken Klang

Auf dem Friedhof.

OTTO *setzt sich an Grabstein, zückt Heroinspritze:*
Das ist ewig geil auf dem Friedhof!
So ein Push durch den Tod ringsherum.
So ein Flash!
Er setzt sich einen Schuß.
So ein Schuß ist –
ist unser Krieg!
Unser Hitler Heroin!
Schaut die leere Spritze an.
Und am End unser Stalingrad?
Er dämmert ins Delirium.
Im Hintergrund kommt der Totengräber mit einem Strauß roter Rosen zu einem schon schultertief ausgeschachteten Grab zurück. Es ist gerade noch sein Kopf zu sehen. Ab und zu fallen noch ein paar Schaufeln Erdreich aus dem Grab heraus.
Dunkel.
Im nahen Glockenturm.

ISIDOR Und nicht nur zu Pfingsten

JOHANNES
… schießt mit dem Kleinkalibergewehr der Geistliche Rat,
der rattenköpfige,

ISIDOR
… aber von einer Aura durchaus des Heiligen umflossene,
nach dem Gottesdienst,
darin er,

JOHANNES … für uns Jungen wie ein Wunder,

ISIDOR … immer in Jubel ausbricht
beim Verlesen des Hohen Liedes:
Deine Brüste sind Türme,

JOHANNES … Tauben vom Uhrzeiger.

ISIDOR Es fliegt nicht nur Ziffernschwarz.
JOHANNES Es fliegt Zeigergold.
ISIDOR Es fliegen auch Federn.
JOHANNES Es spritzt das Blut
auf die schlohweißen Häupter der Gläubigen
vom Himmel herab.
ISIDOR Es spritzt über Irmgard ...
JOHANNES Ihr Geschlecht stelle ich mir beim Gottesdienst
geschneckt vor im Waschzuber neben der
Blechkübelpalme,
in deren Schatten die Schildkröte kroch.
Ich grub sie, bis alles Fleisch weggefault war, ein
und zog mir im Frühling darauf
den Panzer über die Schädeldecke:
Und wir spielten Stalingrad.
Mit Steinschleudern.
ISIDOR Um Irmgard.
Dunkel.
Licht auf Otto zwischen Grabsteinen. Ab hier könnte Irmgard als Projektion, zum Beispiel im Brautkleid, dabeisein ...
TOTENGRÄBER, *dessen Kopf mittlerweile im Grab verschwunden ist, aus dem Grab:*
Irmgard!
OTTO *fährt aus dem Drogentraum hoch:*
Irmgard! Irmgard!
Geh nicht weg!
Wart auf mich!
Er beginnt, in seiner Hose herumzuhantieren.
Bis ich komm.
Bis ich komm.
Bis ich wieder, wieder komm ...
Pause.
Kruzifix!
Kruzifix!

Tut sich nix!
Tut sich nix,
wenn ich fix!
In der Melodie von »Frère Jacques«:
Tote Hose!
Tote Hose!
Schläfst du noch?
Schlaffer Sack!
Hörst du nicht die …
Es läutet vom Kirchturm her mächtig. Otto dämmert, aufgrund des Glockenläutens glücklich und außerdem im Glauben, mit seinem Denken Macht über die Wirklichkeit auszuüben, erneut weg.

TOTENGRÄBER *im Grab:*
Irmgard!
Ich bin froh,
daß ich unsere Kinder hab taufen lassen
auf unser zwei Namen:
Irmgard und Hans!
Die Irmgard ist jetzt schon groß,
und die schaut aufs Haar aus wie du, Irmgard,
zu dem Zeitpunkt, wo du gestorben bist:
Im Kindbett!
Schweigen. Dann aufgebracht:
Was?!
Was sagst du:
Strafe des Himmels?
Nie im Leben!
Dein Tod dafür, daß ich die Pflicht erfüllt im Krieg …
Sei lieber ruhig:
Ich will mich an unserem Hochzeitstag nicht mit dir streiten!
Einlenkend:
Ich, ich hab dich im Brautkleid eingegraben!
Und es ist guter Stoff!

Wenn die Irmgard einmal heirat,
kann man auch für sie
noch ein Brautkleid draus schneidern!
Ich hab noch was aufgehoben,
ein paar Meter von dem Stoff.

Otto erwacht wieder, nimmt voller Panik einige Tabletten. Er schaut sich um mit schreckgeweiteten, auf den Boden gehefteten Augen.

OTTO Das Gras! Wie das Viehzeug im Gras ... Wie die Ameisen glühen. Ganz gewaltig vor Energie. Vor lauter Energie. Voll purer Energie. Da siehst du direkt, wie langsam sonst alles abläuft. Gegen jetzt. Wie wenn es brennen tät, das Gras. Wie wennst in einen Fernseher hineinschaust. Das ganze glühende Kabelzeug. Die glühenden Drähtlein. Ein richtiges Rasen. Ho! Ein Rasen ist im Gras. Ha! Und ist wie ein Fressen auch. Unterm Gras. Alles frißt sich ins andere und scheißt sich nichts ums Nichts! Unsereins ist sprechende Erde, sonst nichts! Gras wächst über uns. So eine Scheiße!

Er hört den Totengräber im Grab herumhantieren.

Die Toten. Ich hör was! Die! Wie wenn sie das Viehzeug auffressen tät. Die Würm. Und das Auffressen geht allweil schneller. Überhaupts: Alles tät auf einmal so schnell ablaufen. Schnell! Schnell! Jetzt ist das Gras grün und jetzt silbergrau ... Wie das Gewölk voll Blut jetzt und jetzt voll Asche ... Und die Distel rot jetzt und jetzt voller Rauhreif ... Und wusch: bist tot.

Er hört Gemurmel des Totengräbers. Plötzlich nüchtern, als würde er sich selbst zur Raison rufen, jedes Wort artikulierend:

Seit ich hierher komm, um mir auf dem Friedhof in aller Seelenruhe meinen Schuß zu setzen, hab ich mir geschworen: Wenn ich eines Tages die Toten reden hör, dann ist Feierabend mit Fixen!

TOTENGRÄBER/STIMME *singt in der Melodie von »Wahre*

Freundschaft soll nicht wanken«:
Unsre Liebe soll nicht wanken,
Wenn sie gleich entfernet ist.
Bleiben treu uns in Gedanken,
Ein des andern nicht vergißt!
Bleiben treu uns in Gedanken,
Ein des andern nicht vergißt!

OTTO *springt, nun geradezu geohrfeigt nüchtern, auf und geht zum ausgeschachteten Grab:*
Was ist jetzt das für Geisterspuk?
Grabst ein Loch, Beindelkramer,
und ist gar keines gestorben!

TOTENGRÄBER/STIMME
Kümmer dich um deinen Dreck, Otto!

OTTO Das ist kein Dreck, sondern geweihte Erde!
Da hat Ruhe zu herrschen!

TOTENGRÄBER/STIMME Daß du dir in Ruhe einen Schuß
Haschisch ins Blut spritzen kannst?

OTTO Kümmer dich d-u um deinen Dreck, alter Sack!

TOTENGRÄBER/STIMME
Wir waren im Krieg in deinem Drecksalter.
Meinen ersten Schuß schon im Unterarm!

OTTO Würd mich wundern,
wenn die Irmgard von dir wär.
So eine Tochter kriegt einer von deinem Kaliber
ja nicht einmal im Traum zusammen!

TOTENGRÄBER/STIMME Und du, Herrje,
kriegst nicht einmal was in die Höh!
Da ist tote Hose!
Total tote Hose!
Hab ich gehört.
Bei die Haschischspritzer!
Wo sich so hängen lassen!

OTTO Und du, hab ich gehört,
hast im Krieg: Hängen lassen!

Und ist das wahr,
daß denen noch einmal einer abgeht –
am Galgen?

TOTENGRÄBER/STIMME Ja, wenn du auf Teufel komm raus
noch einmal einen
Höhepunkt haben willst im Leben …

OTTO Gott bewahre!
Lacht:
Ich kann dir irgendwie nicht bös sein!
Bei der Tochter!
Und einen Humor: knochentrocken!
Der Totengräber furzt.
Furztrocken!

TOTENGRÄBER *lacht auch, hebt den Kopf aus dem Grab:*
In Ordnung!
Und jetzt hau ab!

OTTO Aber was tust du an einem Grab,
wo kein Schwanz gestorben ist?

TOTENGRÄBER Ich hab heut Hochzeitstag!
Jahr für Jahr leg ich meiner Irmgard Rosen ins Grab!

OTTO Wird nicht mehr viel übrig sein,
von deiner Irmgard!?

TOTENGRÄBER Genug zum Träumen!
Die Haar noch wunderbar!
Und der Stoff von ihrem Kleid …

OTTO *grinst:*
Ein guter Stoff ist das wichtigste im Leben.

TOTENGRÄBER Und im Tod!
Er macht ein Handzeichen: Otto verschwindet. Der Totengräber singt in der Melodie von »Wahre Freundschaft soll nicht wanken«:
Wenn der Mühlstein träget Reben
Und daraus fließt kühler Wein …
Wenn der Tod mir nimmt das Leben,
Hör ich auf getreu zu sein …

Wenn der Tod mir nimmt das Leben,
Hör ich auf getreu zu sein …
Dunkel.

Licht

Johannes steht vor einem Spiegel. Hinter ihm Irmgard.

JOHANNES Isidor sät,
eigner Dunkelheit eingedenk,
Jahre später in einem überaus steinigen Feld,
in der Hoffnung,
so die Frau seines Lebens,
Irmgard,
zu gewinnen,
lauter Sonnenblumen.
Isidor fürchtet sogar die Vögel des Himmels.
Das Herz im Löwenzahnlicht zerrissen unter
Bussardhieben,

IRMGARD … und das ist aber die Liebe,

JOHANNES … verwirft Isidor den Gedanken,
auf die Kernpicker, scheinheiligen Sänger,
unruhigen Flieger
aus dem heruntergekurbelten Autofenster heraus,
mit der Luftpistole zu schießen.
So kleidet er die aus den Kronen der Kirschbäume
geholten Holzkreuze ein mit Lumpen
und keilt sie
ins brüchige Erdreich.

IRMGARD Isidor trägt die Sonnenblumenkerne zu Fuß
in einer Bastschwinge
ins hüglig aufsteigende Feld.
Und jeder Kern glimmt,
eine Blüte vorweggenommenen Lichts,
in seinem Herzen auf,
denkt er an …

JOHANNES ... dich.

Er küßt ihr Spiegelbild. Sie gibt ihm eine wirkliche Ohrfeige.

Das Stück »1983« von Jimi Hendrix setzt ein und dauert auch am Anfang der nächsten Szene an.

Dunkel.

Am Steinbruchsee

Otto spielt, als wollte er die Mauern von Jericho zum Einsturz bringen, Posaune. Er übertönt mit der Zeit das Lied von Jimi Hendrix.

OTTO Gehen wir auf den Friedhof!
Ich will spielen, daß die Toten aufwachen!

JOHANNES Gehen wir ins Krematorium!
Rauchen noch einen Joint.
Für die Toten ...
Und ich –
ich bau aus der Asche der Aschenpyramide
wieder Menschen.

TOTENGRÄBER *kommt hinter einem Tännling hervor. Zu Johannes:*
Hier hast du ein MG gefunden. In Altenhammer waren die Messerschmittwerke. Da war die SS oft. Und einen original SS-Dolch.
Ach, als Kinder seid ihr oft in der Wondreb getaucht. Unter dem Königshang gibt es dir Dümpel. Und da ist im Schlamm ein rostiges MG gelegen.

OTTO Und im Kirchsteig in Brombeerbüschen dieses Sturmgewehr dann.

TOTENGRÄBER Jaja. Ein italienisches. War von der SS. Von der SS auf dem Rückzug.
Er pflückt Brombeeren.

OTTO Und die Handgranaten da im Hohlweg!

TOTENGRÄBER Da wenn ich nicht zuhinkommen wär – im rechten Augenblick …
Wer weiß, was da noch übrig wär …
OTTO … von mir!
TOTENGRÄBER *schaut ihn an, geht aber nicht weiter auf die Geschichte ein:*
Allen Augenblick habt ihr Kinder in den Brombeeren, in den Himbeeren, in den Schwarzbeeren wo einen Toten gefunden. Aus dem Krieg.
Zu Johannes:
Ja, mit solchen Bildern im Kopf wird doch einer kein Reservechristus!
JOHANNES Mensch, Mann, hör mit dem Scheiß auf!
OTTO Ist doch ewig lustig.
Dunkel.

Die Vögel des Himmels

In der Kirche umkreist der Chor der Toten I Isidor im Rollstuhl. Elsa kommt hinzu.
CHOR DER TOTEN I/WEIBLICH Wer schlug einen Kreis
rostiger Nägel um
Isidors Herz?
ELSA Wer zog mit der Zange
die Nägel insgeheim aus
Isidors Brust in der Nacht?
CHOR DER TOTEN I/MÄNNLICH Wer riß Isidor daraufhin
das Herz aus der Brust?
Zerschnitt es mit
Isidors vom Vater geschenkten
Rasiermesser in Stücke?
Und warf die Stücke
den Vögeln des Himmels
vor zum Fraß?

ELSA Wer suchte die Stücke im Dreck –
und fand sie nicht mehr?
CHOR DER TOTEN I/WEIBLICH Isidors Blut floß,
Flügelschlag um Flügelschlag,
in vielerlei Gestalt,
nicht zuletzt in der des Zaunkönigs
auf des mächtigen Bussards Rücken.
Zum Himmel empor.
Und erfüllte die
im Sinken begriffene Sonnenkugel
mit Glut.
ISIDOR Es trifft,
Sonnenkugel,
einer deiner Strahlen
aus meinem Blut,
bevor sie verblüht,
Irmgard ins Herz.
Elsa bedeckt ihr Gesicht mit beiden Händen.
Dunkel.

Die Träume

Musik: Captain Beefheart: I'm gonna booglarize you.
Otto im Friseurladen. Er läßt sich von Elsa das halblange Haar schneiden und dann das Schädeldach glattrasieren.
OTTO Alles runter: radikal!
Ich geh zum Bund.
Fallschirmspringer.
Heroin oder Hitler, heißt die Parole.
Ich bin keiner, wo mit Rotwein und Kaffee und Kiff auf psychomotorische Leistungsstörung macht wie ein Reservechristus!
ELSA Ich wart auf dich.
OTTO *nachdem er schon zur Hälfte kahl ist:*
Was treibt ihr mit den ewigen Haaren?

ELSA Wer weiß. Ab und zu holen sie die Bauern und streuen sie rings um ihr Maisfeld herum, weil Wildsäu Menschengeruch hassen wie die Pest.

OTTO

Die Alten haben da wenigstens noch Kopfkissen gemacht aus Haaren.

ELSA Die Träum möcht ich dir haben!

OTTO Und kommt Irmgard auch zu dir?

ELSA Vielleicht.

OTTO Willst ein Eis?

ELSA Allweil.

OTTO Willst dus wirklich?

Er geht hinaus, kommt wieder mit einer Tüte Eis: eine Kugel sehr dunkles Heidelbeereis, eine Kugel blutrotes Cassiseis, eine Kugel gelbes Vanilleeis. Die drei Kugeln gibt er sich auf die kurz zuvor durch Elsa glattpolierte Glatze.

OTTO Schleck!

Sie tut es.

ELSA Was denkst du?

OTTO *ganz befangen von einem Traum:*

Ich, ich dich gevögelt im Traum.
Auf dem Seziertisch von Flossenbürg.
In Hundestellung gevögelt. Elsa.
Und gesehen auf dem Seziertisch,
daß du im Profil die Irmgard warst.
Und daß die Irmgard meine Frau war.
Und die Sonne aufgegangen durch Milchglas,
und gelber gewesen wie alle Narzissen
auf dem Flossenbürger Friedhof zusammen.
Und ein Lied gehört von den Stones:
Und es hat wer,
eine Stiege herauf,
ewig geknarzt.
Und ist der Führer.
Einen Sack im Kreuz, wo so essigscharf riecht,

so verreckt.
Können nur Leichentrümmer sein.
Leichentrümmer, schießt mir durch den Kopf ...
Und speiübel wird mir, und ich kotz.
Auf den Hinterkopf kotz ich ihr.
Und kotz auf den Zopf von dem Mädchen und:
Die dreht sich um, und die ist mir gar nicht böse ...
Die lächelt ganz verständnisvoll und lieb und ist wirklich:
Irmgard ...

ELSA *setzt sich auf Ottos Schoß und leckt die blutroten Eisrinnsale von der Schädeldecke, dabei flüstert sie ihm ins Ohr:*
Atme wie ich!
Bis unser Atem übergehen tut in Tiergefauch!
In Hundegehechel.
In Hundegehechel.
In Hundegehechel.
Otto und Elsa atmen heftig.
Lichtwechsel: Irmgard mit Zopf tritt auf wie eine Erscheinung. Otto beginnt, leise zu schreien.
Nicht in Löwengebrüll!
Nicht in Löwengebrüll!
Sonst zerreiß ich dich in tausend Fetzen –
in tausend Fetzen!
Und aus jedem Fetzen blutet Glück!
Das Glück ist wie Quecksilber:
Kugeln gehen über in Küglein,
der Körper in Blut..kör..per..chen...
Dunkel.

In der Sonnenkugel Gestalt

Licht auf Irmgard, im Halbdunkel Elsa und Otto.

IRMGARD Ich saß in der Wanne,
rostiges Wasser schoß aus den Hähnen,
und ich wusch mich allüberall,
auf daß fern sei von mir
früherer Lust eiskalter Rauhreif.
Und siehe:
Du kommst zu mir in der Sonnenkugel Gestalt.
Dunkel.

Totengräber und Vater

Licht auf Isidors Vater Isidor und den Totengräber.

ISIDORS VATER ISIDOR Nie heiratet Isidor deine Tochter!
Nur über meine Leiche!
TOTENGRÄBER Und nie kriegt Isidor meine Tochter!
Und wenn ich selber
kommen muß
über sie.
ISIDORS VATER ISIDOR Mußt du gar nicht –
Dunkel.

Dann schlag ich dich mir aus dem Kopf

Das Lied von Jimi Hendrix. Licht auf einen Klotz Lindenholz, aus dem Johannes die Muttergottes schlägt, die an der entblößten Herzbrust das Jesukind säugt.
Vor dem Klotz, an dem Johannes mit dem Meißel modelliert, die mit einer Bluse bekleidete Irmgard. Sie hält eine Puppe in der Hand.

JOHANNES Jetzt müßt ich dich sehen. Oben.

IRMGARD Nein.
JOHANNES Für einen Augenblick.
IRMGARD Nein, der Anblick würde DICH in Stein verwandeln.
Irmgard behält ihre Bluse an.
JOHANNES Dann schlag ich dich mir aus dem Kopf!
Johannes schlägt die Brust der Muttergottes aus der Phantasie. Dunkel.
Licht auf die Skulptur. Irmgard kommt wieder hinzu.
Aber jetzt stell dich daneben zum Vergleich.
In diesem Augenblick kommt beider Vater, der Totengräber, herein. Er sieht Irmgard – aber nur als Figur: bloßbrüstig. Der Totengräber nimmt stumm eine Axt und hackt an der Statue so heftig herum, daß der Kopf des Jesukindes herunterkugelt. Johannes ergreift seinerseits eine Axt und stellt sich mit erhobner Axt hinter seinem Vater auf.
Der nächste Kopf, der fällt,
ist der deinige.
Dunkel.

Wasser

Isidor und Irmgard im Begriff, sich zu küssen, werden vom Chor der Toten I verdeckt.
CHOR DER TOTEN I/WEIBLICH Isidor küßt,
jenseits des Flusses eine eidechsenköpfige Granitkuppe vor Augen:
CHOR DER TOTEN I/MÄNNLICH Irmgard.
CHOR DER TOTEN I/WEIBLICH Ihre Zungen gleiten,
zwei Kreuzottern,
aus Mundhöhlen heraus,
zwischen Zähnen hervor,
durch Lippen hindurch.
Sie gleiten in Mundhöhlen hinein,

durch Lippen und Zähne.
Isidor spürt Sirren im Trommelfell.
Sieht ihrer beider Knochen geschmettert
wider Granit.

CHOR DER TOTEN I/MÄNNLICH
Irgendetwas reißt Isidor durch Isidor durch.
Er spürt,
wie sich sein Blut zuckend hineinpumpt in den letzten
Löwenzahn:
Grün erschafft,
Gelb hervorruft
und Weiß zeugt im Wind.
Das Wasser riecht nach im taugesprenkelten Gras
verfaulenden Äpfeln.
Es gischtet über Granitblöcke,
die moosig grün sind und gekrönt von Farn
oder krüppligen Kiefern;
es strudelt milchig in Kaskaden.
Kügelchen,
gefallen aus rot aufleuchtenden Vogelbeerzweigen
durch Wind,
treiben in ausgehöhlten Granitbecken des Flusses,
als er sie erneut küßt,
im Kreis.

CHOR DER TOTEN I/WEIBLICH Und es ist ihm,
hinabgetaucht ins Flußbraun ihrer Augen,
als müßten die Steine im Ansturm der Strömung
für Sekunden ihre granitene Gestalt
zugunsten schmelzflüssigen Goldes verändern:
Goldgelb bereits glitzert der Sand vom Flußbett herauf.
Wasserpflanzen vollziehen,
dem Rhythmus des Rauschens unterworfen,
die Hebungen und Senkungen der Wogen mit,
umschlingen im Schattentanz kreiselnder Schaumkrönchen die Klüfte
zwischen Granitblöcken im Flußlauf und siehe:

CHOR DER TOTEN I Das so massive Gestein,
das sich sonst nur Jahrhunderten beugt, das geringfügige,
verschwimmt eigens für Isidor in den Augäpfeln Irmgards
mit dem grauen, gewittrigen Himmel,
kurz bevor Blitze züngeln.
Dunkel.

Blitze, gebrochen durch Tränen

Isidor und Irmgard am Flußufer.
ISIDOR Mein Vater ist dagegen.
IRMGARD Meiner auch.
ISIDOR Gehen wir weg.
Und ich werd Bildhauer wie dein Bruder
und schlag eine Muttergottes aus dem Lindenholz.
Und der Muttergottes ihr Gesicht ist dein Gesicht.
IRMGARD Und wir heiraten.
Und ich heiß dann immer noch: Irmgard Kopf …
ISIDOR … geborene Kopf.
Und ich heiß dann immer noch: Isidor Kopf …
IRMGARD … geborener Kopf.
ISIDOR Und dann kriegen wir ein …
IRMGARD Kindskopf!
Irmgard umarmt ihn.
Schweigen.
IRMGARD Was hat dein Vater nur gegen den meinen?
Vor dem Krieg waren sie Freunde.
Dein Vater ist sogar wegen dem meinigen in die SS gegangen …
ISIDOR Er sagt allweil,
deiner hat im Krieg eine Kirche angezündet.
Und eine Kirche anzünden
ist zuviel, sagt er.
IRMGARD Als ich ihn gefragt hab,

hat er mich umarmt ...
Sie löst sich von Isidor.
Und zum ersten Mal im Leben hab ich Blitze gesehen,
gebrochen durch Tränen.
Er hat Augen ganz türkis.
Dunkel.
Plötzlich hat Irmgard den Totengräber umarmt.

TOTENGRÄBER Ich jedenfalls in Polen
mit einem Kanister rings um ein Kirchlein aus Holz
Benzin geschüttet, angezunden,
und dem Isidor seinem Vater Isidor befohlen:
Jeden, wo aus den Flammen kommt,
eiskalt umgemäht mit dem Maschinengewehr!
Derweil all die andern drin verbrannt sind,
ein Jüngling,
die Haar vor Schreck im Handumdrehen weiß geworden,
aus der prasselnden Kirche gestürzt,
und was tut der Isidornarr?
Schießt senkrecht in den Himmel,
als hätt er den einen herunterschießen wollen,
dens für ihn und mich zu dem Zeitpunkt
nimmer geben hat:
Gott.

IRMGARD Vater, ich glaub,
du bist der Tod.
Dunkel.

Die Stimme

Isidors Eltern schauen in den Fernseher (Zuschauerraum). Eventuell Erkennungsmelodie von Bonanza. Beide angetan von dieser Sendung. Die Mutter sitzt mit Lockenwicklern hinter einer leise surrenden Trockenhaube: Sie bekommt vom folgenden Dialog überhaupt nichts mit, son-

dern lächelt sogar immer wieder amüsiert über das Fernsehprogramm.

ISIDORS VATER ISIDOR So ein Mordsradau!
Mit deiner Elends-,
mit deiner Elendsmotorhauben für die Haar!
Man versteht ja nicht, was der Hopsing sagt.
Schweigen.
Nicht einmal, wie der Hoss schießt, hör ich!

ISIDORS MUTTER ANNA, *die augenscheinlich nichts gehört hat, überlaut:*
Warum schießt der dicke Cowboy jetzt?

ISIDORS VATER ISIDOR Da haben wir es!
Jetzt hab ich mich extra so geschickt mit dem Saumisten!
Jetzt versteht ich die Hälft nicht von Bonanza.
Rück weg! Rück bloß weg! Samt Motorhauben, Anna!
Sonst gibts ein Unglück!
Sie hört ihn nicht. Er macht ihr Handzeichen – und sie rückt weg. Ein Revolver in einer Hand hinter den Stores. Der in die Stores gestickte Pfau mit geschlagenem Rad.

ISIDORS VATER ISIDOR Wer ist da?

DIE STIMME SAMUELS *fragend:*
Sie Kopf

ISIDORS VATER ISIDOR Ja.

DIE STIMME SAMUELS
Du meine Familie und mich in Kirche getrieben in Polen
Und untergezündet Kirche

ISIDORS VATER ISIDOR Nein. Das war ich nicht.

DIE STIMME SAMUELS
Du heißen Kopf Und aus Ort diese Du SS

ISIDORS VATER ISIDOR Ich war bei der SS, aber es ist noch ein anderer Kopf im Ort. Und der war auch bei der SS.

DIE STIMME SAMUELS Du untergezündet Kirche

ISIDORS VATER ISIDOR Angezündet hab ich nicht. Ich hab Befehl gekriegt durch den Totengräber Kopf, daß ich auf die schieß, wo aus der Kirche laufen. Aber die Kirche ange-

zündet, die Kirche angezündet hat er.
Ich hab auch geschossen. Aber nicht auf den jungen Kerl mit die schneeweiße Haar, wo raus ist aus der Holzkirchen …

DIE STIMME SAMUELS Das gewesen ich

ISIDORS VATER ISIDOR Sondern ich … Ich hab das MG in die Höh gerissen und in den Himmel geschossen. Vielleicht, daß es den trifft, der so was zuläßt.

DIE STIMME SAMUELS
Du geschossen auf Gott Noch schlimmer …
Ein Schuß fällt.
Isidors Vater Isidor sackt blutüberströmten Kopfs zusammen. Er fällt auf den Schoß seiner Frau Anna. Diese schreit auf.
Dunkel.

KZ Flossenbürg

In der Parkanlage des ehemaligen Konzentrationslagers Flossenbürg. Im Hintergrund das Krematorium.

ELSA Ich werd geschlagen von Gott,
hat meine Großmutter gesagt auf dem Totenbett.
Aber ich bin halt dem Führer seine Braut.

OTTO Der Führer bin ich. Für dich!
Aber: Bist du meine Braut?

ELSA Mein Führer.
Unser täglich Brot gib uns heute, unser jüngstes Gericht?

OTTO Jetzt machen wir für den Führer ein Kind.

ELSA Ist ewig hart, so eine Geburt.

OTTO Geburt heißt für einen deutschen Mann:
einen Ziegelstein scheißen.

ELSA Geburt! Geburt! Geburt!
Du wolltest ja kein Kind nicht!

OTTO Ich will kein Kind von einer.
Wie dir!

ELSA Die Liebe mit dir –
ist schon ein Kreuz, Otto!
OTTO Ich will in die Legion!
So ein Saufleisch muß sich nicht verewigen!
ELSA Ich?
OTTO
Lieber durch einen Kanaldeckel hinab ins Reich der Toten.
Es gibt Tabletten, da redet man zu Toten.
ELSA Und wie ich unter Narkose war bei der Abtreibung,
hat der Doktor die Sprechstundenhilfe ...
Die hat geschrien wie eine Krähen.
OTTO Schluck!
Er gibt ihr Tabletten. Sie nimmt diese, taumelt umher und fällt auf den Bauch. Otto wirft sich auf sie.
OTTO Steh auf.
Gehen wir ins Krematorium.
Und ich mach alles dir.
ELSA Kein Kind!
OTTO Und hinterher rauchen wir eine.
Daß wieder einmal Rauch durch den Schlot geht.
Kruzifix!
ELSA Hör auf!
Die ewigen Toten!
OTTO Ha! Ha! Ha!
Die ewigen Toten!
Durch diesen Schornstein ist kein Schwein –
Die Juden haben das Krematorium hier in den Park gestellt. Nach dem Krieg. Da war amerikanische Arschkohle im Spiel ...
ELSA Die Toten sind Tabletten.
Schweigen.
Und was denkst du jetzt?
Auf mir?
OTTO Die Irmgard wär geil, die tu ich behexen. Ich geb ihrem Hund Wasser zum Saufen aus der Wondreb. Ich, ich

brauch von ihrem Haar was. Ein goldnes Haar jedes Jahr.
Wird voll Silber wunderbar.
Wenn die Irmgard wieder kommen tut in dein Friseursalon, Elserl, und sich die gespaltnen Haarspitzen stutzen läßt. Von dir, Elserl ... Geh, schneid ihr ein paar Strähnen ab für mich.

ELSA Lang genug, daß du sie dir um den Schwanz wickeln kannst?

OTTO Genau, du Sau.

Dunkel.

Totengottesdienst

GEISTLICHER *für sich:*
Liebe und Tod waren,
sieht man von meiner Zeit in Flossenbürg ab,
nie enger als heutzutage Geschwister.
Im Lagerbordell fand Liebe statt
im Schatten der Leichenstapel.
Und ich wurde gezwungen,
mit einer polnischen Lagerhure in einem Raum zu sein.
Wir waren –
keine Minute unbeobachtet –
einige Tage zusammen,
und Zofia
beichtete im Flüsterton.

ZOFIA Das Leben sehen
aus Augenhöhlen leeren
wir keine Tränen mehr
GEISTLICHER Mit Leichen –
die zum Teil,
dies zeigten die im Sonnenlicht zuckenden Pupillen,
noch lebten –
Auge in Auge.

CHOR DER TOTEN II Wie Himmel aus Granit
Wie so ein Gewelbe Himmel wo fallen
wenn nicht sein Rauch wie so Pilzen
und kein Blitzes kommen
und zusammenschlagen Welt auf Trimmer
Und Gott nur geben kleines kleines Paradieses
in dieses Zeiten
Nur geben Kreizotter in Steinbruch
Fleisch fir Hunger
in Kerper von des Todes leben

GEISTLICHER Ich hob jenen lebendigen Toten,
den polnischen Samuel, vom Leichenstapel,
und ich hatte Gott im Arm,
der nicht tot war!
Und ich sagte zu ihm:
Schnell zum Lagerbordell!
Und nach Zofia fragen!
Dort Essen!
Dort verstecken!
Und die Sonne in dem Augenblick –
wie aus Blutkristall.
Dunkel.

Ich bin der Walt Disney

Im Krematorium rauchen Otto und Elsa einen Joint.

SAMUEL Ich bin der Walt Disney Von die Lager zu Walt Disney das ist ein Sprung Das ist was ein Sprung Zum Walt Disney von die Lager Von die Lager zum Walt Disney
In Walt Disney ich mein Chef Es gehet auf abwärts Es kennen Wellen sein wer weiß Mentalität in europa sind andere Konzentrationslager Japan im Anfang auch langsam Wenige Interesse
Und jetzt Japan große Interesse Ich bin der Walt Disney

Vertreter fier europe

Ottos und Elsas anfängliches Erstaunen weicht einem prustenden Lachen.

SAMUEL Deutsche Kinder sind in Schule gegangel Unsere Kinder sind in Gaskammer gegange

Die Kinder von die Polen die Tschechen Die Polen die Tschechen haben ein Päckchen gekriegt Von die Rote Kreuz Ein Jude darf nichts gekriegt von die Rote Kreuz Braucht nichts gekriegt Und ich Mutter jewish die Vater Christ ich auch nicht war verwöhnt zu kriegen

Eigentlich wenn Sie kennen die Geschichte dieses Zeites Daß ich bin am Leben Ich zu danken Himmler My life a gift von die Himmler Meine Leben ein Geschenk des Himmlers Haha

OTTO Himmler – ein großer deutscher Humanist,
hat neulich unser Leutnant Höllerer gesagt.

ELSA Psst!

SAMUEL *sehr ernst:*

Weil die Endlesung war Himmler hat einen großen Plan gehabt Zu machen 43

Beslossen große SS-Industrie aufzubauen Neben die Lager Und hat es Befehl gegeben Daß von die Endlesung Endlesung war fir all Jidden Final solution of die Jidden Kennen einige Hunderttausend von die Juden junge Berufsfähige und so So ich am Leben sonst werde ich in Gaskammer

ELSA Und wenn Sie jetzt Deutsche treffen?
Wie ist das?

OTTO So wie ein Deutscher einen Juden trifft –
mitten ins Herz!

ELSA Sehr witzig!

SAMUEL Da ist kleine Dorf bei Wondreb wie ist gekommen US Army Da waren einige Häftlinge aus Flossenbürg Organisator Ich und ein Junge Jude Und wir gehen zu diese Platz Erstens waren nur alte Leute Frauen Kinder und ein Invalid

Zu Otto: Männer junge Männer wie du gibts nicht

OTTO Doch, die gibt es!
Und außerdem: Du kannst ruhig Sie zu mir sagen!
ELSA Otto!
SAMUEL *unbeirrt:*
Die waren nicht in dieses Zeiten Die waren in Gefangenschaft die waren Front Die waren irgendwo als Flichtlinge in die Dörfe und die kleine Städte gesetzt
Die kleine Dörfe die kleine Städte waren hilflos Frauen Kinder Invaliden ohne Fiße
Und ich sage Wir gehen alle in Kirche Alle in Kirche Im ganzen dreihundert vierhundert Und wenn alle in Kirche wir unterzünden die Kirche und alle verbrennen
Das was ich hab gesehen
Die haben das gemackt in Polen in verschiedene Plätze
OTTO Wer hat das gemacht?
SAMUEL Wer mackt
OTTO Wer-hat-das-gemacht?
SAMUEL Wer mackt
OTTO Die Wehrmacht! Die Wehrmacht!
Hollywood hat das gemacht, Mann!
Mit jüdischer Kohle!
ELSA Otti!
Mein Vater war auch an der russischen Front!
OTTO Der meine etwa nicht!
Der hat gesagt: Die Wehrmacht war sauber!
Da wenn ein Landser eine Flasche Rotwein stibitzt hat in Sarajewo wo, der ist standrechtlich erschossen worden!
ELSA Die Wehrmacht war sauber.
OTTO Arschklar!
ELSA Aber die SS!
OTTO Die SS!
SAMUEL Die SS hat gemackt
OTTO Nicht SS!
SAMUEL SS Holocaust
OTTO SS Hollywood!

ELSA Otto, jetzt reichts!
Und die Filme?
Und die L-e-i-c-h-e-nfilme?
OTTO Filmleichen!
ELSA Otto, wenn du mich liebst,
bist du jetzt ruhig!
OTTO Im Film kann man doch mords tricksen!
ELSA Hör auf, Otti –
ich komm auf H!O!R!R!O!R!!!
OTTO Horrorwood!
ELSA Otti!!!!
SAMUEL *zu Otto:*
Look into my eyes
Come on
Du mir schaue in Augen
Du sehen wahre Film von dieses Zeites
Er nimmt Otto an den Schultern. Sie stehen Aug in Aug.
OTTO *ganz benommen:*
Schaut mir im Spiegel ein SS-Priester
oder eine KZ-Hostie entgegen?
Er geht in die Knie, schweigt, dann vollkommen weggetreten:
Ich Wermut getrunken und mords geträumt!
Auf dem Wachturm: ich!
Und ich, gefangen hinter Stacheldraht.
Und ich auf dem Wachturm.
Ich schieß mir,
die Hände am elektrischen Zaun,
ins Herz.
Ich Sonderurlaub gekriegt und
mich gezeugt.
SAMUEL *zu Elsa:*
Er sagen jetzt Wahrheit
Du können ihn fragen Wahrheit
ELSA Otto?
Hast du mich je geliebt?

OTTO Bin nur meinem Tod auf der Fährte.
Ich riech ihn im Blut.
Ich seh ihn im Spiegel.
ELSA *weint, Samuel geht auf sie zu, nimmt sie am Arm:*
Erzählen Sie weiter?
Erzählen Sie! Bitte!
Was Sie gemacht haben,
als Sie alle Deutschen in die Kirche getrieben ...?
SAMUEL *sehr erregt:*
Aber wenn die alles waren schon hundert Vielleicht dreihundert Und mit den Benzin gasolin schon Außen gasolin geschittet fier die fire Und wenn ich hab gesehen wie die haben geweint Und die Frauen haben sich auf die Knie They were on there knees Und haben gebetet
Ich konnte nicht unterzünden das Gotteshaus Nicht das Benzin nicht das Feiuer alles zurückgelassen Aber ich hab mich damit befriedigt daß ich I scared the hell out of them Das war die Rache von eine Jude
ELSA Und sagen S-i-e jetzt die Wahrheit?
Sie wischt sich die Tränen ab, und schaut ihm in die Augen. Dunkel.

Die Zeugung Isidors

Isidors Mutter Anna kniet vor dem bartlosen, jedoch weißhaarigen Samuel. Er hat den Benzinkanister in der Hand. Im Hintergrund betet die bedrohte Bevölkerung den schmerzensreichen Rosenkranz.
DIE IN DER KIRCHE ZUSAMMENGETRIEBENEN/WEIBLICH
Gegrüßet seist Du Maria, voll der Gnade,
der Herr ist mit Dir.
Du bist gebenedeit unter den Weibern, und gebenedeit ist die Frucht Deines Leibes, Jesus, der für uns gekreuzigt worden ist.

DIE IN DER KIRCHE ZUSAMMENGETRIEBENEN/MÄNNLICH
Heilige Maria, Mutter Gottes, bitte für uns.
Jetzt und in der Stunde unseres Todes. Amen.
Samuel zeigt mit dem Gewehr auf Isidors Mutter Anna. Er führt sie ins Freie und vergewaltigt sie.
ISIDORS MUTTER ANNA Nein, Gott im Himmel!
Dunkel.

Ozean aus Licht

Im Wasser des Steinbruchsees. Wasserplätschern. Lichtreflexe. Nebel steigt aus dem Wasser. Elsa und Irmgard stehen hüfttief im See.
IRMGARD Es ist Zeit zu sterben –
vor Liebe.
Es ist, als ob ich zerfließe
in einem Ozean aus Licht.
Durch Isidor.
ELSA Ich kann nicht dauernd Liebe geben.
Ich blute inwendig aus.
Die Typen saugen einen aus bis aufs Blut.
Mein Otto ist nur noch voll Sauerei.
Durchs Militär.
Vollsudeln will er mich mit seinem Samen.
Und kommt immer total brutal.
In mein Gesicht, in die Haar, auf die Brüst!
Igitt.
Ich wenn in einen Raum komm,
und ich hör das Lachen von einem Mädchen …
Ich spür ein Kribbeln in der Brust wo,
da über dem Herz so.
Sie will Irmgards Hand nehmen und auf ihre linke Brust legen. Irmgard zieht die Hand zurück.
In mir schaut es ewig gut aus innen,

aber draußen.
Die Welt, o Gott!
Ist alles wie auf Speed.
Ewig auf Speed.
Eiskalt.
Ich streck die Fühler aus, Irmgard.
Geh, komm in meine Arme.

IRMGARD Laß uns schwimmen.

ELSA Ich schwimm ungern, Irmgard.
Schwimmen steht bei mir unter einem Scheißstern.
Hinausgeschwommen einmal ins Meer, du.
Die Mondkugel wie eine ewig große Spalttablette …
Am Himmel die Möwen über mir im Meer
greifen an, und die hacken irr, du,
total brutal ein auf meinen Schädel.
Wie Schatten.

IRMGARD Komm, schwimmen wir.

ELSA Irmgard, deine Locken,
kommen wieder.
Ich hab sie doch erst abgeschnitten.
Ich war dir nah wie nie!
Sie will Irmgard umarmen. Irmgard jedoch taucht unter und beginnt zu schwimmen. Elsa taucht gleichfalls unter, schießt aber sogleich wieder aus dem Wasser empor.

ELSA Igitt. Ich bin ganz klebrig.

IRMGARD Krötenlaich!

ELSA Igitt. Igitt.
Scheiße.
Sie reinigt sich panisch den Oberkörper.
Irmgard lächelt.

IRMGARD Die Kröten sind Arme Seelen.
Der Vater hat es nie gelitten,
daß wer beim Heurechen
Kröten totgeschlagen hätt.

ELSA Kröten Arme Seelen?

Sag bloß: Du glaubst an die,
die Wiedergeburt?

IRMGARD Jeder Schlag, den du ausgeteilt hast,
trifft dich ins Gesicht ...
Nach dem Tod ist alles umgekehrt:
Frauen Männer, Männer Frauen ...

ELSA Und was würd ich gewesen sein
im letzten Leben?

IRMGARD Bin ich Jesus Christus?

ELSA *im Spaß:*
Eine Mutter weiß doch mehr als ihr Sohn.
Haha.

IRMGARD *ironisch:*
Du gefällst mir!
Das ist eine Mordssünde!

ELSA Ich hab gehört ...

IRMGARD Ich will es nicht wissen.

ELSA Isidor ...

IRMGARD Was ist mit Isidor?

ELSA Isidor hat bei deinem Bruder
eine Muttergottes in Auftrag gegeben:
mit deinem Gesicht ...

IRMGARD Woher weißt du ...?

ELSA *nähert sich Irmgard zaghaft:*
Ich hab da sogar zum ersten Mal
dein Herz gesehen ...
Nackt.
Sie versucht erneut, ihre Hand auf Irmgard zu legen ... Irmgard wehrt sie nicht ab, sondern schaut ihr in die Augen:

ELSA *mit dämonischer, männlicher Stimme:*
Die See bei Saragossa sah ich schwarz,
Im Mastkorb oben schwankend. Und zerrissen
Von Winden wie dem Heulen aller Höllen,
Die schwarze Flagge neben mir, der Totenkopf,

Im Licht der Blitze plötzlich. Aus dem Mund –
Zum schwarzen Albatros des Unterganges –
Verwandelt sich der Schrei, der Sonne Aufgang
Zu übertreffen noch an Rot durch Blut!
Und wehe auf dem fremden Schiff: die Frau
Versuch stets ich als erster mit Gewalt …

Sie stürzt sich jäh auf Irmgard und versucht, sie zu vergewaltigen. Elsa hat plötzlich ungeheure Kräfte: Irmgard kann sich nicht gleich befreien.

Denn bald ist nichts sie mehr: ein Bündel Fleisch,
Voll Blut und Schleim. Doch neben mir das Schwarz
Der Flagge mit dem Totenkopf geht jetzt
In Flammen auf! O Gott, was mir als Blitz
Erschien, war Mündungsfeuer! Und mein Fuß …

Sie schreit fürchterlich, fällt zu Boden, greift sich ans linke Knie. Irmgard entwindet sich und flieht, zu Tode erschrokken.

Vom Mast wurd ich geschleudert gleich ins Meer
Des Tods. Eiskrustiges Kristall aus Schwarz.
Ich stürzte in die Wunde, die ich war.
Im Mittelpunkt der Hölle eine Quelle,
Mein Herz: draus Dunkelheit nur kommt, kein Licht,
Nur Flüsse voll Gewitter und Gebrüll.
Gewaltig ist der Ewigkeit Gebäude
Mit meines Totenkopfs Gestalt und Raum
Für sieben Kammern puren Zorns, daraus
Dämonen fahren Nacht um Nacht in Menschen,
Die schwach gleich mir, und ohne allen Mitleids.
Kreuzottern speien uns ins Herz hinein
Ihr Gift, und es umspannt die Lebenden
Ein Strom aus Herzblut und aus Schlangengift:
Genug stark, alles in des Bösen Bann
Zu tauchen und nicht etwa die Verdammten
Allein – zur Gänze die Natur. Der Mensch
Ist nichts, ist Erde nur, die spricht. Ist wie

Geheul des Windes mal und mal des Wolfs –
Vorbei! Jedoch beginnt im Jenseits erst
Die Qual und ist unendlich wie die Seele.
Sie steht auf küßt eine Distel, ohne auf die Dornen zu achten.

ELSA *wieder mit ihrer Stimme, die erfüllt ist von ungeheurer Trauer:*
Ich wollte wenigstens eine Distel sein,
eine blöde Distel.
Nein, sogar die Disteln stechen mich aus.
Sie geht auf alle viere. Der Chor der Toten II umkreist sie. Plötzlich erschrickt Elsa. Sie sieht eine Kreuzotter, zuckt zusammen und hebt sie hoch: Die Kreuzotter hat ihren Schwanz im Mund.
Wie komm ich nur heraus
aus diesem fürchterlichen Kreislauf,
Kreuzotter, weißt du es?
Weißt du als einzige den Weg
zurück ins Paradies?
Halbdunkel.

Augen II

Licht auf den Chor der Toten II, Elsa mit der Schlange in der Hand im Halbdunkel.

ZOFIA Die Augen die durchbohren die Augen
von die SS in Krankenbaracke wir gemußt nacket
ausziehen vor Durchbohren die Augen SS
die Augen wie Augen
wie Dolchbohren
die tausend Augen

CHOR DER TOTEN II Und gesessen Zofia nacket auf Tisch
in Dunkelheit Kerzen Kanapee SS
Und Zofia Zweig Trauerweide
gestanden auf Tisch Zofia und zaubern
SS auf Kanapee

ZOFIA Und die Gott schaffen die Tier
und die Tier jedes seine Art
CHOR DER TOTEN II
Und du Zofia Trauerweidenzweig schlagen Kreuz
und zaubern SS in Tieren
Und SS kommen Zofia und wollen wie Hunden
Und SS kommen Zofia und wollen zerreißen wie Lewen
Und SS kommen Zofia und wollen in Zofia wie Schlangen
Und es kommen SS Zofia und wollen Krokodil essen Zofia
TOTENGRÄBER *als junger Mann in SS-Uniform:*
Früher hat dir so eine deine ganzen Kröten
aus dem Kreuz geleiert.
ISIDORS VATER ISIDOR *als junger Mann in SS-Uniform:*
Ein Haufen Kröten ...
ZOFIA Du es sagen
ihr es sein
CHOR DER TOTEN II
Und SS hocken wie so Kreten und Blut aus die Munder
Und auf die Schwarz Stoff iber Brust Kretenlaich
Und es sein auf einmal Helle SS wellen reißen Kind
Und Mutter nicht Kind geben in Tod
Kind wellen Milch nicht wellen Blut
SS schlagen Mutter zu Toten
Mutter missen und Kind zu Toten
Zofia SS
ZOFIA Ich gehen in Mutter
nicht Mutter gehen in Tod
CHOR DER TOTEN II Und kommen zuricke
blutige Brust Mutter
aber Kind leben trinken
Und Augen die Augen sehen Zofia
wie gehen zu Toten und Augen
die tun leichten
TOTENGRÄBER Stimmt nicht!
ISIDORS VATER ISIDOR Fresse, Mann!

TOTENGRÄBER Stimmt n----

Isidors Vater Isidor wirft ihm seine glühende Zigarette in den Mund.

CHOR DER TOTEN II Und Augen die Augen sehen Zofia
wie gehen zu Toten und Augen
die tun leichten

Elsa wirft, nachdem sie versucht hat, diese zu küssen, die Schlange fort.

Dunkel.

Meerstern

In der Kirche.

JOHANNES, *der immer noch an seiner Muttergottesstatue meißelt:*
Die Sonne steht,
ein schmelzflüssiges Stück Gold,
über Kiefernkronen,
ich unter Disteln im Gegenlicht.
Ich schaue lange in die Sonne.
Sogar Distelköpfe sind zart an den Lippen
durch Liebkosung
und schmecken nach Harz.
Warum verklumpt mein Herz?
Ich lade mich auf mit Wärme.
Und es kommt mir kurz ihr, Irmgards,
Bild in der goldenen Pupille am Horizont herauf:
Sie brennt mir die Feuchte aus den Augen.
Noch, als die Sonne gesunken ist,
sehe ich überall Lichtflecke in der Landschaft.

IRMGARD *als Muttergottesstatue:*
Ich spüre Sirren im Trommelfell.
Seh meinen Körper gehauen in Holz.
Irgend etwas reißt mich mit Haut und Haar hinein in Härte.

Pfauenaugen auf dem Weiß des Altartuchs:
Ihr Flügelschwarz wird im Licht der Blitze für Sekundenbruchteile zu getigertem Bernstein.
Ich, die als Kind immer mit Gott geredet hat, schweige, als ich spüre:
Gott antwortet mir jetzt im Gewitter.
Ich, außerstande mich zu bewegen,
denke an Johannes.
Und weine.
Nun wird das Licht größer, und man sieht, daß die Muttergottesfigur schon in der Kirche steht:

GEISTLICHER Es spricht doch nichts dagegen,
diese Muttergottes im Altarraum aufzustellen!
Der Geistliche sprengt mit dem Weihwedel Weihwasser auf die Muttergottesstatue, umgeht sie mit wölkendem Weihrauchkessel und hebt dabei mit fester Stimme an, das alte Marienlied zu singen. Die Gemeinde fällt nolens volens ein:
Meerstern, ich dich grüße,
o Maria hilf!
Gottesmutter, süße,
o Maria hilf!
Maria, hilf uns allen
aus unserer tiefen Not!
Rose ohne Dorne,
o Maria hilf!
Du von Gott Erkorne,
o Maria hilf!
Maria, hilf uns allen
aus unserer tiefen Not!
Das Licht ist wieder ausschließlich auf Johannes und Irmgard:

JOHANNES *meißelt, noch immer unzufrieden mit seinem Werk, am Gesicht Irmgards:*
Meißelschlag um Meißelschlag

muß dein Gesicht an Schönheit gewinnen.
Eine Schönheit, die dich, die mich,
die Isidor überleben wird!
Denn ich weiß,
daß des Menschen Glück einzig festzuhalten ist in Holz,
des Menschen geringfügige,
aus der Brandung seiner Eingeweide kurzfristig aufstrahlende Schönheit:
als schlügen Feuerzungen aus Muttergottesfiguren.

IRMGARD *als Statue:*
Und siehe: Ich werde eines Drachen Mutter,
der meinen Schoß zerfetzt und an meinen Brüsten saugt ...
Jetzt haben sich sechs der Köpfe des Untiers
im Kampf um die beiden Brüste
aufs blutigste ineinander verbissen.
Und siehe: Es ist
ein Drachenkopf der Kopf von Elsa,
ein Drachenkopf der Kopf von Otto,
ein Drachenkopf der Kopf des Geistlichen,
ein Drachenkopf der Kopf von Isidors Vater Isidor,
ein Drachenkopf der Kopf meines Vaters,
ein Drachenkopf der Kopf von Johannes ...
Und ich sehe,
wie das Untier mir das Herz,
das blutig zuckende,
herausreißt aus der Brust
mit dem siebten Kopf.

JOHANNES Der siebte Kopf ist mein Kopf!

ISIDOR *der sich an seinen Kopfverband langt:*
Mein Kopf!

IRMGARD Ich heirate Isidor!

JOHANNES Wenn du Isidor heiratest,
geh ich fort von hier!
Und nehm dich mit!

IRMGARD Mich?

JOHANNES Mein Werk.
IRMGARD *versteht, daß er die mächtige Muttergottesstatue meint:*
Die ist doch viel zu schwer zum Mitnehmen!
JOHANNES Wir werden sehen!
Er beginnt, den Kopf seines Meisterwerks abzusägen und verläßt damit die Kirche.
Isidors Kopf beginnt heftig zu bluten.
Dunkel.

Jetzt das Leben

Licht auf Isidor.
CHOR DER TOTEN I Jetzt das Leben weitergeben,
denkt Isidor,
und sein Blick fällt auf einen Pflaumenbaum im Wind.
ISIDOR Über dem Pflaumenbaum,
dessen Früchte,
durch Vogelschnäbel gekerbt,
harzartiges Fruchtgelee aussondern,
seh ich den Polarstern:
Plötzlich ist eine Sternschnuppe erdwärts hingeschossen.
Dunkel.

Hochzeit Traum Totentanz

GEISTLICHER Das Gold des Kugeltabernakels im Kreuz,
stand ich vor Isidor und Irmgard.
In Irmgards immer feuchteren Augen
sah Isidor den Kugelaltar gespiegelt:
Rings ums Pupillenschwarz,
welches Gold geschluckt hatte
und die Gesichter aller in der Kirche Anwesenden,

war im Augapfel ein Hauch Rot,
hervorgerufen durch Augenfeuchte.
Und als Isidor ins rotumringte Schwarz Irmgards tauchte,
stieg er zugleich einen Berg empor:
Diesen Berg krönte ein Turm
in Gestalt eines goldenen Kelchs.
Im Kelch zerfloß, Honig und Blut, die Sonne.
Irmgard, im von ihrer Mutter geerbten Brautkleid,
dachte angesichts Isidors:

IRMGARD Dein Blut fließt von nun an durch mein Herz.

CHOR DER TOTEN I Wer kommt wie Gott in den Körper?
Wer öffnet diesen Kerker durch Lust?
Wer denkt in Distelköpfen über Blutkristalle nach?
Wer krönt Brüste durch Brombeerschwarz?
Wer erlebt in Kugelgestalt Glück außer Gott?

GEISTLICHER Und wer ist jetzt der Kopf des Gewitters?
Und in wessen Atem ist Sturm?
Wer fliegt auf Habichtflügeln aus Erlenkronen?
Wer übers Getreidegrün?
Wie über einen Ozean?
In Gestalt von Lichtinseln, statt Flugschatten.
Und holt das geraubte Blau aus dem Himmel zurück?

CHOR DER TOTEN I/MÄNNLICH
Der Schatten der Sonnenblume jenseits des Steinbruchs ist,
schwarzer Same von schwarzem Samen,
der Schatten Isidors.

CHOR DER TOTEN I/WEIBLICH Und Vögel trugen,
Kern um Kern,
Isidor hinaus in die Welt.
Unter der Sonne Irmgards.

CHOR DER TOTEN I/MÄNNLICH Isidor wuchs.
Und Isidor erblühte:
gelber und heller als im Silberdistellicht
des Dezemberhimmels.
Und Isidors aus Vogelschnäbeln gefallene Kerne

unter der Schneenarbe,
in eiskrustiger Krume kamen im Frühling,
als Isidor aus der Erde wuchs,
in Gestalt von Grün,
immer größer,
immer länger,
als Stengel hervor.

CHOR DER TOTEN I/WEIBLICH
Zart wie Flaum unter den Flügeln von Blaumeisen,
die Christi Haupt aus Gußeisen über Gräbern
kalkten mit Kotweiß.

CHOR DER TOTEN I/MÄNNLICH Und immer noch schlug,
pulsierend im Erdreich, Isidor
Wurzeln in ihr.

GEISTLICHER Isidor, der, trotz Bussardschatten,
gelber als Johanniskraut,
ja gelber als das Fleisch der Sonne,
aus Irmgard kam
in jener Nacht.

Am Himmel ein rotierender Strohballen. Goldnes Licht. Blut tropft heraus. Aus dem Dunkel Traktorengeräusche. Der Strohballen fällt herab. Tageslicht.

Der Strohballen liegt auf einem hügligen Feld. Die Geräusche des Traktors mit einer leerlaufenden Strohpresse lauter. Irmgard im Brautkleid kommt hinzu. Aus dem Strohballen quillt Blut. Sie schneidet den Ballen mit einer Heckenschere auf und holt die durch die Strohpreßmaschine grauenvoll zerstückelten Körperteile Isidors heraus.

Irmgard baut den Körper Isidors zusammen. Daraufhin küßt Irmgard Isidors Körper. Küßt die Wundmale. Kleidet den Körper in einen schwarzen Anzug.

IRMGARD Dein Blut fließt von nun an
durch mein Herz.
Du bist im Gewitter Gott genug
und Gold in der Luft,

und plötzlich Blitzlicht gewordenes Bussardgeschrei.
Und das Gold der Blitze
ist kurzgeschlossen mit dem Silber deines Samens.
Und du, der gewaltsam Entwurzelte,
pflanzt des Blitzes Blüte in mich,
im Angesicht quecksilbrig glitzernden Getreides.

ISIDOR *seine Stimme kommt von überall her,*
aber von Mal zu Mal ist sie seinem Körper näher.
Wir gehen in ein Weizenfeld.
Die Ähren glitzern durch den Regen wie Diamanten.
Du kommst trotz der Feuchte im Stroh zum Liegen.
Jedes Korn keimt einzeln im Körper auf.
Jedes Korn kommt einzeln durch die Jakobsleiter
meines Körpers:
der rote Faden zwischen Diesseits und Jenseits.
Bis das ganze Feld geerntet ist,
bekommen wir,
in deinen Augen der Himmel,
in den meinen die Erde,
Cherubimflügel.
Und im Höhepunkt stürze ich auf dich herab
wie ein Bussard aus Stein.

IRMGARD Du,
aus dessen Wurzel hervor ein Albinopfau
sein Silberrad schlägt,
sein in jeder Feder zuckendes,
vor Glück.

ISIDOR Wer wird neben uns liegen,
wenn unsere Tage finster werden?

IRMGARD
Liegen wir nicht engumschlungen seit Jahrtausenden,
und in der ewigen Gegenwart ziehen Generationen
von Geckos
ihre buntscheckigen Schwänze
über unsere Sarkophage?

Löschen die Spuren des Golds und des Lapislazulis.
Über unseren Augen aber ist Schwarz.
Wo ist das Narzissengelb des Lichts,
das wächserne,
der Sonne im November?
Wurde nicht mit dem Eisenhaken
unter meine Schädeldecke gefahren,
herauszureißen die Erinnerungen
an deine Liebe?

Später tanzt Irmgard mit der Isidorpuppe oder mit leeren Händen um Isidor im Rollstuhl herum Slowfox, Walzer, Tango zwischen Strohballen, die vibrieren. Wie vor einem Erdbeben.

In den Tanz mischen sich aus dem Hintergrund Mitglieder des Chors der Toten I und II. Alle stellen sich gegenseitig ihrem Tanzpartner vor und beginnen dann gleichzeitig zu erzählen. Immer wieder kann man Brocken ihrer Gespräche verstehen ... (Sofern ein Partner bereits seine Geschichte im Laufe des Stücks erzählt hat, erzählt nun der andere.)

1. TOTE AUS DEM CHOR DER TOTEN II
Meine Name ist Iris Taube

1. TOTER AUS DEM CHOR DER TOTEN I Darf ich bitten? Baron von Wondreb-Waffenhammer.

1. TOTE AUS DEM CHOR DER TOTEN II Ich die weiße Taube Fligel voll die Blut Wir sind Gebeten Sollen sie mich schießen Ich hab gedackt Ich hab nicht gekonnt verstehen
Ich gedanckt die Welt kann machen was er will Scheene Welt gute Welt Ich hab so geweint Ich weiß nicht woher ich die Tränen genommen Ich war verliebt ins volle Leben In meine Träume sehe ich Tote Wenn ich tot bin schlafe alles in die Augen Das ganze Bild im Schlaf schreit sich auf

1. TOTER AUS DEM CHOR DER TOTEN I:
BARON VON WONDREB-WAFFENHAMMER Mit einer Kugel im

Kopf aus dem Konzentrationslager für Kriegsverbrecher in Tachau mit hartem T in Böhmen geschleppt über die Grenze nach Wondreb …
Ich sagte zu meinem Weibe: Wenn der Russe kommt und Rache nimmt für die Greuel im Kriege, so gnade uns Gott. Und heimgekommen auf mein Gut, eine Kugel im Kopf, entpuppte sich mein Leitstern im Kriege nicht gerade als Penelope … Verwalter und Frau des Hauses … Und gerächt hat sich an ihr nicht der Russe, sondern der Amerikaner … Sie kommt, gestützt von Isolde Bauer, im blutig zerrissenen Kleide … Und sie heult und heult und heult, und ich denke, Heule nur, Hure …
Und ich rudere und ich rudere und ich rudere hinaus in den Irlweiher, auf meinem Kahn … Und ich rudere und ich rudere, und mein Blut pulsiert und pulsiert und mein Adamsapfel zuckt, und mein Herz pumpt, und ich sehe Blut quellen in purpurnen Stößen aus meinen Pulsadern … und zu Gold werden im Wasser …

1. TOTER AUS DEM CHOR DER TOTEN II: ISIDOR BIRNBAUM
Meine Name ist Isidor Birnbaum

2. TOTE AUS DEM CHOR DER TOTEN I: INGRID, BARONIN VON WONDREB-WAFFENHAMMER
Ingrid, Baronin von Wondreb-Waffenhammer.
O tanzen wir! O tanzen wir! Weg nur weg! Weg nur weg von meinem Mann! O weg! Weg! Weg! Liebe ist Pflicht! Die deutschen Männer …
Der Verwalter war anders. Ein südländischer Typ. Der Herzer. Wurd dann eingezogen gegen Kriegsschluß. Der hat in einem fort so schön geschwärmt vom Drachenstich zu Furth im Wald … Eindrucksvoll muß das sein: der Ritter auf seinem Pferd und stößt dem Drachen, der furchtbar viel Feuer speit, seinen Speer hinein, und Stierblut, siedheißes, kommt heraus. Und mein Mann kommt heim, und ich, zerfetzt von schwarzen GIs, wär ums Haar verblutet im Brombeergebüsch. Ohne Isolde Bauer.

Weg! O weg! Weg! Tanzen wir weg von ihm. Er sagte nur: Die deutschen Männer haben sich sechs Jahre gewehrt und die deutschen Weiber keine sechs Minuten – und schnitt sich im Irlweiher die Pulsadern auf.

2. TOTER AUS DEM CHOR DER TOTEN II: ISIDOR BIRNBAUM

Ich bin in der Meinung Große kann nicht weinen Nur Kinder kennen herausziehen Tränen Es ist makabrisch Und über Geschehnisse allein und für sich denken Vielleicht ist es so daß meine Natur solche ist Ich kann nicht weinen Ich fast zu weinen und es sticht mich in Adamsapfel Weinen ist bei mir abgestorben

Ich wo war von die B-Leit gewest ein alter Jid War durch die Krieg auch an deitscher Front ich 14-18 Invalid Haben sie mir geschossen weg die rechte Arm Im Loger neinunddreißig bin ich zu Posten Mit be-i-tende Händ Mit Stummel iber der Brust Daß er ja trifft mir Sche-i-n ins Herze ja ins Herze Und bin losgerannt In die Stackeldraht

Die Lebendigen nichts sie wissen Nichts

2. TOTER AUS DEM CHOR DER TOTEN I: HERZER

Darf ich bitten?

Mein Name ist Herzer.

3. TOTE AUS DEM CHOR DER TOTEN II: CELINA KOEPPEN

Celina Uns eingeladen in Waggon wie die Schweinen Wir waren lauter Mädchen alle ganz nacket und wir waren ohne die Schuhe und ohne die Schuhe gehen heißt zu gehen in Tod Wie Fischen in Dosen Jede Päcklein Bildlein Nur Kepfe von Mann von Geliebte von Kinder Mutter von Vater Weil muß es sein ganz wenige Bilde Keine Kepfe nur Kerper Keine Kerper nur Kepfe Geschnitten von die Photo

Es war Helle auf Erden Die menschliche Gestalt war wie Gestalt von Wurmen Und man wartete zu baden Man befehlte auszuziehen Alles weggenommen Wir angekommen Waschraum ganz nacket Uns geführt in ein Bad In Wasser Desinfektionier Die haben gesagt Ihr schmutzigen Juden Wasser voll mit Blut von Mädchen

Leute bekommen Scheißerei Jede Minute gesetzt sich eine andere hin zu der Scheißerei In Januar ganz nacket in Sauna Männer uns die Haar geschossen geschoren an ganze Kerper

So jung in dieses Zeiten So nacket Das war grausam war Schock Wie Katholen laden ein die Pfaffen und sich absagen vor dem Tod Wir keine Zeit sich absagen vor dem Tod schon vor dem Tod standen Wie Clownen in dem Zirkusse Keine Wirde keine Wirde keine Wirde

3. TOTER AUS DEM CHOR DER TOTEN I: HERZER

Mit meinem Panzer. Bin von Eger aus mit einem Blanko-Marschbefehl mir nix, dir nix über die Grenz getuckert und hab das Gerät unter Streuästen verbaut. Eines wunderschönen Tages hat der Amerikaner gesagt, Wenn uns nur wer Bauholz liefern könnt. Sag ich, Sprit her, und das Ding ist gut. Hab ich nicht drei Jahr Holz gerückt mit dem Panzer! Und der Pfarrer von Furth im Wald, wo allweil der Drachenstich ist, der war früher auf dem Panzer Bordfunker. Der Further Pfarrer hat das Gerät nach dem Krieg mit der herzallergrößten Freud eingeweiht.

Aber irgendmal, gar nicht lang auf den Segen vom Further Pfarrer hinauf, hat der Motor beim Buchenrücken den Geist aufgeben.

Ja, irgendwie muß eines überleben.

4. TOTER AUS DEM CHOR DER TOTEN I: ERWIN ASCHERL

Darf ich bitten?

Erwin Ascherl.

4. TOTE AUS DEM CHOR DER TOTEN II: SARAH DRACH

Sarah Drach

4. TOTER AUS DEM CHOR DER TOTEN I: ERWIN ASCHERL

Warst du nicht Telephonistin in Tirschenreuth? Da war eine Drach, wenn ich nicht irrgeh. Eines Tages die Theresia aus Konnersreuth vor mir in der Schlange, und die Drach stöpselt ihr ein Gespräch mit dem Eichstätter Bischof. Auf das Gespräch hinauf sagt die Resl, Was unser Herr Jesus

nicht alles machen kann!
Seither in der Schul allweil nur noch das Telephonieren im Sinn gehabt. Wegen so einem schönen Schwarzerl, wo alles gestöpselt hat! Rassig grad an!

4. TOTE AUS DEM CHOR DER TOTEN II: SARAH DRACH Gespielt Musik Militärmarsch von Schubert die Tene weißglihende Ketten Not für Not glihende Musikvernichtung oder Kapelle gespielt Mensch zu betäuben in Tod Slowfoxen Walzen Tangos Tatatatata Und Tatatatatata Maschinengewehr Erschießunge elftausend Menschen Tatatatata Die Maschinengewehre unaufherlich Tatatatatata
Und ich gesehen wie die Toten heben sich auf und auf
Man hat missen begraben die meisten lebendig
Und die Erde sie hat sich gehoben durch Atem
von Menschen
Die besten Menschen sind tote

4. TOTER AUS DEM CHOR DER TOTEN I: ERWIN ASCHERL Ich hab mich ja geschämt: Weiber in Wilna nackert mit der Zunge an die Wand nageln gemüßt. Kruzifixbefehl ist Kruzifixbefehl! Achtjährige Mädchen hat der Sau-SS gefickt, der Kruzifix-SS. Ich hab nur allweil an mein Töchterl denkt und an mein Weiberl.

5. TOTER AUS DEM CHOR DER TOTEN II: JAKOB HECHT
Darf ich Ihnen auffordern zum Tanze
Meine Name Jakob Hecht

5. TOTE AUS DEM CHOR DER TOTEN I: AMALIE ASCHERL
Amalie Ascherl.
Ich hab ja betet um meinen Mann in Minsk, in Wilna. Und wer weiß wo in Weißrußland. Es hat ja mein Vater, mein Bruder, die haben sich abgemeldet. Da ist ein Christusbild oder was heruntergefallen, wenn die gefallen sind. Oder wenn sie nachts ins Zimmer kommen und kehren nicht mehr um, dann weiß man, daß sie tot sind. Die sind einfach verschwunden mitten im Zimmer. Da, in dem Augenblick, sind die dann gestorben.

5. TOTER AUS DEM CHOR DER TOTEN II: JAKOB HECHT Es war sehr Schrecken Es war schwer auseinanderzunehmen

Es ware ein schreckliches Bild Es war ein ganzer Haufen ein Klumpen kein Mensch Erst in Leichenhalle wird sortiert Ringe Zähne ausgeschlagen Mann Frau Leichen geschichtet Mann Frau Mann Frau Das brennt nur wenn Frau zwischen zwei Mann Weil Frau viele Fett Mann allein dürre Frau brennt gut die Briste brennen helles Feuer Die sind alle nicht mehr waren

Flammenwerfer auf Leichen die verbrannt gewurden Die verkohlen Kein Verbrennen wie Papieres Augen liefen aus Haare verkohltes Knochen zerfieles

Ich wurd noch selber verbrannt und geworfe in Grube als ein Totes wo Gesetzesrollen und heilige Bücher Ich wurd auseinandergerissen und geworfe in das Feuer mit heiligen Bücher Kaum umgefange vom Feuer ich ein Aufbäumen gefühlt im ganzen Körper Es ware als eine Feuerzunge mir aus allen sieben Öffnungen gefahre des Kopfes Aus der Augen Und ich geglaubte dies seite die Auferstehung Jedoch ich Phenix Augenblick Und es zerfieles alles und ich Zu Aschen

Keine Auferstehung jenseits Feuers Auch dieser Körper sein Traum

6. TOTER AUS DEM CHOR DER TOTEN II: ELIAS ACKERMANN
Darf ich Ihnen auffordern zum Tanze
Elias Ackermann

6. TOTE AUS DEM CHOR DER TOTEN I: ISOLDE BAUER
Isolde Bauer.

6. TOTER AUS DEM CHOR DER TOTEN II: ELIAS ACKERMANN
Wie Hiob keine Antwort Gottes Gegenwart ist die Antwort Wieso hat das passiert Viel ärger als Wurm Wie Wurm in Erde Wie Ratten Warum meinen Gott verloren Darum Es gibt keinen Gott mehr Keinen Gottglauben in Himmel Gerechtigkeit Gottes und Versehung Gottes und die Linke Gottes und seine Rechte Zeigen wie Mengele linke Rich-

tung Tod Gott

Kein Mensch kann begreifen daß Gott Quellen der Gerechtigkeit Ich kann nicht begreifen daß Gott so strafen sein Volk Ohrfeigen in Ordnung wenn Volk nicht folgen Aber rausnimmt ein Aug und abhacken Füße ist schwer zu glauben Gott liebende Vater

So Folgen für nix

6. TOTE AUS DEM CHOR DER TOTEN I: ISOLDE BAUER Ich hab mir ja nie nichts. Nie. Keinen Kuß. Mit keinem Kuß ihm untreu geworden im Krieg, mit keinem Gedanken. Aber einsam war ich über dem Schwarzbeerpflücken, und ich hab schon einen ganzen blaßblauen Blechkübel voll Schwarzbeer gehabt und komm heraus aus dem Wald, weil in der Lichtung ein Weiher war, da wollt ich ein wenig kühlen die Haxen: Stehen um den Weiher Stücker dreißig, vierzig nackte Neger, Amis, und brunzen schneeweiß oder was. Seifen sich ein oder so. Das hat ganz silbern geglitzert in der Luft, aber ringsherum alles stockkrähenschwarz. Das waren dir Dinger. Disteln dazwischen, lila Lupinen ...Und ich hör es stöhnen in den Brombeeren. Ja, ich bin ja so gerannt. Aber die Neugier hat schließlich gesiegt, und nach einer Weil zurück: Jetzt find ich da, als eine ganze blutig in den Brombeeren, die Baronin ...

In diesem Augenblick kommt verkohlt und, sofern darstellbar, noch immer brennend: Samuel hinzu.

SAMUEL Nicht kommen Katastrophe ist Katastrophe
Seelen Katastrophe
Seelen wie Tote
So ich aufgelest mein Leben
mit die gas-oline

CHORFÜHRER AUS DEM CHOR DER TOTEN I: ISIDORS VATER ISIDOR Darf ich Sie auffordern zum Tanz?
Isidor Kopf!

CHORFÜHRERIN AUS DEM CHOR DER TOTEN II: ZOFIA Zofia

Sie beginnen zu tanzen.

SAMUEL *will Isidors Vater Isidor von Zofia wegziehen, um mit ihr zu tanzen:*
Zofia
Zu Isidors Vater Isidor:
Du SS-Kopf
Du gemackt love to Zofia in die Lager
ISIDORS VATER ISIDOR Nein!
SAMUEL *unsicher:*
Nein
ISIDORS VATER ISIDOR Du aber hast meine Frau vergewaltigt.
Und Isidor gezeugt!
ISIDOR/STIMME Vater! Vater!
ISIDORS VATER ISIDOR
Ich hab mit dem MG nicht auf dich geschossen,
sondern in den Himmel!
ISIDOR/STIMME Tata! Tata!
SAMUEL Das gewesen ich in Himmel
ISIDORS VATER ISIDOR Du bist verrückt!
SAMUEL Du auf mich geschossen
ISIDORS VATER ISIDOR Und du auf mich!
ISIDOR/STIMME Tata! Tata!
Tata! Tata!
SAMUEL *zu Isidors Vater Isidor:*
Ich getetet dich wo geschossen auf Gott im Kriege
ISIDOR/STIMME Tata! Tata!
ISIDORS VATER ISIDOR Verzeihung!
Isidors Vater Isidor verläßt mit einer höflichen Verbeugung Zofia und geht zu Isidor im Rollstuhl. Er betrachtet seinen Pflegesohn voller Anteilnahme. Im abgedunkelten Hintergrund nimmt die Trauergemeinde wieder die Plätze ein.
SAMUEL Und ich wieder sein der ich sein
Zu viele Verbrechen in meine Name
Ich kennen nicht noch eine Mal
schicken in Tod meine Sohn
So dieses Mal ich gemisset selber gehen durch Tod

Und ich auch gegange in Tod wie meine Sohn gehen in Tod
durch Tod am Kreize
Ich aber gegange durch Tod in Feiuer
wie meine Volke gehen durch Feiuer
Zofia, die, junggeblieben, den altgewordenen Samuel jetzt allmählich erkennt, nähert sich ihm und schaut ihm in die Augen.
Und ich jetzt sein zuricke in Kirche aus Holz
Und ich sein zuricke iberall in Lager wo ich stirbt
Wo ich verbrennt in Asche
Zofia beginnt ein jüdisches Wiegenlied zu singen.
Er umarmt Zofia.
Dunkel.

Totengottesdienst

Wandlungsläuten aller Glocken und Glöckchen: Schubertlied.
Die Schlange der Toten umkreist die Trauergemeinde, den Geistlichen und Isidor. Wandlungsläuten aller Glocken und Glöckchen.
GEISTLICHER, *der sieht, daß Isidors Kopf auf die Brust sinkt, der Verband vor Blut rot wird:*
Isidor!
DIE STIMMEN ALLER Isidor!
ISIDOR *hebt noch einmal den Kopf und beschwört die aufgebahrte Irmgard:*
Es ist ein Himmel, der wird schwarz.
Es ist ein Gewölk, von Granitklumpen gerahmt.
Es ist keine Liebe im Schatten der Trauerweiden.
Es ist keine unter Disteln.
Es ist kein Vogelbeerbaum mehr voll Silber im Juli.
Es ist die Sonne keine Silberdistelblüte wie damals über uns.
Es ist kein Grün mehr durch Wind im Weizen.

Es sind keine Vögel, die singen im Regen.
Es ist kein Leben ohne dich.

IRMGARD Komm!

Dunkel.

Sense

Monolog

Figur:

Lukas Schnurrer, *alter Mann, Bauer*

Zeit: Gegenwart

Sieh zu, daß nicht das Licht
in dir Finsternis ist.
Lukas 11,35

LUKAS *dengelt eine Sense:* Hab ich das Häckselmesser hineingeschraubt mit dem Ringschlüssel ins Strohgebläse und ich hab mir noch bei der letzten Schraube gedacht daß ich da ja nicht abrutsch und batsch springt der Schlüssel geiling von der Mutter und ich mit dem Handballen direkt hinein ins Häckselmesser Bin ich als Blutiger zum Doktor Marchaney und der Doktor Marchaney hat mir eine Spritze hineingehaut ins Handgelenk weil hinten hätt er die Schlagader erwischt gegen Blutvergiftung Das machen sie gern die Verrecker das Spritzenhineinhauen Kommt auch gleich die Krankenschwester mit einer Spritze gegen Wundstarrkrampf Bei mir wirkt so eine Spritze erst ein Viertelstündlein später Jetzt hab ich meine zahnlückigen Zähn zusammengebissen auf Trümmer ums Arschlecken und die Sprechstundenhilfe ist weiß geworden mit ihrer Wundstarrkrampfspritzen in der Hand und hat sich selber schneeweiß auf die Pritsche gelegt und ich hab nur gelacht und abgewunken und die Goldkronen gespürt in der Goschen so hat es geknirscht vornehin vor Schmerz dann vor Lustigkeit wo sie mir im Krieg schon vom Daumen die Kuppe weggeschossen haben die Krüppel Da hab ich Eiter gehabt und ein Knochenspreißel hat ewig lang herausgeschaut und der Eiter hat sich weitergefressen und ich hab vor lauter roten Striemen vor lauter Eiter Knochenfraß gekriegt und der Knochenfraß und die roten Striemen und das Eiter der Eiter haben sich allweil weitergefressen wie so ein bösartiges Schwiegertochtergeschwülst Da ist ein Lysolengel gekommen von Krankenschwester gutherzig durch und durch und hat als Hascherl keine Kraft gehabt daß sie samt Zange den Knochenspreißel herauszög auch wenn sie ihr Züngerl noch so arg zerbissen hat zwischen die Zahnerl Und es hat wehgetan wie der Teufel aber sie hat keinen Deut genötet ist der Stationsarzt gekommen ein Kerl wie ein Schrank war dir der der hat es dir mit einem Ruck herausgerissen Da ist fein kohlschwarzes Blut herausgeschossen im Anfang herausgetröpfelt dann mit der Zeit nur mehr durch Knochenfraß und einen Schmerz hab ich gefühlt in den Achseln und hab ihn gefühlt bis in die Zehen und bin im Anfang wie der Teufel gerannt vor dem Schmerz aber der Schmerz hat mich allweil wieder überholt da bin ich gesprungen Ich hab einen Kriegstanz aufgeführt und bin hinausgerannt ins Feld und hab gedacht Wenn sie doch jetzt schießen täten daß auf einmal Ruh wär und der Schmerz weg wär auf einen Ruck und draußen haben sie grad jüdische Polacken Wasserpolacken wie wir gesagt haben gehängt allerhand gibt es dir auf der Welt und Herrgott wir sind dann mutterseelenallein gewesen ewig tief im Feindesland und so ein Feindesland zumal es im Osten liegt wird durch Unglück und auch Unrecht seien wir uns einmal ehrlich nie ein Vaterland Ich mein wenn einer schon sagt ehrlich gesagt heißt das daß er im Grunde nur lügt wenn er das Maul aufreißt und sagt Die Kirche ist ein Stück weit Scheiße und in einem Stück Scheiße können ein paar Trümmlein so heilig wie nichts sonst auf der Welt sein Geld zuwenigst kann ein Dreck dagegen sein und wer denkt über Frieden messerscharf sich um den Kopf und über Freiheit bis zum Hirnschlag und vögelt sein Weib und hat in Wirklichkeit nur noch einen Herzschlag für die ukrainischen Weiber im Kopf übrig wo er sich versteifen kann Die sind an die Bretterwand gestellt worden die ukrainischen Weiber in einer Reihe die bei Gott nicht krumm war wie ein Pißbogen die war kerzengerad Die waren an der Bretterwand gepicht wie die Fliegen wo die Deutschen früher die Leut erschossen haben und der SSerer aus Schwandorf hat dann in Kasachstan da sind die Ukrainerweiber hingekommen in die Verbannung durch und durch deutschfreundlich gewesen dieselben schon beim Einmarsch gewunken und Blumensträuß geschmissen und der hat durch ein Astloch eine durchgevögelt das hat er protzig mit dem Schraubenzieher vorher vergrößert gehabt Wie der achtundvierzig zurückgemußt hat zurückgedurft hat die durchs Astloch gevögelte Ukrainerin in Kasachstan fast einen Zusammenbruch erlitten zuwenigst einen Schreikrampf gekriegt So laufen gewiß noch ein Haufen Landserbankert herum mit Ukrainerinnenblut im Leib drunten in Kasachstan Was ist denn das für ein Käferscheißdreck jetzt auf meinem Küchenfenster hab ich am End den Käfer im Küchenfenster Es gibt einen Borkenkäfer der heißt Buchdrucker den derhau ich irgendmal liebend gern mit der Fliegenklatsche wie so Silberfisch aus dem Ausguß Ich hab ja ein Frühwarnsystem für Fliegen im August alle Herrgottsfrüh sag ich Ihr werdet alle hin wenn ihr herfliegt zu mir ihr Krüppel Ich hab ein spezielles Fliegenfrühwarnsystem ich sag es offen heraus ich sag es auf deutsch zu jeder einzeln Hau ab oder ich hau zu Mittag bin ich ruhig Mittag wird nur noch zugeschlagen da verlier ich kein Sterbenswort Deutsch da wird wenn ich einen guten Tag hab höchstens rururururussisch geredet oder Phantasie Mein Rex versteht auch jedes Wort in allen Sprachen mein Rex gell Rex Wo ist mein Rex Da können sie krepieren im Honig ich hab ja Honig in Untertassen da krepieren Fliegen süß schaut das aus wenn die durch die Gegend fliegen im Kopf schon das Vögeln neben der Mistgrube die Krüppel wenn ich zuhau mit der Klatsche und ich hab ein Mittel das ausschaut wie Honig da können sie allein durch den Geruch nimmer vögeln durch Gift nicht einmal mehr fliegen bloß surren so stinkt das Unzeug wie der Teufel Kruzifix das stinkt mir selber so stinkt das Und die Fliegen stinken im Tod noch nach dem Gift und könnt eines selber draufgehen und die Fliegen wo frisch von der Mistgrube in die Küche hereinkommen wüßten nicht mehr ob sie am Leben vorbeiflögen oder am Tod wenn ich nicht mehr wär und der Pfarrer sagt Gott ist im Totenkopf der Welt der einzige Augapfel Das hab ich gesehen Und ich denk allweil So ein Spraymittel ist das Christentum im Grunde wo du auf dem Abort auf die

menschliche Natur hinauf ein wenig einen Tannennadelduft hinterhersprühst und wenn die ewigen Fliegen nicht wären bräuchtest nur das Fenster aufmachen tätst die Vögel hören und so sprühst du Jahr für Jahr mehr und jeder sprüht Jahr für Jahr mehr weil jedem alles immer mehr stinkt und eines Tages gehst ins Freie und wo gestern ein Wald war haust ein Hautkrebs mir nichts dir nichts und den Krebs hat der Tod gezeugt aus dem Weltall durch das Ozonloch hindurch Die Sonne das ist doch seit Urzeiten das Leben die Liebe meine Sonne ohne Risiko ohne Syphilis Die Sonnenblumen irgendmal im Süden der Sowjetunion im Augenblau gezeugt aus direkt aus dem Samen von der Sonne Das ist eine Feuerzunge die redet laut dem Pfarrer proselytisch arabisch griechisch römisch Das ist eine Feuerzunge die sag ich verbrennt heut alles wie früher Schwule Bibelforscher Litauer Weißrussen Polen die ukrainischen Weiber die haben Kosaken vom Basar weggefangen das ist wie bei uns Kirchweih lauter Kosakenkrüppel mit Pferd und Peitsche Weiber gefangen über die Schädel gezogen ab nach Sibirien Zusammengepfercht im Zugwaggon für Wochen bis nach Sibirien weil sie wieder deutsch angehauchte Weiber weiß der Teufel warum wollten die der Hitler auf Deutschland zusammengepackt hat zum Zulangen bei Kuheutern und dann die gebärfreudigen Becken denen muß es gefallen haben im Reich wie die Sau
Die haben wie oft nicht mehr hinuntergewollt in die Ukraine da haben wieviel von denen ein Kind gekriegt durch Landsersamen Die Deutschen sind schon Hund Rex Ich bin ja ein Hundenarr Ich bin ja ein Pferdenarr Mein Caesar hat Pferdehusten gekriegt und Rotz ist ihm in faustgroßen Klumpen aus den Nüstern gequollen und ich hock mich allweil hinauf auf den Caesar und schrei ATTACKE und Lauscheraufstellen nervös Trippeln ist eines und ab geht die Wilde Jagd Der Viehdoktor könnt das Pferd hab ich gedacht Schon auf Verkauf trimmen mit der Spritze du guter Gott das zieht ja den Bauch in Falten wie eine Zugharmonie Wie gern hab ich Roßgeruch

inhaliert und er hinein und hinaus und hinein in den Teich hat bloß der Kopf nur herausgeschaut vom Caesar aus dem Wasser Kaum hab ich ihm geschrien daß er herkommt zu mir ist alles in Ordnung unter Wasser aber übers Ufer gehumpelt gekommen mit kaputtem Hintergestell das vordere Fahrgestell ist gegangen wie der Leibhaftige aber hinten war alles hin der gesamte Arsch und alles Die sind ja so treu die Tiere Hab ich gedacht Bring ich ihn zum Jäger hin trifft der am End vor Mitleid vor uneingestandener Blutrünstigkeit nicht gescheit der Hecht Hab ich ihm eigenhändig hineingebrannt in den Schädel Wie aus einem Schweißbrenner in der Nacht ist es herausgeschossen aus der Mündung

Dengel ich jetzt schon im August die Sensen die schartigen in der Stube mit weher Hand die ist ja vom Getreidevorhauen ganz blutig was ich für noch nicht abgeblätterten Goldlack gehalten hab sind Blutkrusten und wunder wie stumpf o Grantl Hias was wirst wieder trieben haben mit meiner Sensen Frösch oder Blindschleichen die hat kein Wetzstein gesehen seit Tagen Und da wo der Russ hinkommen ist hat er Rauschkinder gezeugt in deutschen Weibern und der Grantl Hias ist so eines Sag ich damit sie wieder ein wenig eine Farb kriegt die Krankenschwester Wir haben eine Krankenschwester gehabt im Dorf die war im Krieg Krankenschwester hat als Lysolengel von einem Russen von einem Regiment im Wodkarausch Die haben Lysolengel vergewaltigt bis aufs Blut bis ein Oberst aus Königsberg aufgetreten ist und ist abgefotzt worden bis sein Glasaug herumgekugelt ist drüben in einem Granattrichter Da haben unsere deutschen Rotkreuzschwestern aus dem Irrglauben heraus unsere Blitzmädchen nach russischen Kommissaren gerufen und haben sich so ihre Henker erst herbeigerufen die größten Säu auf Gottes weiter Flur da hat die ein Kind aufgeschnappt dem Hias seine Mutter als Krankenschwester Ich tät Ihnen kein Rauschkind machen Schwester gewiß Ich hab nur reinrassige War auf Lager Sagt doch das Pritscherl ist nicht im Stand daß sie mir mit ruhiger Hand ihr Ding hineinhaut ihre Wundstarrkrampfspritzen Da müßten wir schon vornehin eine Schiene legen Zwei Steinwürfe vom Wald weg war ein Sonnenblumenfeld und wir sind den ganzen Tag im Wald gewesen und haben Schützenlöcher gegraben und dann ist der Angriff gekommen und da bist wie im Rausch und brauchst wenn es vorbei ist Stunden bis du wieder auftaust aus der Versteinerung und da in dem Zustand hab ich gesehen daß die Sonnenblumen wirklich die Köpfe hängen lassen in die Richtung von der Sonne Das war schön war das Wie so eine Kompanie Engel wo die Köpfe ausrichten wie die Sonne es befahl Die Sonne Schwester sag ich Ist keine Sonne mehr so eine nicht mehr wo früher wie voll Blut war Ist ja seichgelb jetzt so ein gekochter Erdapfel bloß im Gewölk nur ist gegen Nacht allweil Glut Es bleibt das Rot das ist das Unglück die Glut im Gewölk zurück Im Fernseher die Blindfüchs reden von einem Taifun LUKAS über China LUKAS Lukas hör ich ja Kruzifix was juckt mich China Schwester Sag ich Über die Ukraine über die Ukraine würd ich drüberzwitschern als Taifun als LUKAS wenn es sein muß Ich hab ein Krähenkonzil gesehen auf Koppelpfählen Schwester und ich hab gestern Buchen studiert Wissen Sie wenn sich ein Buchenzweig sanft schälen läßt wie Spargel Schwester und beim Drüberfahren mit dem Daumen schlüpfrig wird Schwester wie Schmierseife gibts hundert Prozent einen harten Winter wo Stein und Bein gefriert einen ewig harten Winter unter Garantie Was für ein Wahnsinn gegen den Iwan Was für ein Wahnsinn gegen den Iwan in den Winter hinein wo sich Buchenzweig geschälte ganz seifig anfühlen Lukas hat mein Leutnant gesagt im August Und wirklich ist der Winter gekommen der General Winter und wie Augen aus Eis in der Brust Frost und Blut nur im fünfzackigen Sowjetstern auf der Stirn Aber wie ich vom Leutnant da vom Sterzinger das Studieren gelernt hab von Buchen ist noch Sommer gewesen August und Sonnenblumen sind sag ich der Schwester Da ist einem schon der Schweiß als Landser gestanden unter dem Stahlhelm irgendmal in der Ukraine wenn so eine Bäuerin seichwarme Milch aus Kuheutern herausgemolken hat Da hätt jeder auf der Stell die Hakenkreuzflagge zusammengewurstelt in den Abort geschmissen Die sind so treu die Tiere Wenn er gewußt hätte daß ich ihn erschieße hätt er sich gewiß bloß ehrenhalber verteidigt Jetzt hab ich meinen Caesar verloren Es geht keine drei Tag ist auch mein Rex verschwunden Wie sind wir immer zu dritt ausgeritten Ich und der Caesar und ich ATTACKE geschrien und der Caesar die Lauscher aufgestellt und wie ein Pfitscherpfeil davongeschnellt und hinter uns wie die Feuerwehr unser Schäfer mein Rex und an dem Tag wo die Kummerin kommen ist meine Schwägrin Christi Himmelfahrt ist unser Rex verschwunden Wir haben uns nichts gedacht die Kummerin sagt zu meinem Weib Ich hab eine Wunderwaffe Die dreizehn geheimen Leiden Jesu wenn man die betet funkt der Teufel herein so stark ist das Gebet und mein Weib betet das Gebet und sagt nach dem Füttern Sogar Scheißdreck haben sie ihm eingeflößt unserm Herrn ganz hundsmisrablig sind sie gewesen Sag ich Weib siehst du nicht die wo nicht beten blühen auf und das christgläubige Bauernvolk geht zugrund Bet lieber daß unser Rex nicht irgendwo liegt unser Hund angefahren im Straßengraben und leiden muß Ich weiß was Leiden ist Typhus Skorbut Hungerödeme und überhaupt Hunger und Durst vor Schitomir an Tschernigow vorbei und dann todkrank in Kaluga die haben ja Milchkannen zwischen die Brüst gehalten die Ukrainerinnen die Mordstrümmer Brüst die Ja Sakrazement Daß dich schon ausgekannt hättest wenn du gekonnt hättest Durch das Hungerleiden im Lager ist der Gockel nimmer aufgesessen und ein blinder Hahn findet kaum Korn als Gefangener warst ja vogelfrei Da hätt dich doch der Iwan leidenschaftlich gern heruntergeschossen von der Mutti wie ich so einen Sperling herunterschieß aus der Luft Ist mir auch wurscht hat der Schwandorfer SSerer gesagt Weiber sagt der Sind das Da glaubst dir zerreißt es jeden Augenblick den

Schwanz wie eine Handgranaten o Spruchbeutel Vor Glück Mistluder waren dir das durchaus die Ukrainerinnen die haben so ein Duschhäusl gehabt das Fenster war ja schandniedrig bis zu den Schenkeln herab ist das bloß gegangen die haben sich druntergestellt unter die Kanister sich pudelwohl gefühlt und die Brüst waren die Brüst von wunder wie rassigen Weibern wie weiße Negerinnen so fest im Fleisch direkt Fetzenweiber die hätten dir gewunken Da wär unsereines untergegangen wie eine Kanone im Sumpf wie ein Katzenjunges im Brennesselmeer wie Affen wo im Himmel aus Nichts kommt nichts Gott erschaffen aber wenn einmal wie durch ein Wunder Kinder kommen sind die haben Kinder zugelassen bloß Vögeln nicht die Wachposten außer bestochen im Wodkarausch war ihnen auch unser Gevögel wurscht Die haben Kinder gebraucht die haben Stalin zum Vater gehabt die Kinder die haben dem Staat gehört die hat der Staat in Kinderheime oder Waisenhäuser gesteckt ohne daß sie je ein Wort Deutsch gehört haben außer in Kriegsfilmen HEIL und HÄNDE HOCH Die waren gewiß froh um das deutsche Blut die haben in der Kimme das Gerstenkorn Ewigkeiten weiter vorn die Ukrainerinnen Es heißt ja schon in der Bibel Im Osten geht eine zweite Sonne auf die ist heller als der lichte Tag Sind ja jetzt schon zehntausend tot ist alles überall verseucht in der Kornkammer in der früherigen Die rassigen weizenblonden Weiber bringen bloß mehr Krüppel auf die Welt die weinen und wissen nicht daß sie weinen und warum sie weinen so debil sind sie richtige Depperl aus dem Paradies verstoßen könnt man sagen sind halt Engerl inskünftige Drei sind im Schnee ausgerückt anderntags stehen drei Köpf auf drei Koppelpfähl Die haben ja überhaupt von deutschen Landsern daß es Deutsche waren haben sie erkannt am Koppelhaken Gott mit uns die Totenköpf genommen und für Zielübungen auf die Koppelpfähl gestellt bis Kiefer ewig weit in Löwenzahnwiesen geflogen sind Zahn für Zahn aber da hat es Schnee gehabt und die Köpf waren frisch durch Frost die Köpf haben den Ausreißern gehört dem Birner sein Kopf und dem Burkhart sein Kopf und dem Puff sein Kopf der hat nicht einmal gewußt zeitlebens was Puff bedeutet der Zipfel

Wie das gekommen ist fragt sich heut ein junger Mensch Das ist dressiert worden in uns von Anfang an Wie junge Hunde wenn in die Stube scheißen wird ihnen die Nase in die eigne Scheiße getaucht bis sie die eigne Scheiße nimmer schmecken können aber bei uns war es nicht die eigne Scheiße sondern es war fremde Scheiße und wir haben dir im Anfang keinen Unterschied gespürt zu deutscher Scheiße Was ist deutsche Scheiße was ist jüdische Scheiße was ist polnische Scheiße was ist russische Scheiße aber wir sind so zum Scheißekel erzogen worden nur wir Deutschen wir scheißen einen anderen Dreck aber die andern die sind schon Dreck und weiß Gott was die wo sie schon Dreck sind für Dreck machen die gehören weg und wer als Kind einen Vater gehabt hat wo schwarzgesehen hat schwarzgehört mein ich der ist nach Flossenbürg gewandert ins KZ und wehe wenn dein Vater nicht bei der Partei war der ist als Kind ausgebissen worden der war dir mutterseelenallein und es ist ihm hundssakrisch aufgekaspert worden behüte Gott Mir hat so einer ins Herz hinein weh getan hat immer auch in die Hose geschissen und Trümmer Fürz fahren lassen wie der Pfarrer ans Fensterglas gehaucht hat und gesagt Das ist jetzt die Seele Und wie er nach dem Krieg wieder einmal an die Eisblumen Atem gehaucht hat daß er dem Jungvolk die Seele nahebringt dem jungen Blut hat der Rauschkopf von Grantl Hias seine halbdeutsche halbrussische Scheiße fahren lassen und Gott und die Welt ist weggerückt und der Pfarrer ist fuchsteufelswild vom Fenster zur Tür samt dem Grantl am Kragen und hat den Grantl mit voller Wucht durch die Klassenzimmertür geschossen den Hias wie einen Fußball der hat trotzdem er bis auf den heutigen Tag eine Seele ist von Mensch wie ich keine zweite wüßt im Dorf einmal abgesehen vom Rex eine Arschspitz gekriegt daß ihm die Hosennaht geplatzt ist Ja dem Pfarrer seine Schuh sollen

ganz voll gewesen sein die haben braun geglänzt über der schwarzen Wichs weiß ich durch die alt Pfarrköchin Nietzsche hat er gesagt Der große deutsche Philosoph Vergiß die Peitsche nicht wenn du zum Weibe gehst Ich hab eine Peitsche bin kein Kosak kein Philosoph im Traum nicht gebraucht Ich hab ja ein so herzgutes Weib gekriegt durch Ferntrauung im Krieg hab sie aber erst ewig später erkannt unter Kirschbäumen Die singt ja noch heut im Kirchenchor von der Empore herab da ist ein Zeiserl ein Dreck dagegen Wie ich gekommen bin aus dem Krieg grad die Kirschbäum geblüht Und auf dem Hof war einquartiert ein Schlesier Flüchtling der hat immer Hund gefangt bis ich ihn davongehaut hab Hundsfleisch gegessen oder tote Hühner aus dem Misthaufen ausgegraben und gegessen der Zigeuner Die Zigeuner hat er gesagt Sagen ja Gott hat die Menschen aus Brotteig erschaffen die einen hat er zu lang im Backofen gelassen sind Neger worden drauf hat er die nächsten zu früh heraus das sind wir worden Nur Zigeuner haben wie gutes Brot die richtige Farbe
Ich mach mich halb wahnsinnig Ich such Es sind ihrer Zigeuner unterwegs aus dem Osten Ich und das Weib ich kutschier durch die Dörfer frag hier frag da kurbel die Fenster runter und horch ob ich ihn wo winseln hör in der Wildnis Wer hat meinen Schäfer gesehen Ein Schäfer mit Stammbaum und grüner Plakette Ich fahr in die Tschechei fahr jeden Feldweg ab Die fressen ja Hunde Mein einer Bub kriegt plötzlich andrisches Gulasch in Eger tut er aus Jux Bröcklein ins Schneuztuch und läßt sie bei uns im Labor untersuchen bei ALKEM NUKEM Hundefleisch Irrtum ausgeschlossen Es war ja bei uns bis vor drei Jahren erlaubt Hundefleisch in Büchsen Mein Rex wildert nicht Weib Der tritt höchstens als wie so eine Gesundheitspolizei auf im Wald Wenn so ein Großkopfiger wenn der Zahnarzt aus Wiesbaden kommt in der kurzen Wichs den Gemsbusch auf dem Kopf und das Gewehrl über der Schulter wo Wochenend um Wochenend im CHEROKEE

CHIEF heranrauscht im Jeep Ist verunglückt Durch Golf in Gips Sein Glück Aus Aus wärs samt CHEROKEE CHIEF Aus Dem tät ich doch das Gesicht drehen ins Kreuz daß er Hirschen schießen könnt mit dem Hinterlader Und jetzt ist das Jägervolk ja total tollwütig geworden seit die Grenz Hirschen durchläßt und Wildsäu Riesige Rotten aus der Tschechei So kommunistische Staatssäu kommen und fuhrwerken im Mais herum im deutschen Mais wie die Törichten Sind doch nach Maiskolben süchtig so Säu Auch soll das NATIONAL die Wildsaubar da in Grafenwöhr gerammelt voll und Sogar sagt mein saubres Töchterl Die Tiffanydisco in Tirschenreuth ist knallvoll mit Tschechenhuren Die werd ich weil sie selber so eine ist verstoßen Zigeunert in München die meiste Zeit mit einem Jugoslawen herum Sarajewo und so Titopartisanenvolkzeug so kriegerisches langhaariges wo sich Haschisch spritzt und Stromgitarr spielt Ich jedenfalls hab meine Tochter nicht für einen Jugoslawen großgezogen Alles was recht ist Ich hab in Teufels Namen bald keine Tochter mehr Aus Amen Auf jeden Fall geht jetzt zum Sturmfriseur zum Anton Sturm in den Damensalon jeder Bauer und holt in blauen Müllsäcken Haar und streut das Haar vom Friseur Sturm das Weiberhaar um sein Maisfeld wie so kleine Maulwurfhaufen herum weil Wildsäu heißt es Menschengeruch als Gestank fürchten Drum erwischt der Jeepjäger jetzt wo man ihn brauchen könnt ja so wenig Säu Stiefelt dir schon in aller Herrgottsfrüh wie mit 4711-Wasser gewaschen im Revier herum und böllert alles um was keinen so feinen Geruchssinn hat für Wiesbadener wie Wildsäu Hirsch zum Beispiel Die werden weggeputzt Die können kaum deutsch röhren blasen sie schon HIRSCH TOT Es hat ja der Ding erzählt auf dem ANKER der Ambros aber der hat ja einen Schuß daß ihn mein Freund der Jäger weggeputzt hätt meinen Rex Nein sag ich Weib nein wo er den Rex kennt Nie und nimmer Und ich fahr weiter in der Gegend herum krieg von überall her Anrufe daß wer wo einen Schäfer gesehen hat will es in die Zeitung tun derweil les ich daß ein Schäfer wo ein Kind zuschandengebissen hat Mein Rex nicht Jetzt krieg ich einen Anruf daß ein Raupenfahrer Teertrümmer über den Kiefernwald hinabgeschoben hat ins Sandloch und das ist dem Jäger sein Sandloch Kruzifix Und ich fahr meinen Freund den Jäger hat ein Schlaganfall getroffen einen Krimsekt schenken einen für Kronen gekauften und wie ich so beiläufig anfang vom Hund haben mir er und sein Weib nicht mehr schauen können in die Augen und hätt ich doch die wieder im Augustregen aufgeweichte Blutlache nicht gesehen Ja Kruzifix der Jäger ist jetzt auf Kur mein Freund der Hecht Ich geh hinauf und ich grab in der Sandgruben und stochre herum mit dem Stecken aber der Hund wo der Raupenführer gesehen hat soll Krebs gehabt haben Mordsgeschwüre wo der After so schwarzgetigert ist unter dem Schwanz faustgroße Eiterbatzen Und sagt der Ambros der König ist unzurechnungsfähig im Vollrausch daß ihm die Jagdkarte genommen wird und muß den Hund ausgraben und muß den Kopf einschicken auf Bonn wegen Tollwut und den Körper schicken nach Fuchsmühl zur Tierkörperverwertungsanstalt Und so eine Baggerstunde sagt der König und er ist vom Bau Kostet ja heut ihre 300 Mark Jetzt kommt mir der Kümmel und es reit mich der Teufel und ich sag zum Schwager zum Kummer Kerl du hast ausgeschachtet für ein Haus Fahr doch ein paar Fuhren Erdreich ins Sandloch daß sie sich dumm und deppert zahlen Fahr Fahr bis tief in die Nacht hat er doch dreiundzwanzig Fuhren Erdreich hinkutschiert und ein zerhacktes Klavier der Narr Da können sie zahlen Tausende bis sie schwarz werden wissen nicht wo der Hund liegt weil der Jäger auf Kur ist und darf auf Kur nicht wissen was los ist und was für eine Teufelei um den Hund und weiß als einziger wo der Hund begraben liegt da kommt die Polizei als Zeuge da werden sie in die Zeitung hineinfotografiert wie sie grad fündig werden da dürfen sie teufelsgelb Tausende zahlen teufelsschwarz teufelsblutig frißt das Tausende weg vom Jäger seinen Hof Und dann kauf ich ihn auf Dann gehört die Hechtmühle mir Ich hab ja Felder gepachtet vom Jägerhof Ich brauch ja so viel Grund daß ich das Milchkontingent krieg Ohne Milchkontinent ging einer zugrund als purer Bauer Ach ich scheiß auch auf das Milchkontingent wenn es sein muß und stell um auf Schweinemast Ich hab ja schon dreiunddreißig Zuchtsäu und Mastsäu in Mengen Ich freß im Traum meine eigenen Säu mein eignes Fleisch nicht die ewigen Spritzen Morgen ist der dreizehnte sagt mein Weib Da kommt der Bischof aus Prag und es gibt eine Lichterprozession durch die Kreisstadt und die Jägrin ist doch auch so christlich und grundanständig im Grund Scheiß hinein denk ich damals hab ich es ja nicht anders gewußt Jetzt möcht ich es aber von ihr hören aus einem Mund der morgen kommunizieren will und ruf an Ihren Mann kann ich den Jäger auf Kur ja nicht in die Zange nehmen und nehm sie und hab sie radikal in die Reusen genommen und keine Ruh gegeben sie soll es sagen in Gottes Namen Ich ras in der Gegend herum such meinen Rex stur mich zu Tod wie ein blinder Bremserer Mein Rex ist mein ein und alles Herrgott und siehe am dreizehnten in aller Herrgottsfrüh klingelt das Telefon heult die Jägerin in den Hörer Da hat sie mich derbarmt und da hätt ich es ihr gesagt wenn ich es schon gewußt hätte so hat sie geheult aus dem Hörer daß sie kommunizieren will durch den Bischof aus Prag daß aber ja ihr Mann der Jäger auf Kur nichts hört Sie will auch nicht daß ihre Ehe zugrund geht wegen einem Hundskrüppel Sie hat es nicht gesehen Sie hat es nur gehört Sie haben einen Dackel ist läufig das riecht mein Rex über Kilometer daß irgendwo ein Dackel läufig ist Die schwarze Hex legt sich wie ein Menscherl auf den Buckel läßt sich auf der Bank unterm Herrgottswinkel kraulen wie die Mädchen im Dorf sagt der Dorfsprecher und kriegt Junge in der Kreissparkasse Warum sag ich Hat mein Freund der Jäger nicht gesagt daß er kreuzkruzifix den Hund erschossen hat Teufel Teufel Ich hätt nicht gedacht daß der Jäger mein Freund so schuftig Sagt sie Es war ihm ja so zuwider daß er auf Kur gegangen ist weil der König gesagt hat Es ist im Dorf allweil dem Schnurrer Luck sein Rex herumgegeistert Jetzt ist zum Glück Ruh Jetzt ist es ihm schon allweil auf der Zunge gelegen beim Krimsekt aber weil wer aus dem Dorf gesagt hat Sag es ja dem Luck nicht der Luck ist dir deiner Lebtag bös wegen einem Hund Das war der Dorfsprecher sag ich Der war es nicht Das war er Das war er nicht Der rührt und schürt auf Schritt und Tritt Nein Ich häng auf Ich hätt ja nicht geredet an der Jägrin ihrer Stell Es gibt ihrer welche wo ihre Zunge zerkauen angesichts des Zornengels Jesaja aber schrie weder noch weinte er als er zersägt wurde sondern sein Mund Sie geht zur Kommunion und der Dorfsprecher in der Lichterschlange geht unter der scheinheilige Krüppel Und wenn es zum Sühneversuch kommt beim Bürgermeister und wenn ich zahl ans Rote Kreuz bis Feuer kommt aus den Brüsten und ein schwarzer Kanal hineingeht ins Herz von der Ukraine wo immer nur GLORIA IN EXCELSIS singt und es blühen ja nur noch fleischfressende Pflanzen auf und Feuerkatarakte von dort Ich scheiß mich nichts mehr um Strahlen der windischeschenbächer Fleischbeschauer Ascherl hat aus Versehen dem Veterinäramt Fleisch aus der Kühltruhe geschickt von 1985 und es hat sich gezeigt daß das Fleisch von 1985 stärker verstrahlt war als wie das Fleisch von 1986 im August wie das Unglück war in der Ukraine Es kann durch die Uranbergwerk kommen um Mähring daß unsere Gegend stärker strahlt durch den Granit Der Bach war bevor sie Uran abgebaut haben in Mähring ewig dreckig und kaum haben sie Uran abgebaut war der Bach in Mähring kristallklar und Forellen sind wie Pfitscherpfeil und Äschen sind die goldenen Rückenflossen weggespreizt wieder überall und das ist ja ein Gütezeichen für ein Gewässer Äschen auch wenn welche Gülle in den Bach lassen bei Gewitterregen die Krüppel Mein Bub war ja überall im Osten Kopf und Kragen riskiert so saugefährlich gehts da zu Ohne Sicherung gegen Explosion Ewig unterwegs im Osten Die sagt er Haben bloß ein doppeltes

Schraubengewinde mit Muttern daß das Zeug die Ventile und alles nicht in die Luft fliegen kann Alles verrostet Saugefährlich wo in Deutschland alles dreifach gesichert ist kein Menschenfehler möglich Gott sei mein Zeuge sagt mein Sohn Er war auch oft in der Ukraine im Unglücksreaktor sogar Ich hab ihm da waren wir noch gut eigengebrannten Schlehenschnaps mitgegeben gegen Wodka wer weiß ist durch Schlehenschnaps das Unglück überhaupt erst hervorgerufen worden Die müßten ja ALKEM NUKEM heißen von Rechts wegen Und der heißt aber sagt mein Sohn Auf deutsch der Unglücksreaktor in der Ukraine SCHWARZES GRAS Überall ALKEM NUKEM gearbeitet der Hundling Wo er arbeitet steht jetzt Druckerschwärz da in rauhen Mengen steht allüberall droben auf die Bottich PRAWDA Aber die können im Augenblick nicht zahlen die Russen Zwei Drittel sind bezahlt das ander Drittel kriegen sie nicht zusammen weil sie amerikanisches Korn das muß man sich einmal vorstellen ihre Kornkammer ums Verrecken eingezäunt mit Stacheldraht Krähen auf die Koppelpfähl wo sie Landserköpf selbmals in den Löwenzahn geschossen haben aber daß die Druckerfarb für die PRAWDA hergestellt wird in der Oberpfalz daß sie weltweit lügen können ist dem Herrgott nicht wurscht Ein Marienbild soll ja jetzt erschienen sein eine Muttergottes in der Ukraine Das haben sie nicht einmal in der PRAWDA unterdrücken können Ist halt eine aufrichtige Druckerschwärz auch ihr Geld wert In der Kornkammer alle Fenster vernagelt ist eine Kapellenruine aber ein Muttergottesbild erscheint immer wieder und bewegt sich Da haben sie Wachposten aufgestellt und ein so ein Narr hat auf das Muttergottesbild wie es erschienen ist auf die Muttergottes geschossen und ist selber tot gewesen Der Jäger jedenfalls hat auf Kur gemüßt Es gibt schon noch eine Gerechtigkeit auch wenn sie alle zugrunde richtet Hätten wir den Krieg gewonnen gäb es dir die sichersten Atomreaktoren auf der Welt überall auf der Welt todsicher

Wenn die so weiterwirtschaften kommt alles auf den Hund Bist auch im Paradies noch am Arsch der Welt das Meer stinkt und nicht nur das schwarze der Sand strahlt wie Christus an Fronleichnam in der Monstranz durch Sonne die zaubert dir einen Krebs wo dir im Kreuz Wirbel um Wirbel hörersteigt der fliegt ohne Lungenflügel über den Hexenschuß hinweg der zwickt die Weiber liebend gern Ich würd ja nach meinem Tod gern so ein Krebs werden ich würde dir die Weiber schön in die Brüst zwicken in der Ukraine liebend gern ganz leicht wie so Gerstengrannen drüberstreifen wo die Köpf hängen lassen im Augustwind über die die haben ja Nippel so hart und glänzend wie mit Staufferfett abgeschmierte Metallnippel an meinem CLAAS-Mähdrescher Ich tät die Ukraine abschmieren das wär meine Politik das wär mein Himmel Das Mehl haben sie trocknen müssen sagt mein Sohn Mit den Auspuffgasen von den Dieselmotoren wo die Mühlen angetrieben haben in Polen Ein russisches System und draußen sind die Flüsse vorbeigeflossen Ohne Gott und Sonnenschein bringen wir die Ernte ein und bei uns ist es keinen Deut anders hundertachtzig Tagwerk können keine fünf Köpf mehr ernähren insofern ist mein Bub gescheit geht zu ALKEM NUKEM Nur ewig schad daß wir überkreuz sind seit dem Weiberzeug War doch bloß Fetz wie sie bei der Taufe von meinem Enkerl Simon geht bloß auf meine Schwiegertochter zurück Simon auf die Sonja auf die paßt der Spruch wo sie bei uns immer über Schwiegermütter gesagt haben wie die Faust aufs Aug daß Schwiegermütter sind wie Bandwürm wennst sie nicht am Kopf erwischst mit dem Schwanz ist so eine nicht totzukriegen Ich habs ja schon immer gewußt noch wie sie gegangen sind miteinander hab ich ungedanks wie ich herabgestiegen bin vom Caesar mich am Sack gekratzt Glaubst die hätt weggeschaut und was für ein Leuchten plötzlich in die Augen und bei der Tauf daß ichs sag gibt der Rex ewig Laut und die Sonja sagt Vater bleib sitzen mein Bub schlaft jetzt Ich fütter den Hund daß er Ruh gibt Heut kriegt der Rex von mir sein Futter Sag ich Das nimmt der nicht an Wirst sehen Und sie geht hinaus mit dem Napf und sieht daß der Rex unsrer Häsin den Kopf abgebissen hat und kriegt einen Kurzschluß und nimmt wie sie den Rauch aufsteigen sieht aus der Häsin ihrem Rumpf einen Schaufelstiel und geht los auf den Rex und holt aus Weil ich ihr im letzten Augenblick ein Bein stell geht sie in die Knie und fällt auf alle viere und ich sag Schlag ja den Rex nicht du Luder sonst spring ich dir ins Kreuz daß du siehst wer wirklich ein scharfer Hund wär Da war es aus wie das mein Bub und der hat es gleich geflüstert gekriegt kannst Gift drauf nehmen bei der Sonja sagt mein Bub vor versammelter Mannschaft vor der Sonja ihrer Sippschaft wär es mir ja wurscht gewesen zu meinem Weib Mutter wer ist denn der Der Saubär will mein Vater sein Ich sag es Ihr seht mich in diesem Kreis erst wieder wenn der da eingegraben wird aber vorher scheiß ich ihm noch auf den Sarg sagt der so ein Kruzifix Aber Videorecorder vorher im Wohnzimmer aufstellen für Pornofilme So läuft der Hase Vater Mutter da schaut ihr aber Kaum will man so einem läufigen Luder einmal zeigen wies zugeht auf der Welt ist Sendeschluß ist Sense Aus Amen Heut würd ich den Videorecorder packen die Kabel rausreißen und samt dem Sauzeug in die Odelgrube hauen Sakrazefix Von mir red ich ja nicht wegen dem Hundsfotzenzeug auf Video ich red von meinem Weib womit hat das Weib das verdient so einen Anblick wo sie so herzchristlich ist Ich hab nichts dagegen wenn sie samt Rex Rosenkranzbeten gegangen ist übers Mühlbühl Anders kannst ja einem Weib heut nimmer trauen könnt ich mir gleich ein Zwölfender-Hirschgeweih auf den Kopf schnallen Ruft die Jägerfrau an sagt Das ist doch die Höhe Sie ist auf einer Wurstprüfung vom Landratsamt O je denk ich Kriegt gewiß eine Wurst vorgesetzt vom Löwensteinmetzger wo Säu kauft von mir die sind aufgefüttert mit Kraftfutter und das Kraftfutter kommt doch aus der Tierkörperverwertungsanstalt das ist Kannibalismus im Grunde wenn wo ein Hof abbrennt und verkohlte Säu werden eingeliefert und an Seuchen verreckte Kruzifix und die Wurst vom Löwensteinmetzger muß ja schlecht abschneiden aber sie redet nicht von der Wurst sondern es geht um den Hund und sie sagt Du falscher Fuchziger lügst wie ein Roter das Blaue vom Himmel herunter Schwörst mir hoch und heilig daß du den Hund ruhen läßt wenn du weißt daß der Hund tot ist und weißt wo er liegt derweil kommt wegen einer Anzeige von dir der Staatssekretär von Steinfels zu mir her ob mein Mann der blutrünstige Ding einen Hund eingegraben hat größer als ein Dackel Das ist verboten Und tut herum weil der Kopf nicht nach der Vorschrift auf Bonn geschickt worden ist zur Tollwutuntersuchung und der Körper nicht nach Fuchsmühl und sie fahren sofort die vom Landratsamt ins Sandloch und suchen im Sandloch und machen einen Augenschein aber zum Glück war das Sandloch wie durch ein Wunder so voll Erdreich sagt die Jägerin Daß der Hund drei Meter tief eingegraben ist und so ist es Gesetz Kruzifix Kruzifix Auf einmal reißt wer der Jägrin den Hörer aus der Hand und sagt Ich hab die Jägrin gezwungen daß sie anruft und sagt daß es ich daß ich es nicht war wo es war Das hat sie doch ausdrücklich gesagt daß es ich daß es der Dorfsprecher nicht war wo es gesagt hat Sagt es dem Luck nicht Der Luck ist seit dem Krieg ein radikaler Hund Sag ich Niemand anders benutzt so eine Wendung niemand traut sich sonst so was sagen daß ich ein radikaler Hund bin Ich bin ja bloß für dich ein Radikaler weil ich die Schnauze voll hab von deiner Partei dieser Judaspartei das ewige Natterngezüngel Bauerntum Brauchtum durch Blut und Erdung die scheinheilige Kreuzotternpartei geh laß dir doch ein Kriecherdenkmal aufstellen Ich bin im Krieg gewesen mein Lieber an der Ostfront Ich war in Gefangenschaft zuerst Ukraine dann Kasachstan und nicht wie du ein wenig in Frankreich herumgelümmelt als Schürzenjäger im Lazarett mit Zipfeltropfen Gefallen das glaub ich gern daß du ein Aug gehabt hast auf die im Hirn aber ich bin dir halt nicht gefallen und für was gibt es eine Ferntrauung Jaja da muß man schnell zuschlagen das wirst ja in der Zwischenzeit kapituliert haben im Kopf die Marie ja hat mich noch keinen Tag gereut Aus der Ferne dir trau ich nicht einmal Nie nähen müssen seitkriegs durch die Marie Tadellos die ohne Täterä Ich hab es jedenfalls nicht gesagt daß du ein Radikaler bist aber jetzt sagst du es ja selbst das sieht ja jeder wo Augen im Kopf hat was du für ein blinder Hirnbrummer bist für ein ferngesteuerter Krückstock Sei froh daß der Hund eingegraben ist und nicht auf Fuchsmühl gekommen täten die doch Kraftfutter aus deinem Krebskrüppel machen und du tätest deine rachitischen Säu wieder füttern mit dem Krebskraftfutter und tätst dann selber dein eignes Saufleisch fressen Sag ich Einen Dreck ich fütter mir meine eigne Sau auf die kriegt kein Kraftfutter die kriegt keine Spritzen die Sau wo ich freß die frißt nur Küchenabfälle und Essensreste wo i c h freß und kriegt nur ungespritztes Getreide daß dus weißt Und außerdem hat daß du es weißt mein Hund keinen Krebs Der hat bloß einmal eine vergiftete Wurst die war vom Löwenstein zugegeben aber wer das war weiß der Teufel die hat er zum Glück gleich gekotzt Das warst du am End Du hast den Hund mit einer Wurst meinen Rex in deine Klapperkiste gelockt und zum Jägerhof gefahren daß ihn der blutrünstige Jäger schießt der Ding wo bald den eignen Buben im Zielfernrohr nicht gesehen hätt Vater da ist der Hund der narrische Uhu Da bei der Trauerweide Ich will einen Sühneversuch Ich geh zum Bürgermeister Das ist üble Nachrede Üble Nachrede Üble Nachrede Das ist die Wahrheit die Wahrheit und nichts Jetzt schreit die Jägrin aus dem Hintergrund hinein in den Hörer Seids doch ruhig ihr Zorngockel ihr verdrehten seid doch aufgewachsen in einem Dorf wards im Krieg miteinander und wollts mordschristlich sein Und jetzt kommt mein Weib und sagt sie ist schon auf Altötting Die Marie ist schon auf Altötting sag ich Vielleicht wird ihre Bitte seit wann sag ich Bitte im Leben nicht taucht der Hund vielleicht wieder auf unser Rex durch die Muttergottes wo meine Marie die hat einen Draht die wird wie oft erhört Was sagt der Dorfsprecher Das Telefon wird nicht abgehört Wer sagt denn so was Die Telefonsteuer wird aberhöht Wer ach ja Aber die Hörer sind nur schlecht aufgelegt Kruzifix Kruzifix Kauf einen Zollhund in Gottes Namen Zollhund Zollhund Einen Zollhund kriegst nur dann zum Kaufen weil er nicht faßt wenn er fassen soll wo auf FASS nicht hört hat kein Gedächtnis und nichts auf so einen Depperlhund scheinheiliger Krüppel du verrohter und überhaupt red ich am Telefon nicht sauteuer über eine Politik wo dem Amerikaner die Füße küßt Ihr seid ja schon an der Westfront vor lauter Lumperei damisch vor dem Amerikaner auf die Knie gefallen Den Krieg schon im Krieg verloren müssen wir den Krieg im Frieden doch nicht auch noch verlieren Alles geht alles tanzt seit dem Krieg nach dem Amerikaner seiner Pfeifen Ihr redet dem Amerikaner nach dem Sinn ohne Hirn Füttert der Amerikaner seine Säu durch Computer füttern wir in fünf Jahren unsere Säu auch mit Computer Aber wenn ich je meine Säu fütter auf Computer mir kommen nur japanische in den Stall kein amerikanischer können ihren Scheißdreck den Russen jetzt andrehen Daß es mir durch den Computer ging wie dem Huberbauern wo seit Urzeiten wie in der Täterä vom Hubschrauber aus sein Treid spritzt und Kunstdünger sät aus der Luft sag ich Und das wißts ja wie das war ihr Saubeutel wie der Blitz gehörig in den Computer vom Huberbauern seinem Saustall gehaut hat Alle Gitter automatisch gefahren in die Höh alle Säu 493 Stück automatisch geschossen in die Freiheit und wie die Wilde Jagd hinein in den Mais über der Straß und 160 allein sind gestorben durch den Streß durch Infarkt und dreiunddreißig gestürzt in den Steinbruch in den See als wär der Böse Feind hineingefahren in sie und siebzehn haben sich gegenseitig zu Tod gebissen Da scheiß ich auf einen Computer Kamerad bei Gewitter und Gewitter gibt es ihrer genug in der Natur Und der Löwenstein nicht notschlachten können durch Vollrausch der ist ja total verkrüppelt mit der Zeit und ich hab ja nichts gegen Krüppel aber den zieht es eines Tages noch ganz hinein in seine Wurst den Löwenstein in seine Maschin Früher war er ja gut versichert für jede Fingerkuppe mehr Geld gekriegt wie ich für dreißig Fuder Heu Säu brauchen kaum Heu aber was tut der Narr mit seinem Geld kauft ein Cabriolet von BMW und fährt unter Vierkommanull Promille Strom in einer Ahornallee hinter Wiesau Tschechen über den Haufen im SKODA und sagt der Polizei in seinem Surrer sagt mir der Herzerpolizist im Vertrauen Was fährt das Geschwerl auch hier in der Welt heraußen herum Computer Kamerad mir reicht mein Taschenrechner Ich bin ohne Taschenrechner nimmer spazierengegangen am Sonntag und ich immer gestanden am Feldrain Rex ruhig Ist überhaupt ein Segen daß Feldweg durch die Flurbereinigung geteert sind sonst tät ein jeder ja den Feldweg hineinackern ins Feld zuhinackern Ich bin der einzige das muß dir der Neid lassen im Ort wo noch einen Rain hat an seinem Feld daß ich wo stehen kann mit dem Taschenrechner Soundsoviel Zentner Kunstdünger und soundsoviel Liter Spritzmittel pro Hektar Getreide das geht doch auf keine Kuhhaut mehr das geht niemand einen Scheißdreck an aber und das hab ich wieder laut gesagt Aber ich komm auch wenn ich mir Rollschuh anschnallen muß dann bei der Arbeit auf über 2000 Säu durch den Taschenrechner anders ist kein Schnitt zu machen heutzutag Da kann doch was nicht stimmen bei euch im Kopf Computer Computer nichts als Computer Den Computer-Sau-Unsinn könnt ihr dem Grantl Hias als Politik verkaufen aber mir nicht Den Grantl Hias könnts im amerikanischen Sinn zum Narren halten das ist einer der singt dann vor deinem Kriecherdenkmal wie der letzte Heuler und der König Ambros kann die Toten gegen Allerheiligen über den Haufen böllern du falscher Hund du falscher Zu den Toten gehörst du auch gleich wenn du dich weiter so hineinsteigerst kriegst wegen dem Scheißrex noch Magenkrebs Wenn du sagst Ich soll heut sterben oder in einem Jahr so will ich heut sterben aber schnell muß es gehen Ja mir ist auch lieber heut als in einem Jahr weil dann gehört die Marie eher mir Was Das Ha So gesehen Dich verweichlichten Westfrontler überleb ich noch allzeit Kerl Mit deinen Knochen werf ich noch Birnen herunter vom Baum Ha und häng auf Gerissen will der sein so ein Schaf Wenn mir einer so krumm kommt Bruder Bruder den hab ich gefressen da wird doch Wort für Wort die Wahrheit zum Krüppel daß mein Hund nicht der Hund ist wo begraben liegt

Zehn Tage später:

Ich weiß bloß daß mir der Hias keine Sense mehr kriegt in die Hand Ich hab es nicht gewußt daß mein Hund unter freiem Himmel ohne Kopf wie ich telefoniert hab Ich hab bloß gewußt daß mein Hund keinen Krebs hat und überhaupt wenn einer ohne Grund einen Hund erschießt ist bei mir Sense Jäger oder Grantl ist ein Schlag den hat ja ohnehin was ihm am meisten zugesetzt hat im Leben am tiefsten beeindruckt So wie KZ-Kommunisten wo ans Ruder kommen wenn der Bettelmann aufs Roß kommt kann es der Teufel nimmer derreiten So hat auch der Grantl Hias zeitlebens nichts getan als gesungen und gepredigt und gesegnet und wir haben ihm krawottisch aufgekaspert der König Ambros und ich haben ihm zu Fronleichnam hat eine Birke gekriegt und einen Schal wo ausschaut wie eine Stola und einen Mantel voller Rauschgold wie ein Meßstaat und so ist er auf eigene Faust von Fluraltar zu Fluraltar gepilgert und hat davor gesungen gebetet und seinen Zinnober getrieben und die Kinder gesegnet und die Kinder wo gelacht haben abgefotzt und die Flur gesegnet und gesagt Der Herrgott soll verrecken und vom Himmel herunterfallen Dann wird auch der gesegnet Kaum ist wer Fremdes in den Ort gekommen haben wir den Hias hingeschickt in seiner Aufmachung und haben dem Hias schon geflüstert im voraus daß der Fremde gern tanzt für sein Leben gern und der Hias ist jetzt auf den Fremden grußlos zugeschossen und hat losgelegt Ja nicht tanzen Ja nicht tanzen das Tanzen ist eine große Sünde Und dann hat der Hias den Fremden gesegnet und das Singen angefangen bis es den Hias gereut hat und er weil er gar so streng war Wasser gehabt hat in den Augen und ein vogelwildes Geschau bis es dem Fremden durch und durch zwiezäh zumut war Das Autofenster zugekurbelt die Augen geradeaus und RRRRRRUMMMMM RRRRRUMMMMM und gesehen hat ihn keiner mehr im Dorf so gleich Bis auf den neuen Schullehrer der hat dann doch kommen müssen am andern Morgen In der Früh ist der Grantl Hias der einzige wo ich krieg zum Getreidevorhauen seit der Wenzel im Heiliggeistspital ist in Waldsassen Ich muß ja meinen Mähdrescher muß mit Staufferfett die Nippel schmieren und so weiter Früher hat man ja das gesamte Korn mit der Sense gehaut Kornmännlein sind gewesen vom Korn und Haferweiblein vom Hafer sind so sechs Stück aufeinandergestellt worden vom Korn vom Hafer zwei Das Haferweibl ist unterkopf gebunden gewesen und so kommt er halt vom Getreidevorhauen zurück rotschädlig die Sense geschultert die ich denk Das ist der Sonnenuntergang rot geschillert hat oder ist der Hias in Gottes Namen wieder über Eidechsen gekommen über Kreuzottern und ich sag wie seit fünfundzwanzig Jahren Hias wie schaut es aus unter der Pfarrköchin ihrem Rock und der Hias sagt wie seit fünfundzwanzig Jahren und obwohl der Pfarrer schon eine neue Köchin hat Schwarz Schwarz das Gras in Lämmerwies schwarz drüber das Treid auf Hang Durch Waldschatten ich weiß sag ich Wie Mutterkorn Der Gott ist klein wie Herzjesubirn im Eishagel aus Himmel gefallen laut dem Hias Und auf einmal kommt tut der Stotterkaspar von Hias daher Aus Wald wütiger Hund es ist ein Schäfer der geht los auf Herzjesubirn mein Gott ich hol die Birn Geh nicht her Krüppel Und der Hund zuerst in Hundssprachen o Hias Dann deutsch Sakra Sakra sagt er Saukadaver auf Gleis zaubert sagt er Sakra Sakra Kruzifix ist ein ist ein SS kommen Ist Hund geworden der Hund ist hungrig gewesen sagt er SS ist hungrig Wesen sagt er Ich im Schafanzug sagt er Will Armstumpf will sagt er SS Hunger sagt er Rehwolf sagt er Sakra Sakra Ich schieße SS ist vor lauter Hunger in Augen Judas Ich will den Hund segnen Sagt der Hund sagt der Hias Weide meine Lämmer Hias weide meine Schafe aus Hias Ich hab Hunger Da sagt meine Birne Weiche Satan Hias sei mein Arm sei mein Schwert da hab ich den Hund deinen Schäfer Luck geköpft mit der Sense sagt der Hias o Gott mein Rex o Wahnsinn liegt am Waldrand in Brombeerbüschen

Schau ich gestern der Weizen leuchtet gelb in der Sonne an den Waldrand die Fliegen schwarz und chromgrün und größer als die Brombeeren Der Fuchs hat den Kopf verzogen zum Teufel hinein in den Bau samt Plakette aber ich reiß den Rex aus den Dornen hau den Rexkörper ins Auto gewickelt in einen Kunstdüngersack einen Branntkalksack wo rot herausleuchtet zum Glück aus dem Schwarzbeergestrüpp der war ja schon voll weißem Gewürm und ich hab den Hund heut nacht eingegraben in Kummererde im Sandloch keinen halben Meter tief Und morgen ruf ich für irgend etwas müssen Naturschützer ja zunutz sein im Landratsamt an und sag Da liegt ein Schäferhund im Jäger seinen Sandloch keinen halben Meter tief unter einer blitzgenarbten Kiefer zehn Schritt gut gegen die Teerstraße da wo ein Trumm Klavier herumkugelt Elfenbein schwarz auf weiß Das war der Teufel sagt mein Weib wie ichs verzähle Weil er in mir keinen Stand gekriegt hat durch meine Wunderwaffe die ist nichts für Schwache in der Hand ist sie von einem Starken da kann er noch so hereinfunken der Teufel wie er will da hat er sich gegen mich nimmer traut und ist in unsern armen Rex gefahren Jaja Marie Aber daß du unsern Rex im Sandloch jetzt eingegraben hast darauf liegt kein Segen Geh halt du einen Schritt zurück Ich Marie wo ich war ist Feuer da ist die Erde verbrannt Ich hab nur einmal kapituliert an einem Feldrain gesessen in der Ukraine und gegreint im Feld die Saat gegrünt

Tote Landser dazwischen tote Russen und der Christus mir in den Kopf geschossen wo das Weizenkorn nicht stirbt wo es weißt schon der Spruch aber die sollen ruhig sehen daß mein Hund keinen Krebs hat am After und wenn sie sehen daß mein Rex keinen Kopf hat dann werden sie denken daß der Jäger immerhin so viel Hirn hat daß er den Kopf auf Bonn geschickt hat auch wenn er den Hund nicht so tief eingegraben hat wie das Gesetz es befahl Glaubst ich laß den Hund unsern Rex ewig und drei Tag ohne Kopf im Sand Mein Hund Krebs mein Rex Tollwut im Traum nicht Segen hin sag ich Segen her Marie siehst das nicht auf der gesamten Landwirtschaft liegt groß kein Segen mehr Sei froh hat mein Weib gesagt Daß der Teufel in den Rex gefahren ist und nicht in dich Sag ich Jetzt hau aber deine Wunderwaffe bald zum Teufel sonst werd ich ein Narr deine dreizehn Leiden Jesu Ja Lukas hat sie gesagt Ich bet sie jetzt nimmer Ich leg die dreizehn geheimen Leiden Jesu zu den Sterbebildern Lukas Ich geh jetzt noch einen Rosenkranz beten für den Rex Ist recht

Und wieder dengel ich die Sense kreuzkruzifix vom Hias derweil springt Schlag für Schlag eine Kruste Rexblut vom Sensenzeug und o Hias Hias Hias auch den Sensenstiel hast mir zusammendroschen Herrgott mit einem Sensenstiel aus Holz hat es am End wer klaubt noch Stein in der heutigen Zeit keinen Sinn muß ich mir ums Arschlecken vielleicht doch eine amerikanische Sense kaufen da ist auch der Sensenbaum und alles der Wurf der Stiel aus Eisen nur noch Eisen die ganze Sense sauscharf saustabil da wennst dann beim Vorhauen auf so einen faustgroßen Steinklumpen stößt da kannst mit einer amerikanischen Sense direkt Golf spielen Hussitenkreuze umknallen aber Sperlinge herbremsen im Flug ja nicht

Wie die Sense so der wie der Rex allweil im Schnitt Rehkitz aus dem Grünland getrieben hat und jetzt kommt das Grummet wie soll ich ohne Rex in die Lämmerwies da steht das Grummet zwischen Taubnesseln und Disteln und da wo das Gras grüner ist und höher das kommt mir jetzt wieder können Kriegstote liegen vergessene KZ-Tote zwischen Erlenbüschen ist früher ein Steig gegangen wie soll das gehen ohne Rex wenn so ein Reh ins Mähwerk kommt und es mäht ihm das Messer einen Lauf ab das springt doch Meter in die Höh und blutet daß es grad ein Kreuz ist Mein Weib wird in Wirklichkeit für mich einen Rosenkranz beten weil es ist ja ihre größte Sorge daß ich in die Hölle komm daß sie allein ist im Himmel daß sie allein unter Kirschbäumen herumsitzt im Himmel herumsingt aber mir soll es recht sein wie es kommt da sind ja gewiß auch feurige Weiber in der Hölle Ukrainerinnen mein lieber Mann und lauter so läufige Hündinnen mein Sohn wie träufelnder Honigseim sind die Lippen der Hure und glatter als Öl ist ihre Kehle aber ihr Ende ist bitter wie Wermut und ihre Zunge scharf wie ein zweischneidiges Schwert Ihre Füße steigen hinab zum Tode und bis zur Hölle reichen ihre Schritte Mein Sohn ich hab auch dir Absolom Absolom immer gesagt Lies auch du ab und zu in der Bibel Durch die Schönheit des Weibes sind schon viele zugrunde gegangen durch sie entbrennt die Luft wie Feuer und die Sonja Ich hab ja die Sonja selbmals bei der Taufe gepackt und hab sie gefragt Was hast du gegen den Rex Rücks raus

Ihr ist als Kind ein Schäferhund ins Kreuz gesprungen Sie in die Hocke gegangen vor Angst und Schreck und sein Schwanz die haben ja so einen Lippenstift nur die Schäfer streift ihr Schlitzerl Hat ja kein Unterhösl an im Sommer das heutige Weibsvolk und immer Angst auf dem Abort daß sie ungedanks einen Hund wirft ja wie mein Enkerl selig auf die Welt kommen ist hat sie in der Ausstoßphase Die ist ja so sensibel die Sonja noch für Augenblicke einen Welpen bellen hören die ist zu Tod erschrocken kein Wunder daß das Kind blau war vor Quetschungen Mein Engerl hätt ich ums Haar gesagt und bald gestorben ist unser Simon Und die hat jetzt war es ausgesprochen meinen Rex gehaßt im Herzen ohnegleichen Sag ich zu ihr In der Zeitung haben sie eine Wohnung aufgebrochen Ist ein Kind drin vier Jahr alt Die Woh-

nung gestarrt vor Dreck Vor Kot Vor Knochen Das Kind gepicht vor Batz wie die Pest gestunken Das Gesicht bloß war sauber und die Patscher weiß wie bei einem Negerlein Nur soviel hat die Hündin allweil saubergeschleckt Die ist allweil durchs Fenster um Nahrung Die hat das rohe Fleisch in Brocken zerrissen zum Kauen für das Kind
So treu sind Hunde Aus Amen

Joseph Süß

Libretto

zusammen mit
Uta Ackermann

Figuren:

Süß, *Joseph Süß Oppenheimer*
Herzog, *Karl Alexander, Herzog von Württemberg*
Magus, *Rabbiner, Erzieher von*
Naemi, *Tochter des Süß*
Graziella, *Italienisches Opernsternchen*
Magdalena, *Tochter von*
Weissensee, *Magistralrat*
Henker
Vertreter der Landstände, Bedienstete, Festgesellschaft …

Ort: Kerker

Zeit: 1738

Die vorliegende Urfassung des Librettos *Joseph Süß* bildet die Grundlage für die gleichnamige Oper von Detlev Glanert und wird im Laufe des bei Drucklegung noch nicht abgeschlossenen Kompositionsprozesses Änderungen erfahren.

I. Kerker

Sehr fern: Trommeln, sie leiten, von Mal zu Mal lauter, jede Kerkerszene ein. Im Dunkeln: Nur Stimmen sind zu hören, das Rasseln der Ketten.
Licht auf:
SÜSS *voller Schmerz:*
Meine Zunge!
Licht auf:
HERZOG *im Rollstuhl:*
Jud Judas!
Licht auf:
HENKER Süß – dein Genick!
Wie geschaffen –
für den Strick!
Licht auf:
MAGUS Jahwe sprach aus dem Dornbusch mit Zungen:
Purpurn, grün, schwarz, weiß!
Brannte und verbrannte doch nicht!
SÜSS Meine Zunge –
Asche!
Licht auf:
MAGDALENA Joseph, als wir uns umarmten,
als wir uns umschlangen,
unsere Zungen ...
SÜSS Meine Zunge –
HERZOG Jud! Judas!
SÜSS Meine Zunge –
Licht auf:
GRAZIELLA Zungen sind vor allen Dingen
süßes Fleisch: sie singen.
SÜSS Ein Messer für
meine Zunge!
Licht auf:

WEISSENSEE *der den Rollstuhl des Herzogs schiebt:*
Jesus Christus, unser Heiland –
Ans Kreuz geschlagen durch die Juden!
MAGDALENA *zu Weissensee:*
Vater, Vater, Ihr sprecht mit Schlangenzungen!
WEISSENSEE Judenhure!
HERZOG Jud Judas!
HENKER Er entkömmt uns nicht!
Vögelchen, er!
Sing er nur!
Sing er nur!
SÜSS Entziehe mich, o Herr, diesen Menschen!
Vom Mann der Gewalt über Leben und Tod befreie mich!
HERZOG Jud Judas!
HENKER Köpfchen ins Genick gedreht.
Dein schwarze Seel zum Teufel geht!
SÜSS Reiß ihre Zungen aus, o Herr!
MAGUS Fordere Jahwe nicht um Rache heraus!
MAGDALENA Und der Herzog steckte mir einfach seine Zunge …
GRAZIELLA Zungen singen – Zungen singen …
SÜSS Meine Zunge – Asche.
Wasser!
WEISSENSEE Essig! Essig wie auf Golgatha!
HERZOG Judjudjud Judas!
SÜSS Meine Zunge – hat Mächtige gelenkt.
Meine Zunge wird auch den Allmächtigen …
HERZOG Jud, Jud!
GRAZIELLA Schweig, Jud!
WEISSENSEE Schweig, Jud!
MAGDALENA Schweig, Joseph!
MAGUS Schweig, Joseph!
HENKER Schweig, Vögelchen!
Licht auf Süß. Er zieht einen silbernen Reif aus seinem Gewand und küßt ihn.

NAEMI/STIMME Setze mich wie ein Siegel dir auf das Herz,
wie einen Siegelring dir um den Arm,
denn gewaltsam wie der Tod ist die Liebe.
Die vielen Wasser vermögen nicht,
die Liebe zu löschen,
die Ströme können sie nicht überfluten.

Die Szene geht über in

II. Herzogschloß

Lever du Jour. Die Landstände unter Führung Weissensees werden beim Herzog vorstellig.

HERZOG Ich brauche erstens: Geld!
Zweitens mehr Geld!
Drittens noch mehr Geld!
Und Süß –
WEISSENSEE Süß! Süß! Süß!
HERZOG Ja: Süß!
WEISSENSEE Euer Durchlaucht!
Fordert von Süß das Privileg,
Silber zu prägen, zurück!
HERZOG Ach was!
Wie das!
WEISSENSEE Und hütet Euch,
ihn gar zum Finanzrat zu machen!
HERZOG *versonnen:*
Finanzrat …
WEISSENSEE Ein Jud als Finanzrat!
Wie ein Vampir als Arzt!
Wissen Euer Durchlaucht,
was so ein Arzt in einem fort verordnet?
HERZOG Finanzrat …
WEISSENSEE Aderlaß!
HERZOG Ach was!

WEISSENSEE Und außerdem:
Süß treibt Wucher!
Sein Silber Betrug!
HERZOG Genug!
Keine Silbe mehr!
LANDSTÄNDE Kein Silber mehr,
das wirklich Silber wär!
HERZOG Keine Silbe mehr!
Es muß noch viel mehr Silber her!
Und wenn darin keine Unze Silber wär!
Wir brauchen eine Oper!
LANDSTÄNDE Wir singen für Euer Durchlaucht Ohren
die schönsten Lieder, von uns auserkoren:
Sie nehmen Männerchorformation ein, Weissensee dirigiert:
Ännchen von Tharau …
HERZOG Was soll der Radau? Hehehe!
Wo tut es den Herren weh?
Euer Getöns ist kein schöns!
LANDSTÄNDE Silber und Gold,
Gold und Silber –
für Gesinge der Amseln
Silber und Gold,
Gold und Silber –
für so Singmamselln …
HERZOG Und außerdem:
Wir müssen das Heer verdoppeln!
LANDSTÄNDE Silber und Gold,
Gold und Silber –
Dukaten, Dukaten, Dukaten –
für seine Soldaten!
WEISSENSEE *gezischelt zu den Landständen:*
Nie genug kriegt er!
Und hat er genug,
muß ein Krieg her!

LANDSTÄNDE Gold und Silber,
Silber und Gold!
Dukaten, Dukaten, Dukaten –
für seine Soldaten!
HERZOG Potz Donner!
Daß Euch der Teufel!
Gesindel ohne Ehr!
Ehr ist Wehr!
WEISSENSEE Durchlaucht dulden am Körper
Eures Volks – den Vampir!
HERZOG Wer? Wer? Wer?
Wen meint er?
Vampir! Vampir! Vampir!
WEISSENSEE Ein Volk, dessen Blut ausgesaugt,
hat keine Ehr!
HERZOG Wer? Wer? Wer?
Wenn er meint!
WEISSENSEE Ohne Ehr keine Wehr!
HERZOG Wer? Wer? Wer?
Was meint er?
WEISSENSEE Ohne Ehr keine Wehr!
SÜSS, *der hinzukommt, zu Weissensee:*
Bring er seine Tochter her,
dann ist auch er wer!
HERZOG Und jetzt: Au revoir, Messieurs!
Weissensee, auf ein Wort ...
Landstände ab.
SÜSS *äfft die Abgehenden nach:*
Silber und Gold,
Gold und Silber!
HERZOG *zu Weissensee*
Eure Unterschrift für die Oper!
Überlegt es Euch gut!
Weissensee ab.

HERZOG *zu Süß:*
Kennt er die junge Weissensee denn?
SÜSS Häßlich, voll Narben, Pocken!
HERZOG Haha! Haha! Jud!
Wie wunderbar: Pocken!
Weiß er doch,
wo der Frauen Haar
die meisten Locken ...
Im Hinausgehen, zeigt auf die Tür seines Schlafgemachs:
Er weiß auch, wo das Täubchen
sein Nestchen findet.
Herzog ab. Weissensee und Magdalena kommen auf die Bühne.
WEISSENSEE Hier, Kind, sieh doch die Pracht ...
MAGDALENA Der Stein ist kalt.
WEISSENSEE Und welch Ehre, den Herzog –
MAGDALENA Er soll herzlos sein.
Augen aus Stein!
WEISSENSEE Mein Herz,
er ist, er ist ...
Magdalena sieht Süß.
MAGDALENA Ist er wie dieser Herr?
WEISSENSEE Wie der Herr Süß?
Lacht gekünstelt:
Ach nein, Kind!
Nein, nein, nein!
MAGDALENA Der Herr jedenfalls
hat warme Augen!
Magdalenas Faszination ist für Augenblicke zu spüren. Der Herzog erscheint in der Tür zum Schlafgemach. Magdalena will fliehen. Süß und Weissensee verstellen ihr den Rückweg und drängen sie ins Schlafgemach des Herzogs.
SÜSS *zu Weissensee:*
Nun ist er wer!
Die Tochter – welch ein Kapital!

Gratulation, Weissensee!
Magistralrat Weissensee.
Bedenk er aber: Dem Herzog einen Schritt näher,
heißt den Landständen zwei Schritt ferner sein!

WEISSENSEE Magdalena!

SÜSS Herr Magistralrat!
Ich gratuliere!
Ach, eine Kleinigkeit noch:
Eure Unterschrift für die Oper.
Weissensee zögert.

WEISSENSEE Meine Tochter!

SÜSS Ihr unterschreibt doch nicht
mit Eurem Blut!
Weissensee unterschreibt.

WEISSENSEE Ich unterschreibe – als Kuppler –
mit meinem Fleisch und Blut!
Er wirft sich vor einem Kruzifix auf die Knie, flüstert zum Kruzifixus:
Und verraten hat dich und mich,
o Herr, ein Jud!

SÜSS Was haben die Eltern Weissensee
nicht alles für ihr Fleisch und Blut getan:
Gezeugt, gesäugt, vom Kot gereinigt.
Da ist es doch nur gerecht,
wenn Euer Fleisch und Blut
Euch diesen kleinen Dienst erweist!

WEISSENSEE Ihr habt keine Kinder!

SÜSS Wer braucht Kuh und Kalb,
für etwas Milch von Zeit zu Zeit!
Weissensee gebrochen ab.

SÜSS *für sich:*
Magdalena …
Sie ist anders!
Und doch: Mein Kind
in des Lüstlings Fingern …

Ich würd ihn erwürgen!

MAGDALENA *stürzt aus dem Zimmer des Herzogs, übergibt sich:*

Gott!

SÜSS *bringt einen goldenen Kelch:*

Pures Gold für eine Kehle
voll Silber.

HERZOG/STIMME Meines silbernen Leuchters beraubt!
Wo ist mein Schatz?

MAGDALENA Männer sind Tiere!
Das Fegefeuer ihrer Lust
ist der Liebe Tod!

SÜSS So ein Sonnenuntergang
in einer jungen Brust
frißt das Herz auf.

Graziella tritt auf. Ihr Singen ruft den Herzog auf den Plan.

HERZOG Graziella, mein Schatz!
Mein Schatz hat eine goldene Kehle!

Graziella schmettert eine italienische Arie nach der andern. Der Herzog versucht, ihr Goldstücke in den Mund zu werfen. Er wirft oft daneben. Sie nähert sich ihm, singt immer lauter, mit immer weiter geöffnetem Mund. Sie kniet schließlich, noch immer singend, vor ihm nieder, damit nur ja kein Goldstück mehr ihren Schlund verfehlt.

HERZOG Mein Goldstück!

GRAZIELLA Mio tesoro d'oro!

Dann küßt sie ihn: sie schieben sich die Goldstücke gegenseitig in die Mundhöhlen. Herzog und Graziella ab. Der Herzog schießt im Abgehen noch einige Goldstücke, die aus ihren Mündern gefallen sind, in Richtung Magdalena.
Magdalena ist es noch immer schlecht. Sie übergibt sich. Sie fürchtet den Blick von Süß, bedeckt ihre Augen, bricht zusammen und weint haltlos. Süß nähert sich ihr sehr korrekt, fast väterlich, und reinigt ihr Kleid vom Auswurf,

schließlich trocknet er mit seinem Sacktuch ihre Tränen und zwingt sie mit galanter Hand, ihm in die Augen zu sehen.
MAGDALENA Was schaut Ihr
in leere Augen?
SÜSS Hyazinthblau?
MAGDALENA Wie?
SÜSS Saphir!
Hyazinthblauer Saphir!

III. Kerker

HERZOG *in einem hölzernen Rollstuhl, dessen Räder bei jeder Drehung knarren, wieder geschoben von Weissensee:*
Atakatarata Selim gefallen Belkarat
Kathathotholisch sagat Judatatatatatataaas
Lutherjudensündensynagogmagog
SÜSS Was sagen Euer Durchlaucht?
WEISSENSEE Jud! Judas!
Er, Judas Süß, hat seiner Durchlaucht
die katholische Revolution ...
SÜSS Nein.
WEISSENSEE ... als Floh ins Ohr gesetzt ...
SÜSS Nein!
HERZOG Jemmmich jemichch
fifififickjudstristristrickjud
SÜSS Was sagen Euer Durchlaucht?
WEISSENSEE Du hast eine Schlinge gelegt,
du hast eine Grube gegraben
du hast den Herzog verraten:
an seine – und deine Todfeinde,
die Landstände!
SÜSS Sie verrieten Herzog und Landstände!
Die neuen Steuern und der Bau der Oper
wurden von Ihnen abgesegnet!

HERZOG Jud Judas!
WEISSENSEE Und baumelst nun wie Judas –
SÜSS *voll bitterem Triumph:*
– als der e-i-n-z-i-g Schuldige –
WEISSENSEE – am selbstgedrehten Strick!
HERZOG Judas verrecke!
Dunkel.
NAEMI/STIMME Solang der Tag im Verwehen ist,
und die Schatten weichen,
wende dich herzu …
über die Berge der Trennung hin …
In den Nächten suche ich ihn,
den meine Seele liebt,
suche ich ihn und finde ihn nicht.
Aufmachen will ich mich doch
und die Stadt durchziehn,
über die Plätze, über die Gassen,
suchen, den meine Seele liebt.

IV. Waldhaus

NAEMI *übersetzt aus dem Hebräischen:*
Was ist dies,
heransteigend von der Steppe!
MAGUS Wüste, Naemi.
NAEMI *übersetzt aus dem Hebräischen:*
Was ist dies,
heransteigend von der Wüste!
Rauchsäulen gleich,
umdampft von Myrrhe und Weihrauch.
Eine Sänfte machte sich der König Salomo.
MAGUS *korrigiert:*
… der König Schlomo, Naemi.
NAEMI Eine Sänfte machte sich der König Schlomo.

Aus Hölzern des Libanon,
ihre Ständer machte er silbern,
ihre Lehne golden,
ihren Sitz purpurn,
ihr Inwendiges eingelegt,
Liebesarbeit von den Töchtern Jerusalems …
Stutzt:
Magus, ist Liebe Arbeit?

MAGUS Kind! Liebe ist ein Geschenk!

NAEMI Ich will keine Geschenke.
Ich will lieben!

MAGUS *lächelt:*
Kind!

NAEMI Man muß Jahwe lieben.
Aber er ist auch voller Zorn.

MAGUS Seine Liebe jedoch ist größer,
wie die eines Vaters!

NAEMI Wie die eines Vaters …
Wo ist er, der Vater?

MAGUS Das frage ihn besser selbst.

NAEMI Jahre meines Lebens will ich geben,
den Vater öfter zu sehn …

MAGUS Jahwe hat deine Jahre in der Hand,
er weiß, wie viele Haare auf deinem Haupt.

NAEMI Ach!

MAGUS Nun den nächsten Passus noch.

NAEMI In den Nächten suche ich ihn,
den meine Seele liebt,
suche ich ihn und finde ihn nicht.
Aufmachen will ich mich doch
und die Stadt durchziehn,
über die Plätze, über die Gassen,
suchen …
Joseph Süß tritt, von beiden unbemerkt, auf.
Er schaut Naemi über die Schulter ins Buch.

SÜSS *liest:*
… den meine Seele liebt!
NAEMI Vater!
Sie umarmen sich. Der Magus sieht ihnen voll Anteilnahme zu. Schließlich zupft er Süß am Ärmel und zieht ihn mit sich.
MAGUS Joseph, ich muß reden mit dir.
SÜSS Schweigen Sie lieber mit mir, Oheim.
NAEMI *sucht eine Stelle im Buch. Verträumt:*
Setze mich wie ein Siegel
dir auf das Herz,
wie einen Siegelring dir um den Arm,
denn gewaltsam wie der Tod ist die Liebe …
MAGUS Deine Zunge, sie vermag viel bei Mächtigen!
Vergißt du aber nicht die Gebete?
SÜSS Meine Zunge wird gern Gebete sprechen,
wenn sie damit den Allmächtigen zu lenken vermag …
MAGUS Joseph! Joseph!
Dem Frevler verbrennt Gott die Zunge!
SÜSS Siehst du nicht,
daß auch ohne Gebet,
ungeheurer Erfolg mir beschieden!
Demnächst wird mich der Herzog ernennen
zum Finanzrat.
MAGUS Umzingelt von Feinden bist du,
sie warten nur darauf, Zeugnis abzulegen
wider dich.
Aussätzig bist du in ihren Augen.
Jude, der ihnen Geld aus den Beuteln lockt,
aus den Betten die Weiber.
NAEMI Setze mich wie ein Siegel
dir auf das Herz,
wie einen Siegelring dir um den Arm,
denn gewaltsam wie der Tod ist die Liebe …
MAGUS Wehe, Joseph!

Dreimal wehe
bringst du über dich
und dein Volk!

SÜSS Ruhm bring ich und Ehre für mein Volk,
ich, Joseph Süß Oppenheimer!
Und Freiheit von Stirnlocken,
Kaftan, ranzigen Ritualen.

MAGUS Joseph, halt ein!
Wenigstens im Namen Naemis …
Laß dieses Land zurück hinter dir
und fliehe mit ihr.
Hier ist nur Unglück noch und –
Tod!

SÜSS Ein Geschäft noch …

MAGUS
Furchtbare Gesichte suchen mich heim:
Eine Taube stürzt, die Flügel voller Rot, herab.
Feuer fällt vom Himmel und verlischt nicht,
bis unser Volk hindurchgegangen ist.
Der Schnee: wie Blätter einer Rose aus Blut.

SÜSS Nur ein Ziel noch!

MAGUS Ein Weib!
Süß zuckt zusammen.
Sie liebt dich?

SÜSS Ja!

MAGUS Liebst du sie?

SÜSS Jetzt muß sie, Bitterkeit auf der Zunge,
durch die Hölle des Herzogs.
Dann erst sind ihre Küsse:
süß!
Süß wendet ich zum Gehen und steckt Naemi zum Abschied einen silbernen Reif um den Arm.

NAEMI Vater!
Warum schenkst du mir nicht deine Nähe?

SÜSS Heute nicht, mein liebes Kind.

Aber bald.
Ab.
MAGUS Hör auf mich, Joseph!
NAEMI … denn gewaltsam wie der Tod ist die Liebe …
die vielen Wasser vermögen nicht,
sie zu löschen …

V. Kerker

MAGDALENA *rüttelt Süß wach:*
Joseph! Joseph!
Geliebter, komm!
Ich habe den Major, ich habe die Wachen …
Verzaubert … Sie schlafen …
Laß uns fliehen …
SÜSS Magdalena.
Nein!
MAGDALENA Joseph, laß uns leben:
Wie Mann und Frau!
Das Brot brechen miteinander …
SÜSS Nein!
MAGDALENA Kinder haben …
SÜSS Nein!
MAGDALENA *weint:*
So rette dich, Joseph!
Du mußt nur eines werden:
Christ!
SÜSS Nein!
Euer Gott opferte sein Kind!
Unser Gott würde sich selbst opfern.
MAGDALENA Christus wurd gekreuzigt –
und ist auferstanden von den Toten!
SÜSS Unser Gott auf dem Sinai brannte –
und verbrannte doch nicht!

MAGDALENA Es ist jetzt keine Zeit,
über Religion zu rechten!
Werde Christ, Joseph, und du bist:
gerettet!
SÜSS Nein!
MAGDALENA So tus mir zuliebe!
SÜSS Nein!
MAGDALENA So tus dem zulieb,
was ich unterm Herzen trage –
von dir!
SÜSS Vom Herzog!
MAGDALENA Von dir!
SÜSS Mein Kind ist tot.
MAGDALENA *legt seine Hand auf ihren Leib.*
Dein Kind lebt.
SÜSS Geh weg von hier!
Rette das Kind!
MAGDALENA Nein. Ich bleibe. Bei dir ...
SÜSS Du mußt gehen!
MAGDALENA Nein!
SÜSS Laß mich!
Er stößt sie von sich.
MAGDALENA *weint:*
Hast du ein Herz in der Brust?
SÜSS Nur hyazinthblauen Saphir!

VI. Stadthaus

Große Festgesellschaft bei Süß.
HERZOG *zu Süß:*
Was wollt Ihr für diese Kette?
STIMMEN Saphire – für ihre Sarahs!
ANDERE STIMMEN Saphire – so machen sie auch
aus unsren Frauen Tiere!

SÜSS Hyazinthblauer Saphir!
HERZOG Hyazinthblauer Saphir!
Her damit!
Zu mir!
SÜSS Unverkäuflich, Euer Durchlaucht!
HERZOG Was wollt Ihr für diesen Stein, Herr Finanzrat?
SÜSS Finanzrat?
Durchlaucht belieben zu scherzen,
Durchlaucht haben sich – versprochen?
HERZOG *dem man nun eine leichte Trunkenheit anmerkt:*
Nichts hab ich ihm versprochen, bei Gott!
Hingeworfen nur einen Knochen!
Hund! Schwanz ab!
Jud! Finanzrat!
SÜSS Finanzrat!
Ich habe mich verhört!
HERZOG Er wird noch verhört!
Hahahaha!
Er, der seinen Herrn übers Ohr haut!
Hundsfott, er: Finanzrat!
Hier – seine Braut.
Er übergibt mit einer gezierten Tanzfigur Süß Magdalena.
Mit erhobener Stimme:
Hiermit ernenne ich Joseph Süß Oppenheimer
zum Finanzrat des Herzogs ...
Applaus. Toasts.
WEISSENSEE *zu Süß:*
Übrigens auf meine Anregung hin ...
STIMMEN Zur Finanzratte des Herzogs!
SÜSS, *die Stimmen ignorierend, zum Herzog:*
Ein größres Geschenk als den Titel
halt ich in der Hand – Magdalena!
Nur sie soll diese Kette tragen.
Er legt die Kette mit dem hyazinthblauen Saphir um Magdalenas Hals.

HERZOG Und ich krieg sie doch!
SÜSS Ihr drittes Auge, Fräulein Magdalena,
hyazinthblau wie die beiden andern.
Doch nicht so leuchtend!
Die beiden beginnen zu tanzen.
MAGDALENA Herr Süß, ich …
SÜSS Eurer Augen Feuer …
MAGDALENA Schweigt!
SÜSS Eurer Blicke Glut …
MAGDALENA Eure Zunge scheint der Schlüssel
für Frauenherzen …
SÜSS *mit Blick auf den Herzog:*
Zieht Ihr Gewalt vor?
Sie zuckt zusammen, löst sich aus dem Tanz.
SÜSS Es tut mir leid …
Magdalena ist im Tanzgedränge verschwunden. Statt dessen steht der Magus am Rande: Licht von oben.
Weissensee und der Henker kommen aus einem Raum im Hintergrund.
WEISSENSEE Wer zum Henker …
HENKER He! He! He!
WEISSENSEE Wer ist dieser alte Jude?
HENKER Er hält ein süß, jung Ding gefangen,
drauß im Walde – ich war irrgegangen
als Treiber bei der herzoglichen Jagd.
WEISSENSEE Ein süß, jung Ding, ein süß, jung Ding …
HENKER Süß, ja, Süß sah ich auch.
WEISSENSEE Ein süß, jung Ding? Und Süß? –
Eine Geliebte!
HENKER Geliebte muß der doch nicht verstecken,
er hat ihrer an allen Ecken!
WEISSENSEE Eine Tochter also!
HENKER Ein Töchterlein –
wirds noch Jungfer sein?
WEISSENSEE Draußen im Walde,

fern vom Hurenhof des Herzogs.
Herr Finanzrat –
der Titel soll Euch kosten Euer Blut!
Parallel dazu:
Der Herzog angelt sich Magdalena und versucht ungeniert, wenngleich spielerisch, ihr die Saphirkette vom Hals zu nehmen. Daß er dazu etwas in ihrem Dekolleté wühlen muß, irritiert ihn keineswegs. Die Kette fliegt durch die Luft. Eine andere Frau hebt sie auf und legt sie sich um. Der Herzog tanzt mit dieser Frau, das gleiche Spiel beginnt.

MAGUS Joseph!

SÜSS Immer in den schönsten Augenblicken
erscheinst du, schwarz in Kaftan und Locken,
Friedhofsrabe eher als Rabbi des lebendigen Gottes!

MAGUS Joseph.
Geh fort von hier.

SÜSS Ich bin Finanzrat!

MAGUS Du hast es weit gebracht,
allein, in die verkehrte Richtung!

SÜSS In der Tat, Finanzrat!

MAGUS Rette deine Seele!

SÜSS Magdalena empfing ich
soeben aus der Hand meines Herrn,
und immer größere Macht …

MAGUS Ein Jude wird nie lange über Christen stehen.

SÜSS Das ist mein Triumph!
Als Jude werd ich
Christenherrschaft überstehen!

MAGUS Und bist doch auch Christ!

SÜSS Christ?!

MAGUS Süß, der dir den Namen gab,
war nicht dein Vater:
Deine Mutter hatte eine Affaire
mit einem Christen. Einem General.
Jetzt kannst du wählen:

Nach jüdischem Recht – Jude.
Nach christlichem – Christ.
SÜSS Auf dem Höhepunkt meiner Macht dies Zeichen:
Mit meiner Zunge den Himmel zu lenken.
Licht auf Weissensee und Magdalena:
WEISSENSEE *zu Magdalena:*
Sah dich tanzen mit Süß,
wills nicht mehr sehen,
sonst ...
MAGDALENA Vater?
Wollt Ihr mich tanzen sehen –
Zeigt auf den Herzog:
mit diesem Teufel?!
WEISSENSEE Kind!
MAGDALENA Zur Hure gemacht
von Euch, vom Herzog!
HERZOG *zu Süß:*
Ist sie nicht goldig,
die kleine Weissensee?
SÜSS *verträumt:*
Ihre Augen –
hyazinthblau!
HERZOG Lapislazuli in der Liebe.
SÜSS *höhnisch:*
Liebe?
HERZOG Ich werd sie Euch abjagen!
SÜSS Wie?
HERZOG Haha – Jud?
Die Kette!
Süß versteht nicht gleich.
HERZOG Seinen Saphir!
Er stürzt sich ins Tanzgetümmel.
WEISSENSEE *zu Magdalena:*
Ich will Enkel mit blauem Blut ...
MAGDALENA Euer Kind soll sich opfern?

WEISSENSEE Du sollst deinen Vater ehren!
MAGDALENA Und Teufelsbrut zur Welt bringen?
WEISSENSEE Aber Kind, wenn er uns nun
den Adel verleiht ...
MAGDALENA Das also ist es.
WEISSENSEE Demut ist süß.
MAGDALENA Süß?
WEISSENSEE Süß!!!!
Ein Judenbalg wäre der Tod –
für mich!
SÜSS *im Spaß zum Herzog:*
Was tät der Herr,
wenn sein Jud durch Geburt
Christ wär wie er?
HERZOG *fährt ihn an:*
Laß er Witze dieser Art!
Herr Finanzrat, so der Leute Beutel leeren,
kann nur ein Saujud wie er.
Nie könnt so ein Schwein ein Christ
haben!

VII. Kerker

MAGUS Noch ist Rettung, Joseph!
SÜSS Sinnlos.
MAGUS Durch eine gottgesegnete Summe.
Die jüdischen Gemeinden
haben gesammelt für dich.
SÜSS Almosen.
MAGUS Joseph – die Maschine der Justiz läuft!
SÜSS Ich fürchte sie nicht.
MAGUS Du glaubst an Gerechtigkeit?
SÜSS Sie werden meine sechs Millionen nehmen,
aber doch nicht mein Leben!

MAGUS Ich werfe mich für dich
auf die Knie vor Gericht.
SÜSS Als Jude ...
MAGUS Rette dein Leben!
Werde Christ.
SÜSS Ich werde nicht zu Kreuze kriechen.
Als Jude bin ich Finanzrat geworden,
stand kurz vor der Erhebung in den Adel ...
MAGUS Das verzeiht man dir nie!
SÜSS Ich handelte im Auftrag des Herzogs.
MAGUS Der Herzog ist so gut wie tot.
Weissensees Marionette.
SÜSS Weissensee will meinen Kopf.
MAGUS Alle wollen ihn, Joseph, alle.
Rette dich!
SÜSS Sinnlos.

VIII. Stadthaus II

SÜSS *im Spaß zum Herzog:*
Was tät der Herr,
wenn sein Jud durch Geburt
Christ wär wie er?
HERZOG *fährt ihn an:*
Laß er Witze dieser Art!
Herr Finanzrat, so der Leute Beutel leeren,
kann nur ein Saujud wie er.
Nie könnt so ein Schwein ein Christ
haben!
STIMMEN Saphire – für ihre Sarahs!
ANDERE STIMMEN Saphire – so machen sie auch
aus unsren Frauen Tiere!
HERZOG Saujud! Hat er ein Schwein!
Daß er kein Christ ist!

Ich hab das im Blut:
Einen Harem über Nacht
zu Christen gemacht!
Süß schüttelt mit wissendem Lächeln den Kopf. Der Herzog geht zu Magdalena. Der Herzog zwingt sie auf die Knie, hält ihr ein Goldkreuz vors Gesicht.
Küssen!
Küß mein Kreuz!
Küß mein Kreuz!
Magdalena weigert sich. Der Herzog versucht, sie zu zwingen. Sie springt auf und läuft davon. Der Herzog rennt mit dem Kreuz im Festsaal herum.
Hatte einen Harem Türkenweiber:
Bekehrt sie allesamt!
Küßt mein Kreuz!
Küßt mein Kreuz!
Licht auf Süß und Magdalena, die vom Tohuwabohu im Ballsaal nichts mitbekommen.
SÜSS *legt Magdalena erneut die Saphirkette um den Hals. Sie schlägt ihn. Die Musik jedoch »erzählt«, daß sie ihn liebt.*
Du liebst mich!
MAGDALENA Ich bin die Hure des Herzogs,
nicht die Eure.
Zu spät, Herr Finanzrat.
Süß lächelt.
SÜSS Magdalena!
MAGDALENA *zornig:*
Erregt es Euch,
Lilien im Dreck zu sehen?
SÜSS Ein Landkind: großäugig, gottgläubig,
das Gesicht bleich vom Bibellesen,
wär in meinen Händen
wie Wachs gewesen.
MAGDALENA Dies Wachs hätt Euch

die Hände versengt!
SÜSS Jetzt als die Geliebte des Herzogs –
stehen wir gleich zu gleich.
MAGDALENA So gleich wie arm und reich.
SÜSS So gleich wie Jud und Christ.
Er führt sie zum Tanz.
Die Verfolgungsjagd des Herzogs tritt wieder in den Vordergrund.
Graziella beginnt eine Arie.
HERZOG Küßt mein Kreuz!
Küßt mein Kreuz!
Falle Selim! Falle Belgrad!
Hatte einen Harem Türkenweiber:
Haute den Halbmond zum Teufel!
Mit diesem Kreuz!
Bekehrte sie allesamt.
Ließ sie mein Kreuz küssen!
Die ganze Nacht!
Tausend und eine!
Bekehrt!
HENKER Begehrt!
HERZOG Bekehrt!
HENKER Begehrt!
HERZOG *zu betrunken, um die Frechheit zu ahnden:*
Bekehrt!
HENKER So mancher zu Kreuz gekrochen ist,
der des Seilers Tochter geküßt!
HERZOG *verfolgt die Frauen, die kreischend auseinanderstieben:*
Küßt mein Kreuz!
Küßt mein Kreuz!
Der Herzog schreit so laut, daß Graziella ihre Arie abbricht.
GRAZIELLA *zum Henker:*
Perlen vor die Säue!

HENKER Darf ich bitten?
GRAZIELLA Zum Tanze?
Nein!
HENKER Ich tanze nicht.
Nur mit dem Meister.
In der Stunde der Geister.
GRAZIELLA Was Meister, Geister?
HENKER Ist für Euch zu hoch.
GRAZIELLA Zu hoch?!
Das dreigestrichne C kann ich singen!
HENKER Daß Gläser zerspringen!
Sie beginnt zu tirilieren.
HENKER Genug! Genug!
Euer Halstuch.
Sie gibt ihm ihr Halstuch. Der Henker knüpft eine Schlinge, spielt damit und fixiert Süß, das Volumen seines Halses taxierend. Der Herzog nähert sich Graziella.
GRAZIELLA *zum Herzog:*
Was sucht Ihr, Durchlaucht?
HERZOG Saphir! Saphir!
GRAZIELLA Der Saphir ist doch längst in des Juden Händen!
HERZOG Rubin such ich bei dir! *Er hebt das Goldkreuz hoch:*
Küß mein Kreuz!
Licht auf Süß und Magdalena. Sie schlägt ihn zum zweiten Mal.
Die Musik jedoch »erzählt« wiederum, daß sie ihn liebt.
SÜSS Wir haben beide von der gleichen Frucht gekostet,
die da heißt Macht.
Ihr Geschmack ist –
MAGDALENA ... bitter wie Wermut, Herr Süß!
SÜSS Aber, Magdalena ...
MAGDALENA Ihr schaut mehr dem Saphir ins Aug
als mir.
SÜSS Wer schaut ungesühnt in die Sonne?
MAGDALENA Joseph!

Die Verfolgungsjagd des Herzogs tritt wieder in den Vordergrund.

HERZOG Ich werde euch katholisch machen: Alle!
Küßt mein Kreuz!
Küßt mein Kreuz!
Die Frauen stieben auseinander. Gekreische.
Katholisch machen: alle!
Zu Weissensee:
Auch dich!

WEISSENSEE Warum nicht?
Er kniet nieder, küßt das Kreuz:
Besser das Land wird katholisch – als jüdisch!

HERZOG So ists recht!
Ihn heiß ich treu!

WEISSENSEE *hält den Herzog am Ärmel fest:*
Ein kleiner Staatsstreich –
und Durchlaucht sind ...

HERZOG ... reich! Ich werd sie alle ...

WEISSENSEE
Über Nacht die lutherischen Landstände festgesetzt,
ihre Kassen konfisziert
und Ihr habt, was immer Ihr wünscht, in der Hand!

HERZOG Geld!

WEISSENSEE Für die Oper!

HERZOG Geld!

WEISSENSEE Für Soldaten!

HERZOG *sehr trunken:*
Geld – für Geld!

WEISSENSEE *lacht:*
Geld – für Geld!

HERZOG Gegen ihn ist selbst Süß ein Waisenknabe!
Er ist mein Mann, Weissensee!
Wann?

WEISSENSEE Bald.
Katholische Truppen müssen kommen,

geheim …
HERZOG Streng geheim!
WEISSENSEE Bei der Eröffnung der Oper …
HERZOG Bei der Eröffnung der Oper!
Sofort alles in die Wege geleitet!
Morgen Rapport!
Beflügelt weiter mit Kreuz.
WEISSENSEE An diesem Brocken wirst du schlucken –
dafür sorge ich.
Aber vorher gibt es einen Leckerbissen:
Die jungfräuliche Tochter des Juden,
der jetzt meine Tochter will
als seine Hure …
STIMMEN Der Christen Fleisch ist ungesund –
für Joseph Süß, den Judenhund!
ANDERE STIMMEN Der Frommen Fleisch jedoch begehrt,
der Jud uns Frau um Frau entehrt!
HERZOG *verfolgt alle Frauen, fängt schließlich torkeligen Schritts wieder Graziella ein, zwingt sie in die Knie und droht ihr trunken:*
Küß mein Kreuz, Türkentäubchen!
Es ist Krieg!
GRAZIELLA Was krieg ich dafür?
HERZOG Eine Kette aus Rubin.
Sie küßt das Kreuz. Der Herzog zieht aus dem Goldkreuz eine Messerklinge. Graziella kreischt auf. Er zeigt auf ihren Hals.
Hier: Rubin!
GRAZIELLA Wo?
HERZOG *ritzt ihr mit der im Kreuz eingebauten Klinge den Hals auf.*
Hier! Hier! Hier!
Blut perlt aus Graziellas Hals.
Ha! Ha! Ha!
HENKER Ha! Ha! Ha!

Herzog: Herodes, der raubt
gleich seiner Salome Haupt!
Graziella blutet am Hals, schreit in den höchsten Tönen.

STIMMEN Schaut, schaut, der Herzog fällt,
feist von des Juden Geld,
über die Weiber her,
als ob er Satan wär.

ANDERE STIMMEN
Jede Frau wird zur Sau,
die den Kuß geben muß!

HERZOG Ihr werdet noch alle katholisch spuren!
Ihr Türken-
und ihr Lutherhuren!
Riesiger Tumult. Der Herzog stürzt und bleibt liegen, bis ihn Diener hinausschleppen.
Magdalena schlägt Süß zum dritten Mal.
Die Musik jedoch »erzählt« zum dritten Mal, daß sie ihn liebt.
Die Melodie wird fortgeführt durch die Stimme Naemis.

IX. Kerker

NAEMI/STIMME: In den Nächten suche ich ihn,
den meine Seele liebt,
suche ich ihn und finde ihn nicht.
Aufmachen will ich mich doch
und die Stadt durchziehn,
über die Plätze, über die Gassen,
suchen, den meine Seele liebt!

SÜSS Naemi!
Meiner Seele Seele!

NAEMI/STIMME Setze mich wie ein Siegel
dir auf das Herz …

MAGUS/STIMME Joseph, rette dein Leben!

SÜSS Wozu?
MAGUS/STIMME Um Zeit zu haben,
deine Seele zu retten!
SÜSS *zitiert:*
Haut, Fleisch, Knochen, Adern sind ein Kleid,
eine Schale …
MAGUS/STIMME Wende meine Worte nicht wider mich!
SÜSS *zitiert:*
Siehe, das Fleisch,
es gleicht dem Stoff der Welt.
Siehe, die Knochen und Adern,
sie sind der Thronwagen Gottes …
MAGUS/STIMME Wenn sie uns stechen,
bluten wir nicht?
Wenn sie uns foltern,
leiden wir nicht?
Joseph!
Rette dich!
SÜSS Nein!
MAGUS/STIMME Es genügt: auf deine christliche Geburt …
SÜSS Nein!
MAGUS/STIMME Mima'amakim keraticha Adonay.
Adonay schma bekoli.
SÜSS Laß mich!
Ich suche meiner Seele Braut!
NAEMI/STIMME Wie einen Siegelring dir um den Arm,
denn gewaltsam wie der Tod ist die Liebe …

X. Waldhaus

Jagdgesellschaft um Herzog und Weissensee jagt spielerisch Graziella und singt trunken ein Jagdlied.
HERZOG Es blies ein Jäger wohl in sein Horn.
Wohl in sein Horn.

Und alles, was er blies, das war verlorn.
Das war verlorn.

CHOR DER JAGDGESELLSCHAFT Hallia-Hussasa, tirallalalala!
Und alles, was er blies, das war verlorn.

HERZOG Er warf sein Netz wohl über den Strauch.
Da sprang ein schwarzbrauns Mädle heraus!

CHOR DER JAGDGESELLSCHAFT Hallia-Hussasa, tirallalalala!
Und alles, was er blies, das war verlorn.

HERZOG Du schwarzbrauns Mädle entspring mir nicht.
Ich hab große Hunde, die fangen dich.

CHOR DER JAGDGESELLSCHAFT Hallia-Hussasa, tirallalalala!
Und alles, was er blies, das war verlorn.

Die Jäger kesseln Graziella ein und küssen sie reihum: Herzog läßt es geschehen, zumal Weissensee ihn auf die Seite zieht und ihm zuflüstert:

WEISSENSEE Auf zu neuen Eroberungen!

HERZOG *trunken:*
Falle Selim! Falle Belgrad!

WEISSENSEE Eine superbe Surprise für Euer Durchlaucht
harrt hier in des Juden Haus!

HERZOG Wer wohnt hier?

WEISSENSEE Der Magus!

HERZOG Dies Friedhofsgespenst!

WEISSENSEE Hab den Magus befohlen
zu Finanzrat Süß.

HERZOG Warum, Weissensee, warum?

WEISSENSEE Ist Eurer Durchlaucht Nase nicht
die erste sonst,
die Weiberfleisch riecht?
Zartes, apartes?

HERZOG Ho, ho, Weissensee!

NAEMI/STIMME
Den Weingarten, der mir eignet, hab ich vor Augen,
dein, Schlomo, seien die Tausend …
Flieh herzu, mein Geliebter,

gleiche du der Gazelle ...
über die Berge der Balsame ...
WEISSENSEE Hört Ihr?
HERZOG Zauber?
WEISSENSEE Aber, aber!
Durchlaucht sind abergläubisch?
Von Salomo singt dies Täubchen!
Der weise Salomo hatte ihrer tausend im Taubenschlag!
Und unser Süß hat hier,
ganz des weisen Salomo Nachfahr ...
HERZOG Der Jud hat hier ein Gespons,
fern von meinen Augen!
WEISSENSEE Eure Hunde – wenn Blut geleckt,
sind so zögerlich nicht
wie ihr Herr im Augenblick!
GRAZIELLA Deine großen Hunde, die fürcht ich nicht.
Sie kennen meine hohen, weiten Sprünge nicht!
CHOR DER JAGDGESELLSCHAFT Hallia-Hussasa, tirallalalala!
Und alles, was er blies, das war verlorn.
HERZOG Deine hohen, weiten Sprünge, die kennen sie wohl.
Sie wissen, daß du heute noch sterben sollst.
CHOR DER JAGDGESELLSCHAFT Hallia-Hussasa, tirallalalala!
Und alles, was er blies, das war verlorn.
GRAZIELLA Und sterb ich heute, so bin ich tot.
Begräbt man mich unter Rosen rot.
CHOR DER JAGDGESELLSCHAFT Hallia-Hussasa, tirallalalala!
Und alles, was er blies, das war verlorn.
HERZOG Es blies ein Jäger wohl in sein Horn.
Und alles, was er blies, das war verlorn.
Das war verlorn.
CHOR DER JAGDGESELLSCHAFT Hallia-Hussasa, tirallalalala!
Und alles, was er blies, das war verlorn.
Die Jäger küssen Graziella erneut.
HERZOG *zu Graziella:*
Verdammt!

Mir aus den Augen,
Weibsstück, liederliches!

GRAZIELLA Liederlich?!
Weil ich singe für dich?

HERZOG Heb sie ihre Arien auf –
für die Eröffnung der Oper!
Schafft das Stück ins Schloß, Messieurs!
Graziella und Chor ab.
Licht auf Waldhaus, auf dessen Balkon Naemi singt,
Herzog entfernt sich Richtung Waldhaus:
Potz Donner! Attacke!
Falle Selim! Falle Belgrad!

WEISSENSEE *läuft hinter dem Chor her:*
Auf ein Wort, die Herren!
Diese Nouvelle dürfte die Landstände ganz besonders interessieren …

CHOR DER JAGDGESELLSCHAFT/STIMMEN
Katholische Revolution?!
Umsturz? Verrat?
Wer? Was? Wann?
Bei der Eröffnung der Oper!
Katholischer Verrat!
Der Jud! Judas!

HERZOG *beginnt, da er die Tür versperrt vorfindet, am Spalier des Hauses hochzuklettern.*
Vögelchen …
Singen kannst du,
nun, ich will dich noch zu
fliegen lehren!
O Süß! Die süßesten Früchtlein –
läßt er sich im geheimen auf der Zunge zergehen!

NAEMI Wie redet Ihr von meinem Vater?

HERZOG Vater?!
O Süß, der süßen Früchtlein süßestes –
ist deiner Wurzel entsprungen?

Ich will es fliegen lehren.
Es fällt gewiß nicht weit vom Stamm.

NAEMI Fliegen?
Der Herzog ist nun auf dem Balkon und versperrt ihr den Rückweg ins Zimmer.
Was wollt Ihr von mir?

HERZOG Deine Süße!

NAEMI Magus! Magus!

HERZOG Der Magus ist fort!
Ich werde dich von nun an lehren!

NAEMI Ich bitt Euch, Herr!

HERZOG Ich will dich fliegen lehren ...

NAEMI Im Namen unseres Gottes.

HERZOG Ruf nur, Kind.
Dein Gott ist taub.

NAEMI Vater!
Vater!

HERZOG Deinem Vater ists nur recht ...

NAEMI Ihr lügt!
Ihr lügt!

HERZOG ... daß ich ihm süße Enkel zeuge!
Mein Engel!
Mein Engel!
Ich will dich fliegen lehren!
Sie flieht in großer Panik zur Balkonbrüstung.

NAEMI Vater!

HERZOG Mein Engel!

NAEMI *klettert auf die Balkonbrüstung.*
Vater!
Vater!
Naemi »fliegt« vom Balkon. Sie liegt tot in den Blumen. Magus und Süß kommen, und sie fixieren, vor Schrecken starr, den Herzog.

HERZOG *zur toten Naemi:*
Ich: Ich: Ich!

Habe ich dir nicht gesagt:
Daß du nicht fliegen darfst,
ohne daß ichs dir gezeigt …
Wer nicht auf seinen Herrn hören will,
kommt zu Fall …
Zu Süß:
Sag er eine Zahl,
ich wills ihm geben in Gold!
Süß schüttelt grimmig den Kopf.
Joseph, Freiherr von Süß?
Hier-, Hiermit er-
erhebe ich dich,
Euch in den Adelsstand …
Süß schweigt grimmig. Herzog ab.
Magus gießt Wasser hinter sich. Er gießt Wasser zu Häupten und Füßen der toten Naemi.

MAGUS *murmelt:*
Wasser, halte fern Dämonen,
die da lockt des Menschen Tod …
Süß wirft sich über sein Kind.

SÜSS Tot!

MAGUS Ich sagte: Laß alles hinter dir,
fliehe mit ihr in ein anderes Leben!
Sie war berufen,
deine Seele zu retten.

SÜSS Sie war doch ein Kind?

MAGUS Ihre Seele war älter als die deine!
So viel älter!

SÜSS Naemi!

MAGUS Du gingst die falschen Wege, Joseph!
Magus ab. Weissensee tritt hinter Strauch hervor.

WEISSENSEE Erst meine Tochter, jetzt Eure …
Rache!
Auge um Auge,
Zahn um Zahn!

Süß nimmt den silbernen Reif von Naemis Hand und küßt ihn.

SÜSS Naemi! Naemi!

XI. Kerker

Herzog im Rollstuhl, geschoben von Graziella. Stumme Diener kredenzen Wein und Speisen.

HERZOG Fahallehe Sehelihim! Fallahalle Belkarattentat!
Hahahaha! Fahalle!
Schöhöhöhön sinkst tuhu meihein Vöckelchen,
in der Fahallalle!

Er wirft Graziella unsichtbare Goldstücke in die Kehle.

GRAZIELLA *zu Süß:*
Wie hoch hinaus, Herr Finanzrat,
wie tief gefallen, Herr Jud.
Herr Pfau, Herr Süß,
sein Geschmeid ziert meine Brust!

Sie zeigt Süß den ihm geraubten Schmuck auf ihrer Brust.

HERZOG *zu Graziella*
Kommomm aufaufauf Schlllll ...,
kommomm aufaufauf Schoß!
Schöhöhöhön sinkst tuhu meihein Vöckelchen,
in der Fahallalle!

XII. Herzogschloß

Zur Eröffnung des neuen Opernhauses singt Graziella eine italienische Arie. Sie tiriliert vogelhaft.

HERZOG *zerstreut:*
Brava!

Donnernder Schlußapplaus.

CHOR DER FESTGESELLSCHAFT
Brava Bravissima!

WEISSENSEE

Hoch Signorina Graziella!

CHOR DER FESTGESELLSCHAFT

Signorina Graziella!
Hoch! Hoch! Hoch!

WEISSENSEE

Hoch dem Herzog,
Erbauer der neuen Oper!

CHOR DER FESTGESELLSCHAFT

Hoch dem Herzog,
Erbauer der neuen Oper!
Vivat! Vivat! Vivat!

HERZOG *zur Festgesellschaft*:

Jetzt aber auf zum Bankett, Bagage!
Die Festgesellschaft nimmt Platz
bis auf Süß, Weissensee und die Landstände.

HERZOG

Los! Aufgetragen!

HAUSHOFMEISTER *(ad libitum):*

Poulet à l'oseille!
Der erste Gang wird aufgetragen.

SÜSS *räuspert sich:*

Wie gefallen Euer Durchlaucht das neue Opernhaus?

HERZOG *zerstreut:*

Wie? Was? Gefällt?
Ach was!
Zu Weissensee:
Alles bereit?

WEISSENSEE *leise zum Herzog:*

Heut nacht wird das Land
katholisch gemacht!

HERZOG Wo bleiben die Truppen?
Ich höre doch schon Trommeln, Tritte!

WEISSENSEE Jeden Augenblick müssen sie eintreffen!

HERZOG *unsicher:*

Falle Lutherburg!

Ha!

HAUSHOFMEISTER

Truites au champagne!

Der zweite Gang wird aufgetragen.

SÜSS

Wie gefallen Euer Durchlaucht die neue Oper?

HERZOG Die Oper?

Zuckerzeug,
so recht für Weiber!
Ich aber stehe
auf der Bühne der Geschichte!

Er wendet sich Weissensee zu.

WEISSENSEE *leise*:

Und wem verdankt der Herr den guten Rat …

HERZOG

Ihm, Weissensee, ihm!
Sind die Truppen endlich hier?

Weissensee reagiert nicht. Laut:

Schauen Sie gefälligst nach!
Und zwar sofort!

WEISSENSEE

Ich überzeuge mich.

Geht hinaus.

HAUSHOFMEISTER

Rôti de chevreuil à la royale!

Der dritte Gang wird aufgetragen.

SÜSS

Euer Durchlaucht!
Die neue Oper – gefällt sie Euch?

HERZOG

Was will er immer? Was schaut er so betreten?
Lach er doch, Jud! Keinen Humor mehr,
Herr Schlitzohr, wie?
Abgetreten!

SÜSS *geht zu Magdalena:*

So erregt, meine Liebe?
MAGDALENA Mein Vater!
SÜSS Soll ich zu ihm gehen?
MAGDALENA Er haßt dich.
SÜSS Aber er ist doch dein Vater.
Wer wird seinem Kind, wenn es um Brot bittet,
einen Stein geben?
MAGDALENA Er!
Er wird mir, wenn ich um einen Fisch bitte,
eine Schlange geben.
SÜSS Das glaube ich nicht!
MAGDALENA Ich weiß nicht:
irgend etwas Böses ...
HAUSHOFMEISTER
Crème renversée au caramel!
Das Dessert wird aufgetragen.
Weissensee kommt zurück und flüstert dem Herzog etwas ins Ohr.
MAGDALENA
Siehst du nicht,
wie er Gift in des Herzogs Ohr ...
HERZOG *haut mit dem Säbel auf den Tisch, Gläser zerbrechen:*
Ich, Herzog von Gottes Gnaden,
rette eure verrotteten Seelen vor dem ewigen Feuer!
Ihr seid von Stund an katholisch! Alle!
Falle Lutherburg!
Katholische Truppen sind in der Stadt! Im Schloß!
Geraune.
Lutherische Rebellen!
Ihr seid verhaftet!
Der Saal ist umstellt.
Alles hört auf mein Kommando!
Die Landstände sind unter Arrest!
Die ganze Bagage!

Die Kassen konfisziert!
Achtung, Truppen:
Alles hört auf mein Kommando!
Achtung, Truppen:
M-a-r-s-c-h!
Nichts geschieht. Große Unruhe.
Der Herzog reißt die Tür auf, niemand ist zu sehen.

HERZOG Weissensee, wo –
wo sind die Truppen?

WEISSENSEE Truppen, Euer Durchlaucht? …
Chor zieht bisher verborgene Waffen aus den Gewändern.

CHOR DER FESTGESELLSCHAFT
Uns macht niemand katholisch!

HERZOG *erkennt jäh Weissensees Verrat:*
Judas!

WEISSENSEE Judas?
Süß ist zuständig für Truppen!
Der Jud ist der Judas!

CHOR DER FESTGESELLSCHAFT Jud! Jud! Judas!

HERZOG Der Jud?
Er bricht mit einem Schlaganfall zusammen.

WEISENSEE: Durchlaucht?

CHOR DER FESTGESELLSCHAFT Jud Judas! Jud Judas! Jud Judas!

WEISSENSEE Verhaftet Süß!
Zu Süß:
Ihr habt den Herzog auf dem Gewissen!

SÜSS Habt Ihr ein Gewissen?

MAGDALENA Joseph!

CHOR DER FESTGESELLSCHAFT Den Juden an den Galgen!

XIII. Kerker

Der Chor erscheint nun in Roben und mit Lockenperücken als alptraumhaftes Gericht.

CHOR DES GERICHTS
Joseph Süß –
schuldig der Münzfälschung,
der Amtserschleichung,
der Alleinherrschaft,
der Blasphemie,
der verbotenen Gemeinschaft mit Weibspersonen,
der Onanie
und des Hochverrats –
wird verurteilt zum Tode
am oberen eisernen Galgen!
Sein Kadaver ist mit einem Gitter
zu verwahren.

SÜSS
Ich bin unschuldig.

HENKER
Im Käfig gehenkt,
daß seine Hexelenz Süß,
nicht ans Wegfliegen denkt.
Mein süß Vögelchen!

CHOR DES GERICHTS
An den Galgen!
Den Landesverräter!

SÜSS Reiß ihnen die Zungen aus, o Herr!

GRAZIELLA *schiebt den Herzog im Rollstuhl herein:*
Zungen!
Süßes Fleisch, sie singen …

HERZOG Jud! Jud! Judas!

CHOR DES GERICHTS
Jud! Jud! Judas!
Auftritt Magus.

MAGUS Hohes Gericht!
Joseph Süß Oppenheimer ist
einer alten und geachteten Familie Sproß.
Er hat dem Land Wohlstand gebracht,
dem Herzog Macht.

CHOR DES GERICHTS
Das Urteil ist gefällt
über den Unglücklichen.
Zu spät.

MAGUS Wenn Ihr Joseph Süß hängt,
wird Blutverbrechen Unglück bringen
über mein und über Euer Volk.

CHOR DES GERICHTS Zu spät. Zu spät. Zu spät.

MAGUS *wirft sich auf die Knie:*
Gnade!

CHOR DES GERICHTS Das Urteil ist gefällt.
Den Juden an den Galgen!
Judas! Judas!
Magus in den Hintergrund.
Die schwangere Magdalena wird hereingezerrt.
Von wem hatte sie den Halschmuck?

MAGDALENA Von Joseph Süß.

CHOR DES GERICHTS – SOLISTEN Bist du der Halskette wegen
in des Juden Schlafgemach?
Rede!
Gebrauch gefälligst deine Zunge!
In des Juden Bett hast du dich weniger geziert, Hure!

CHOR DES GERICHTS Den Juden an den Galgen!
Jud! Jud! Judas!
Judenhure! Schandweib!

CHOR DES GERICHTS – SOLISTEN
Hat er dich gezwungen, Zaubertränke zu nehmen?
Hat er sonderbare Zeichen benutzt?
Unverständliche Worte gesprochen?
Hast du das beschnittene Glied gesehen?

Auftritt Weissensee.
Von wem ist das Kind in deinem Bauch?
Wir haben Mittel, dich zum Reden zu bringen!
Ein herbeigewinkter Soldat droht, Magdalena den Gewehrkolben in den Bauch zu stoßen. Weissensee reißt ihn zurück.
Nun: Von wem ist das Kind?
WEISSENSEE Vom Herzog!
MAGDALENA Nein, Vater.
Von Süß!
Weissensee spuckt ihr ins Gesicht und wendet sich ab.
HERZOG Fahallehe ehewihige Selimkeiheit!
GRAZIELLA *setzt sich auf des Herzogs Schoß:*
Singen, singen, singen ...
CHOR DES GERICHTS Judenhure!
CHOR DES GERICHTS – SOLIST
Warst du an Süßens Staatsstreich beteiligt?
MAGDALENA Ihr Ungeheuer!
Bevor ich mir die Zunge verbrenne –
werft mich ins Feuer!
SÜSS *schreit:*
Magdalena!
MAGDALENA Joseph!
CHOR DES GERICHTS Den Juden an den Galgen!
Das Balg gleich dazu!
Judenhure!
Man zerrt Magdalena hinaus.
Chor umkreist Süß.
SÜSS Reiß ihnen die Zungen aus, o Herr!
HENKER Sing er nur! Sing er nur!
Köpfchen ins Genick gedreht!
Wie lang auch noch dein Zünglein geht!
CHOR DES GERICHTS Den Juden an den Galgen!
An den Galgen! An den Galgen!
Galgen! Galgen! Galgen!
SÜSS Herr! Ihre Zungen! – Du vermagst es nicht?!

Du! Feuerzungen der Seraphim,
Flügelpracht der Cherubim!
Du vermagst es nicht, sie schweigen zu lehren,
vermagst nicht, mich zu retten!
Wie du auch Naemi nicht gerettet hast!
Wie du auch Magdalenas Kind nicht retten wirst
vor diesen Zungen, diesen Stricken, diesem Feuer!
Herr!

MAGUS Joseph! Joseph! Joseph!

SÜSS Herr! Die Heere deiner Engel
zerstieben wie Federn!
Herr! Ich zerbreche den Regenbogen!

MAGUS Rechte nicht mit Gott!
Rette deine Seele!

SÜSS Naemi!
Meiner Seele Seele!

MAGUS Mima'amakim keraticha Adonay.
Adonay schma bekoli.
Tihyena ozneicha kaschuvot lekol tachnunay.
Im'avonot tischmor-Yah, Adonay mi ya'amod!

SÜSS Naemi!

CHOR DES GERICHTS Judenbrut!
Tut kein Gut mit unserem Blut!
Tod! Tod! Tod!

NAEMI/STIMME Setze mich wie ein Siegel
dir auf das Herz,
wie einen Siegelring dir um den Arm,
denn gewaltsam wie der Tod ist die Liebe ...

HENKER Es ist Zeit.
Süß wird geholt.
Crescendo der Trommeln, die zur Hinrichtung rufen.
ENDE

Nachwort

Nachwort

Als Kind hatte ich eine eigene Methode, um einzuschlafen. Es war die Zeit, als ich schon zu groß fürs Geschichtenvorlesen war, wie meine Eltern meinten, und auch mein Abendgebet schon selber sprechen konnte. Ich legte mich ins Bett, schloß die Augen, und über mir erschien sogleich ein Nebel von Kügelchen in allen Regenbogenfarben, der sich langsam und spiralartig nach oben bewegte. Traumverloren schaute ich den Kügelchen nach und freute mich an ihren wunderschönen, glitzernden Farben. Mir wurde dann bald schwindlig und, mitgerissen in den kreisenden Sog der bunten Kügelchen, schwebte ich himmelwärt. Dann schlief ich.

Lange hatte ich dieses schöne Erlebnis vergessen. Die Erinnerung kam wieder, als ich einmal im Radio erzählen hörte: »Isidor spielte mit tauglänzenden Kügelchen, blauschwarz und spinnwebverhangen schaukelnd im Juliwind.« Die Stelle stammt aus dem Hörspiel *Isidor Isidor* von Werner Fritsch. Es bildet zusammen mit dem Prosaband *Stechapfel* und dem Theaterstück *Wondreber Totentanz* einen Komplex, zu dem auch der Film *Auge in Aug – voll toten Lichts: Disteln für die Droste* gehört.

Als »Utopie eines polymedialen Erzählens« charakterisiert der Autor seine Arbeit, die Theater, Prosa, Film und Hörspiel umfaßt. Warum dieser Begriff wesentlich ist – wenn es hier auch um nur ein einziges Medium, nämlich das Theater, geht – soll sich im folgenden zeigen.

Im Kreis der ewigen Wiederkehr

Die Assoziation von meinen glitzernden Kügelchen zu denen Isidors kam nicht von ungefähr: sie führten mich ja in den

Himmel, also zu Gott, und anschließend in den Schlaf, also ins Reich der Träume. Diese beiden Bereiche gehören zu den grundlegenden in der Isidor-Textgruppe.

In ihr geht der Autor von einem über weite Strecken identischen Textmaterial aus, das er jeweils neu ordnet, jeweils anders an die Figuren verteilt und dessen Wirkung und Wahrnehmung durch ein je anderes Medium er immer wieder neu auslotet. Im Kern erhalten bleibt immer dieselbe Geschichte: die der Liebe von Irmgard und Isidor, die sich gefunden haben und wieder verlieren werden. Und sich doch nicht verlieren können, denn ihre Geschichte geschieht »seit Jahrtausenden, in ewiger Gegenwart«.

In unserer, der »realen«, Zeit sind sie, wie der 1960 geborene Autor, verwurzelt in der oberpfälzischen Landschaft, die vom Flüßchen Wondreb durchzogen ist. Dort steht auch die Friedhofskapelle gleichen Namens, deren Decke mit barokken allegorischen Darstellungen des Todes bedeckt ist. Sie heißen: *Wondreber Totentanz.*

Im visionären Modus des Stücks sind Irmgard und Isidor aber auch: Isis und Osiris. In einem kühn über die Zeiten hinweggreifenden Gestus verbinden sich Bildvorstellungen aus dem altägyptischen Mythos mit christlicher Ikonographie. Die Wanderung der Seelen durch Körper und Zeiten führt bis zur Aussetzung der christlichen Zweiteilung in gut und böse – »Und Gott war die Schlange und die Schlange war Gott« –, um dann eingebunden zu werden in einen Zyklus von Schöpfung, Zerstörung und Wiederkehr.

Der Tod der Liebe

Zum Liebespaar Isidor/Irmgard gehört die Figur des Johannes, des Zwillingsbruders Irmgards. Er ähnelt Isidor und er liebt Irmgard. Und so wie Osiris zugleich Mann und Bruder Isis' war, so bündeln sich in *Stechapfel* die beiden Figuren folgerichtig zu einer einzigen, Isidor. Doch ebenso folgerichtig ist die Personifikation dieses Aspektes für das Theater.

Die Liebe wird zerstört durch den Vater des Geschwisterpaares, den Totengräber. Er stellt sich zwischen die Geschwister und vielleicht stellt er ja dem Brautpaar, das sich auf Hochzeitsreise in Ägypten befindet, nach, tötet Irmgard, verletzt Isidor. In einer metonymischen Bewegung wurde in der mittelalterlichen Ikonographie der Todestanzdarstellungen aus dem Totengräber eine Figuration des Todes selbst. Symbolischer Gegenspieler des Todes wird Isidors Vater Isidor, der als Bauer das Leben verkörpert. Geerdet wird dieser Antagonismus durch ein Kriegserlebnis, das die beiden Väter in gegenseitigem Haß verbindet. Der Totengräber hatte Juden in einer Kirche zusammengetrieben, um sie anzuzünden. Isidors Vater befahl er, das Maschinengewehr auf die Flüchtenden zu richten. Der aber schoß statt auf Menschen in den Himmel.

So erzählt das Stück auch die Geschichte der Toten des Krieges. Sie erscheinen, ganz wie in den Bildern der Kapelle, als Tanzpaare, je deutsch-jüdisch, die gemeinsam in den Tod tanzen. Und erscheinen wieder als Chor, ähnlich dem der antiken Tragödie: sie kommentieren das Geschehen und verleihen ihm eine über den Augenblickswert hinausweisende Dimension.

Die Geschichten der Isidor-Texte suchen weder die realistische Abbildung noch folgen sie dramaturgischer Logik. Sie scheinen auf, in Einzelbildern. Ihre Logik ist die des Traums. Das ganze Geschehen im *Wondreber Totentanz* findet womöglich im Kopf Isidors statt; und *Traumspiel* ist auch der Untertitel des Stücks. Daß Kunst dieselbe Funktion in der

Gesellschaft haben soll wie der Traum für das Individuum, ist einer von Fritschs Leitsätzen. Theater versteht er als »Verabredung, in einen Raum zu gehen, in dem jeder seinen eigenen Traum wahrt, sogar hervorruft. Sogar Schlimmes miteinander zu träumen, ist ein schönes Moment: man wird sich seiner tiefen Ängste, Sehnsüchte und Bilder bewußt.« Das kollektive Hinabsteigen in dunkle Regionen der Geschichte wird so zu einem »Sich-versenken in fremde Finsternis als augenblicklang auch eigne«, wie Fritsch es zur Verleihung des Hörspielpreises der Kriegsblinden (1993) formulierte, um weiter zu fragen: »Ist dies nicht für den Anfang Aufklärung genug, sich im Licht der Kunst der eigenen Finsternis bewußt zu werden?«

Für den Theatergänger ist das wichtig, was er mit nach Hause nimmt, das, was fortwirkt in ihm. Durch Fritschs polymediale Erzählweise kann er die im Theater erfahrenen Bildwelten zu Hause wieder betreten, auf seine eigene Weise, in seinem eigenen Kopf: beim Lesen.

In der Prosavariante des Isidor-Stoffes erscheint das Verfahren der Traumlogik am konzentriertesten. *Stechapfel* ist eine absolut geschlossene Form, konstruiert aus einer beschränkten, gänzlich unzufälligen Auswahl an Einzelelementen. Eines der immer wieder variierten Bildzeichen des Textes ist die schon eingangs erwähnte Kugelgestalt. Als Figur der Vollkommenheit wurde sie in vielen Kulturen mit dem Göttlichen identifiziert – so gebar in der ägyptischen Vorstellungswelt die Göttin Nut die Sonnenkugel aus ihrem Mund. Und wenn Isidor Irmgard küßt, erscheint ein Bild des kreisrunden, in sich ruhenden Glücks:

Kügelchen, gefallen aus rot aufleuchtenden Vogelbeerzweigen durch Wind, trieben im ausgehöhlten Granitbecken des Flusses, als er sie erneut küßte, im Kreis. (...) Irgend etwas riß Isi-

dor durch Isidor durch. Er spürte, wie sich sein Blut zuckend hineinpumpte in den letzten Löwenzahn: Grün schuf, Gelb hervorrief und Weiß zeugte im Wind.

Diese ekstatischen Naturbilder sind keine Metaphern für das Innenleben der Figuren. Es gibt hier keine Trennung von Innen und Außen. Alles in der Natur dieses Textes scheint von göttlichem Geist durchdrungen und hat – wie im Traum! – in einer absoluten Gleichzeitigkeit Anteil aneinander, verweist aufeinander.

69

Und diese Alldurchdrungenheit spiegelt sich in der Ordnung der Zahlen. die den Text strukturieren: es sind sechs Kapitel zu je elf Stücken, zusammen sind das 66. Nimmt man die drei vorangestellten Mottos dazu, ergibt sich die 69 als Figur der Verschlungenheit. Literatur erscheint hier als Exerzitium, als spirituelle Übung, und Schreiben als Annäherung an Gott.

»Von Kind an beeindruckt«, sagt Werner Fritsch in einem Interview, »war ich vom heiligen Isidor. Der Bauer, der so fromm ist, daß ihm, während er mit Gott redet, Engel die Pflugschar führen. Auch ich war als Kind sehr religiös und wollte Heiliger werden, wenn möglich, ohne Martyrium. Auch ich habe als Kind immer viel allein mit mir geredet, aber für mich nicht nur mit mir, sondern auch mit Gott. Und mein Schreiben ist im Grunde noch immer aus dieser Quelle, aus diesem inneren Reden heraus gespeist.«

Als Kind in der Wondreber Totentanzkapelle konnte Werner Fritsch auch eine seltsame Pfauendarstellung sehen. Statt des anmutigen Köpfchens trägt das Tier einen Totenschädel, der der Schönheit des aufgeschlagenen Rades hohnzusprechen scheint. Ganz in der Tradition der mittelalterlichen Ikonographie verkündet der dem Bild beigegebene Sinnspruch:

Der Mensch ist in den Tod verführt,
wan er auf Erd unnd Asch stolzirt.

So scheint der Pfau ein Symbol der Eitelkeit alles Irdischen, ein Zeichen des Todes zu sein. Doch Isidors Urgroßmutter gibt auf die Frage des Kindes nach der Erschaffung der Pfauen eine überraschende Antwort:

Da war alles am Himmel voller Sterne in der Nacht und auch am Tag und Regenbögen überall. Und alle Arbeit auf unserem Hof, die führten Engel aus im Flug. Und ein großer Vogel, groß wie ein Truthahn, verliebte sich unsterblich in einen der Engel. Und da betete der Truthahn zu Gott, auf daß er einen der Regenbögen kriege an den Schwanz und ein paar Sterne. Und wirklich: Der Vogel wurde so schön, daß der Engel in Flammen stand, sobald er den Vogel sein Rad voller Sterne schlagen sah, sein Rad voller Regenbögen. Und aus dieser Liebe sind wir Menschen entstanden, als Engel ohne Flügel.

Und wie im Traum die Gestalten, die uns erscheinen, nie nur eine einzige Bedeutung haben, sondern diese vielmehr schwankt, je nach Traumumgebung, so erscheint auch der Pfau bei Fritsch als Chiffre der Liebe und/oder des Todes oder er verweist auf eine Bedeutung, die ihrerseits auf eine andere Gestalt oder eine andere Bedeutung verweist, in einem endlosen Kreisen der Signifikanten.

In der Sprache der Träume

Das im Schreiben entstandene Bildvokabular erfährt eine erneute Brechung in der Filmarbeit des Autors. Wie anfangs gesagt, gehört der Film über Annette von Droste-Hülshoff zu Fritschs Arbeit an der Isidor-Textgruppe. Dies wird in zweierlei Hinsicht nachvollziebar:
Zum einen ist der Film das Medium par excellence für die

Übersetzung der Sprache der Träume. »Das linguistische Instrument, auf das sich der Film stützt, ist irrationalistischen Typs, und das erklärt die tiefe onirische Qualität des Films«, schreibt Pier Paolo Pasolini über *Das Kino der Poesie* (in: Friedrich Knilli, Hg., »Semiotik des Films«, München 1971). Und diese »Literaturverfilmung« ist kein Spielfilm, kein Dokumentarfilm, sondern, wie der Untertitel sagt, ein Filmgedicht. Durch Parallelmontagen, durch Doppel- oder Mehrfachbelichtungen erhalten die Bilder realer Landschaften, realer Gegenstände hier ihre metaphorische Qualität. Der Pfau taucht wieder auf, zu Beginn in Bewegung und mit Stolz im Blick; gegen Ende des Films, als statisches Bild hinter Eisblumen, verweist er auf den Tod der Liebe zwischen der Dichterin und ihrem jungen Freund Levin Schücking.

Zum anderen sind es die Bildwelten der beiden Schriftsteller, die sich in allerdings verblüffender Weise nahe sind, zumindest erscheint es so in der Lektüre, die der Film von den Gedichten der Droste gibt. Die Ausgangssituation skizziert schon das programmatische »Auge in Aug« im Titel: die beiden Schriftsteller stehen sich gewissermaßen gegenüber, und in den Bildern erscheint das, was ihrem Blick gemeinsam ist.

Von Angesicht zu Angesicht

Von Angesicht zu Angesicht: diese Konstellation scheint mir überhaupt die grundlegende in Werner Fritschs Schreiben zu sein. Von Anfang an – mit dem Romanerstling *Cherubim*, der hier nun in der gestrafften Fassung eines Monologs vorliegt – hat es sich ein Du gesucht und ist im Zwiegespräch mit ihm entstanden. Mit dem 1905 geborenen Wenzel Heindl, Holzknecht auf dem Einödbauernhof seiner Eltern, ist er aufgewachsen, erzählt der Autor. »Die Eltern mußten arbeiten, und da hat der Wenzel die Kinder gehütet. Er ist mit mir spazieren gegangen, und so hat's angefangen: des is a Bäumerl und des is a Vogerl. So hat er mir mit seiner Sprache die Welt erklärt.« Abends erzählt das »Wernerl« die Wenzelgeschichten dem Vater, der wiederum erzählt selbsterfundene Fuchs- und Wolfgeschichten, und am nächsten Tag wird alles, »von mir ungeheuer übersteigert«, an die Großtante weitergetragen, die zudem eine Schreibmaschine besitzt und beginnt, die Geschichten des Wernerl aufzuschreiben.

Aus der Eingebundenheit in diese ländlichen Erzählkreisläufe heraus beginnt der Vierzehnjährige, das Gehörte festzuhalten und weiterzutragen. Auf dem Weg von der oralen Kultur zur Schrift entsteht eine Kunstsprache, die der Autor beim Schreiben immer wieder durchhört auf Rhythmus und Klang. Und wenn er auch von Buch zu Buch, von Stück zu Stück, immer wieder einen ganz neuen, durch die im Mittelpunkt stehende Figur hervorgerufenen stilistischen Ansatz hat, so entsteht im Laufe der Zeit doch ein geschlossener Kosmos, der etwas von der ursprünglich erzählten Welt noch bewahrt: Es ist immer dieselbe oberpfälzische Landschaft, in welcher der Leser immer wieder denselben Figuren begegnet.

So ist der Wenzel aus dem Lustspiel *Es gibt keine Sünde im Süden des Herzens* der an seinem Lebensabend angekommene Protagonist aus *Cherubim.* Der Leser, der so, von einem Theaterstück zum anderen, dem Lebensweg dieser Figur folgt, hat dabei, konzentriert, die großen Umwandlungen, die sich in diesem Jahrhundert vollendet haben, vor Augen: Das magisch-religiöse Weltwissen Wenzels, dessen Schule die Natur, der Gottesdienst und die Erzählungen der Alten waren, trifft zu Beginn des Lustspiels auf eine medial aufbereitete Welt. Eine Welt allerdings, in der die Grenzen zwischen Wirklichem und Virtuellem ähnlich fließend sind wie die zwischen »echter« und magisch erzeugter Realität zu mythischer Zeit, aus der Wenzel noch stammt. Weshalb Wenzel

diese Welt auch mühelos integriert: »Ich hab dann Melissengeister getrunken dagegen.«

Den im hohen Alter noch völlig frauenfixierten Häcksler kann man, in weniger gloriosem Zustand allerdings, schon im 1992 erschienenen Stück *Fleischwolf* gesehen haben. Mit Gestank im Mund und Krücken unterm Arm erbarmte sich seiner nur noch die Animierdame der Rotlichtbar »National«. Nun aber, im rasanten Rock-Rollstuhl und puffreisunterstützt, ist er Wenzels gefährlicher Gegner im Kampf um die Gunst Turtels, der Altersheimgenossin. Häckslers Kumpan im »National« war Lukas Schnurrer, der monologisierende Bauer aus *Sense*. In der Nachtbar, umgeben von einer Gesellschaft, in der sich – durch Zulauf von Mitgliedern einer nazistisch unterwanderten Bundeswehr – sexistische und faschistische Relikte unbeschadet erhalten haben, in dieser Gesellschaft erscheint Lukas lediglich als eines der Rädchen, die sie am Laufen halten.

Allein mit sich jedoch und niemanden verpflichtet, kommen ganz andere Dinge zum Vorschein. Beim schmerzhaften Sichhineinversenken in die Figur, so der Autor, habe er nach dem gesucht, »was diese Leute nicht gesagt haben«. Und so scheint zwischen all den Haßtiraden des alten Luck, zwischen dem Verdammen des Freundes seiner Tochter Elsa (sie begegnet uns im *Wondreber Totentanz*) als »Titopartisanenvolkzeug kriegerisches langhaariges wo sich Haschisch spritzt und Stromgitarr spielt« und dem Herziehen über die »ukrainischen Weiber«, doch noch etwas anderes durch: die Liebe zur Kreatur, zärtliche Momente, in denen er sich seiner Frau entsinnt, Staunen vor der Schönheit der Natur. »Die Sonnenblumen irgendmal im Süden der Sowjetunion im Augenblau gezeugt aus direkt aus dem Samen von der Sonne.«

Wie fast alle Figuren in einem Werk, das sich aller vorschnellen Denunziation fernhält, ist auch diese widersprüchlich, verwirrend und selbst verwirrt, wie es ein Bauer wohl ist, der eigentlich nur im Einklang mit den Jahreszeiten sein Land bestellen wollte und sich nun mit den neuen Vorzeichen – Atomstrom, Umweltverschmutzung und computergestützte Großlandwirtschaft – nicht mehr auskennt.

Mehrdimensional erscheinen Fritschs Figuren also nicht nur in der Brechung durch unterschiedliche Medien, sondern auch durch die Herangehensweise des Autors. Es gibt die äußeren Tatsachen, aber ebenso real ist das Innere der Figur, in das sich der Schreibende hineinempfindet und dem er seine Stimme leiht. Das gilt auch für die Figur des Joseph Süß, der fast wie ein Negativ zur heute noch lebenden Tätergeneration erscheint: als Opfer einer Jahrhunderte zuvor stattgefundenen Judenverfolgung wird er nicht minder machtgierig und intrigant gezeichnet wie die, die ihn töten. Das Opernlibretto *Joseph Süß*, das im Augenblick von Detlev Glanert vertont wird, ist nicht im nun schon bekannten Fritsch-Kosmos angesiedelt. Dennoch hat der Autor versteckt Hinweise angebracht, die auf die Kontinuität seiner Handschrift deuten – und gleichzeitig auf die Kontinuität von Sadismen über Klassen und über Jahrhunderte hinweg. Die Kette aus Rubin, die Graziella vom Herzog erhält, ist aus demselben Stoff wie schon die böhmischen Granaten des Zuhälters in *Fleischwolf*: es sind Kügelchen aus Blut.

Unversehens bin ich nun wieder beim – wenn auch variierten – Anfangsbild angelangt, und das ist auch kein Wunder, denn Kreise, die sich schließen, bilden geradezu das Grundmuster in Fritschs Schreiben. Das gilt für den Droste-Film, in dem während der letzten Lebensminuten in Fieberträumen noch einmal das Leben vorbeizieht. Ebenso erzählt das Opernlibretto die Geschichte vom Fall des Joseph Süß Oppenheimer während dessen Sterbestunde, in Rückblenden. Und schließlich *Cherubim*, wo ein Lebenskreis aufgeht und sich wieder schließt, Leben und Tod zusammenfallen.

Und der Tod – ein Muttergotteskuß ist es.
Wo wegnimmt den Atem von einem.
Wie Wind in Linden.
Und ist doch wie Leben.

Es ist aber auch das Fremde im Eigenen und das Eigene im Fremden, das in Kreisen sich vereint. So der Gottesdienst im *Wondreber Totentanz*, der anmutet wie ein heidnisches Ritual, um unvermittelt wieder einzumünden ins Vertraute. Hierin erscheint ein Sich-Aussetzen an das Andere, das der Autor sich und uns mit Bedacht zumutet. Dieses Andere erscheint in vielen Gestalten: Es ist die Natur, es ist Gott und vor allem immer wieder der andere Mensch, der Nächste.

»Alles nicht liebevoll Wahrgenommene stirbt aus.«

Mit dieser Aussage, die eine seiner Schreibmotivationen benennt, sehe ich Fritsch dem jüdisch-französischen Philosophen Emmanuel Lévinas verwandt. Das heute so viel beschworene Wesen der Ethik liegt für Lévinas, dessen gesamte Familie in Auschwitz ermordet wurde, nicht in allgemeinen abstrakten Prinzipien (wie etwa der Deklaration der Menschenrechte), sondern in der direkten Zuwendung zum anderen Menschen. Durch den Blick in das Antlitz des Anderen, durch seine Ansprache begründet sich die Freiheit des Menschen, die zur Verantwortung gerufen wird. Das Antlitz, so Lévinas, sagt mir, du sollst nicht töten.

So hat Fritsch für die verstümmelten und verbrannten Opfer der Naziherrschaft eine verstümmelte, aber wundersam eindringliche Sprache geschaffen:

Und ich gesehen wie die Toten heben sich auf und auf
Man hat missen begraben die meisten lebendig
Und die Erde sie hat sich gehoben durch Atem von Menschen
Die besten Menschen sind tote.

Derjenige, der dies einmal gehört hat, den läßt es nicht mehr los, und so war es für mich wie ein Wiedererkennen, ein Wiedererkennen aber wie aus einem Traum, als ich Bilder sah aus Werner Fritschs noch im Entstehen begriffenen Film *Labyrinth*: eine Einstellung auf ein von Gewittergüssen und Hagelschlag gezeichnetes Weizenfeld, gefilmt durch eine Glasscheibe, über die Regentropfen laufen. Die Erde sieht aus, als ob sie atmete.

Es gibt wenig, das an die Intimität und Intensität der inneren Bilder, die in uns beim Lesen entstehen, heranreicht. Sie materialisiert zu sehen, auf Zelluloid, ist eine ganz eigene Erfahrung; es ist, als könnte man zum Zuschauer neben sich sagen: Sieh, was ich geträumt habe. Was in Werner Fritschs Schreiben aufscheint, ist Vertrauen auf die Kraft des Wortes, das über alles Abbilden und Anprangern hinauszugehen vermag, um eigene Welten und Gegenwelten in den Köpfen der Menschen entstehen zu lassen.

Petra Wilgenbus

Von Werner Fritsch erschienen im Suhrkamp Verlag

Cherubim. Roman. 1987
Cherubim. Roman. st 1672. 1989
Steinbruch. es 1554. 1989
Fleischwolf. Gefecht. es 1650. 1992
Sense. 1992
Cherubim. Roman. Rote Reihe. 1994
Stechapfel. Legende. 1995
Es gibt keine Sünde im Süden des Herzens. Höllensturz. In Spectaculum 64. 1997

Von Werner Fritsch erschienen im Insel Verlag

Böhmen. Ein literarisches Porträt. Mit Uta Ackermann. 1998
Der Distel mystische Rose. Gedichte und Prosa von Annette von Droste-Hülshoff. Ausgewählt von Werner Fritsch. 1998